折枝

困倚危楼 / 著

世界知识出版社

图书在版编目（CIP）数据

折枝 / 困倚危楼著 .—北京：世界知识出版社，2016.5
ISBN 978-7-5012-5234-3

Ⅰ . ①折⋯ Ⅱ . ①困⋯ Ⅲ . ①长篇小说－中国－当代
Ⅳ . ① I247.5

中国版本图书馆 CIP 数据核字（2016）第 120182 号

责任编辑	余　岚　刘　喆
责任出版	赵　玥
责任校对	张　琨
出品人 / 监制	赵　雷
总　策　划	依　依　紫　总
护封绘制	日出的小太阳
封面绘制	雪代薰
插图绘制	雪代薰　日出的小太阳　糖蛋 yuri
装帧设计	周艳芳
书　　名	折　枝 Zhezhi
作　　者	困倚危楼
出版发行	世界知识出版社
地址邮编	北京市东城区干面胡同 51 号（100010）
经　　销	新华书店
网　　址	www.ishizhi.cn
印　　刷	北京嘉业印刷厂
开本印张	880×630 毫米　1/32　7.5 印张
字　　数	207 千字
版次印次	2016 年 7 月第一版　2018 年 4 月第七次印刷
标准书号	ISBN 978-7-5012-5234-3
定　　价	29.80 元

窗花

除夕照例是要贴窗花的。
他胡乱剪了几个图案
在屋里贴了起来
一下子把屋子映得红艳艳的，
多了几分喜气。

绘/雪代薰

绘/雪代薰

绘／日出的小太阳

折枝

『替我折一枝桃花下来。』

『你要这个干什么？』

『你不必管，只管折下来就好。』

困倚危楼

绘／糖蛋 yuri

目录

壹

折花

残阳如血。

一场大战已近尾声。

段凌与天绝教的右护法恶斗一场，且一剑斩其首级，溅了满身满脸的血。他本身也受了些伤，但是战意正浓，便没有退下疗伤，而是同众人一起围捕魔教余孽。

经此一役，猖獗数十年的天绝教元气大伤，从此再无能力为祸江湖了。

段凌长出了一口气，忽听身旁有人叫道："这石台下面有条密道！"

众人围拢来一看，果见石台下有处机关，露出黑魆魆的一个洞口，里头深不见底，也不知通往何处。

有人猜道："莫非是魔教的藏宝之地？"

又有人道："魔教教主身死，右护法伏诛，只有那左护法不见踪影，听说他也是个智计双绝的人物，说不定是借此密道逃遁了。"

段凌越众而出，取了火把在手，道："我下去看看。"

青山派的柳逸与他最是亲厚，连忙劝道："段大哥，当心有诈。"

"无妨，魔教鬼蜮伎俩，自压不住浩然正气。"

说罢他纵身跃入密道，借着火把的微光往前走去。

段凌倒不是托大，而是对魔教的机关陷阱颇为熟悉，走得几步后，果然触发了几处，都是些寻常的箭雨毒砂，段凌何等功夫，轻而易举避过了，不多时便走到了密道尽头。

尽头处是一扇石门，门上毫无装饰，瞧来再普通不过。

段凌却不敢大意，他缓缓催动丹田气海，用内劲护住周身大穴，这才推门而入。

门后是一间斗室，四个角上悬挂着拇指大的夜明珠，散发着幽微光芒。

室内并无任何埋伏，只一个年轻男子坐在当中的石桌旁，正低头调弄琴弦。这人一身玄衣，浑身上下没有一件饰物，仅一头黑发用金冠束着，瞳眸亦是乌黑颜色，衬得那拨琴的双手莹白如玉。

他听得动静，抬起头来望了段凌一眼，面上竟露出一点笑意，开口道："阿凌，你终于来了。"

段凌听得这称呼，全身一震，手中的火把倏然落地。

那人微微一笑道："怎么？不认得我了？"

"怎么会……这十年来，我日日夜夜想着回来救你……"段凌的胸膛起伏，将话说出了口，才发觉自己的声音微颤。

那人站起身来，像无数个梦中那样，一步步朝他走近。

"有这句话，也不枉我等你十年了。"

"修言……"

段凌心中激荡，忍不住去握他的双手。

陆修言却抬手抚上他的脸颊，如玉的手指在他眉心轻轻掠过，而后双手攀住他颈项，整个人几乎倒进他怀里。

段凌不由得屏住呼吸。

下一瞬，他却是出手如电，一把握住陆修言皓白的手腕。

只听"当啷"一声，一柄锋利的匕首从他的手中滑落。

只差一点点，这利刃就可刺入段凌后心。

段凌面沉如水，一字一字地念出一个名字来："陆修文，果然是你！"

他怀中那人眼眸一转，忽然换上另一副神气，明明是同样的眉眼，却不似先前温文尔雅，反而带一丝邪气，问："你是怎么认出来的？"

段凌平静道："你装得再像，也不是陆修言。"

陆修文被他戳穿身份，却一点也不动气，弯唇笑道："我跟弟弟生得一模一样，能一眼分出我兄弟二人的，就只有师弟你而已。"

段凌哼了一声，说："谁是你师弟？"

"难道不是么？当日你拜师的时候，我可也在场，嗯，师弟还向我这师兄磕了一个响头呢。"

段凌出身名门正派，父亲更是一派掌门，但他年幼时曾被魔教之人掳走，在教中待了几年，当时为了活命，他不得不拜那魔教教主为师。此事乃是他一生中至大耻辱，此刻听陆修文提起，焉能不恨？段凌顿时一掌拍出，喝道："你那魔头师父已经死了，我这便送你去同他相聚。"

陆修文是那魔教教主的得意弟子，他本身天赋极高，十年前就已习得一身邪派功夫，如今十年过去，功夫想来更为精进。段凌不敢轻敌，这一掌速度极快，当中暗藏数种精妙变化，随时随地皆可变招。即使一掌不中，他也有后招可接，掌势连绵不绝，叫人难以招架。

然而出人意料的是，这一掌竟结结实实地拍在陆修文胸口上。

陆修文不闪不避，像个丝毫不懂武功的人，中掌之后，更是连退数步，唇边溢出一丝血痕。

"你……怎么……"

"久别重逢，师弟却是这般对我，真是好狠的心。"陆修文舔了舔唇边的血迹，似笑非笑地望着他，道，"不过我若是死了，你这辈子都别想知道修言的下落。"

说罢，按着胸口咳嗽起来。

段凌不知他是不是做戏，但为了陆修言，只好上前扶住他的胳膊，问："修言在哪里？"

陆修文双目微闭，仿佛随时都会断气。

段凌不信他连这一掌也挨不住，伸手去扣他的脉门，一探之下，却发现他脉象奇特，丹田内空空如也，一点内力也无，一身武功……已然化作乌有。

段凌惊愕不已。

曾经飞扬跋扈、不可一世的陆修文，竟已成了一个废人？

段凌一时不敢相信，一时又怀疑陆修文另有诡计，然而几番试探，这人都是毫无反应。段凌怕他当真死了，只好抵着他的掌心输了些内力过去。

陆修文这才缓过劲儿来，他慢慢睁开眼睛，说："就知道师弟舍不得我死。"

段凌不去理他，只是问："修言呢？他怎么没同你在一起？"

陆修文听得笑起来："多年不见，师弟怎么还是这样蠢？你当真以为会有人等你十年么？弟弟他早已……"

"早已如何？"

段凌的一颗心都提了起来，偏偏这时密道里传来一阵脚步声，有人喊道："段大哥，你还好吧？"

原来是柳逸见他迟迟不返，带了人下来寻他。

段凌只得道："没事，此处并无危险。"

同时他又压低声音问："修言到底在哪里？"

"放心，他在一处很安全的地方，绝没有性命危险。不过我刚挨了一掌，胸口疼得很，突然想不起那地方在何处了。"

"你……究竟想怎么样？"

陆修文想了想，懒洋洋地道："我走不动路了，师弟背我吧。"

那神态语气，仿佛仍是十年前那个高高在上的少年。

段凌气得要命，恨不能一掌将他拍死，但为了陆修言，只好忍气吞声，弯腰让他伏到背上来，背着他走出石室。

柳逸见段凌背上多了个人，自是大吃一惊，忙问这是何人。

段凌自然不好说出陆修文的真实身份，便编了个谎道："是我的一位故人，当初被人掳来魔教，吃了不少苦头，如今终于得救了。"

他在魔教那几年，倒有一样好处，就是将脸皮锻炼得刀枪不入，说起谎来面不改色心不跳。

柳逸不疑有他，瞧了瞧陆修文，道："这位公子气若游丝，想必在这魔教里受了不少折磨。"

陆修文微微笑着，并不说话。

待出了密道，段凌转头一看，才发现他已歪在自己肩上睡着了。

外头众人问起陆修文的来历，段凌仍是那一番说辞，这话最多骗骗柳逸这样的年轻人，却糊弄不了几个老江湖。不过此番围剿魔教，段凌功劳不小，再加上陆修文并无内力，也就没人计较了。

眼看魔教余孽已经清剿得差不多了，这时却有人“呀”的一声，高呼道：“不好了，那魔头的首级不见了！”

原来先前大战之时，那魔教教主走火入魔，暴毙而亡，尸首一直留在大殿中，他们另派了几个人看守。但就在段凌进出密道的工夫，那教主的项上人头——竟然不翼而飞了。

而几个看守之人也都已身死，且是一招毙命，连哼都来不及哼一声。

此番为了除魔卫道，各大门派群英尽出，在场的不乏掌门、帮主之尊，更有两位武林中泰山北斗的人物，可谓高手如云。

可就在这些高手的眼皮子底下，竟有人来去无踪，神不知鬼不觉地取走了魔教教主的头颅。

如此武功，岂不叫人惊骇？

望着大殿内血淋淋的尸首，人人心头都掠过一丝寒意。试想一个人有这般本领，要取他们当中任何一个人的性命，可不都是易如反掌？

柳逸觉得后脖子凉飕飕的，抬手摸了摸，道：“段大哥，你说这是何人所为？”

“除了那逃走的左护法，也无人有这等本事了。哼，这就是魔教妖人的狡猾之处，一来可以抢走教主首级，二来又可震慑人心，叫咱们人人自危。”

其他人大抵也是这样猜测，可惜那左护法神出鬼没，谁也查不到他的踪迹。众人商议过后，为防再生事端，便一把火烧了魔教总坛，而后各自散去。

段凌本是骑马而行的，这时身边多了个受伤的陆修文，他俩自然不好共乘一骑，他只得去买了一辆马车，慢悠悠地往回赶。

陆修文的伤好得极慢，一路睡睡醒醒，睡着时气息微弱，简直像死了一般。段凌本想找个大夫来瞧瞧的，但想到这人乃是魔教教主的爱徒，又是他平生至大仇敌，当年身陷魔窟时，也不知挨了这“师兄”多少打骂，实在没必要如此好心，便由得他去了。

这样过得几日，陆修文倒也渐渐好了，但不管段凌如何逼问，他始终不肯说出陆修言的下落。段凌倒是想严刑拷打一番，可瞧他那半死不活的样子，恐怕他只动得一根手指，陆修文就要吐血而亡了。

段凌不得不压下心中怒火，一路好生照料着，花了半个月之久，才回到老家青州。他在此地有一处别院，地方僻静得很，平日里多半在此练武的。因陆修文身份特殊，他便想先将他安置在这里。

陆修文也不客气，下了马车就问：“师弟住哪间屋子？”

“怎么？”

“你这主人住的，自然是最好的地方，如今师兄来了，可不该让给我吗？”

他一边说，一边往内院走去。

段凌差点被他气笑了。

不过是个阶下之囚，却想着要鸠占鹊巢了，天下间哪里有这样的道理？当下一把扯住他的胳膊，冷笑道：“谁说要让你住屋里的？”

段凌转头对管家道：“拉他去地牢里关着。”

管家呆了呆，说：“少爷，这别院并无地牢。”

陆修文“扑哧”一声笑出来。与陆修言一般无二的脸孔，只是一双眼睛格外黑亮，透着又是骄傲又是狡黠的神情。

段凌一口气憋在胸口，上不去也下不来，咬咬牙道：“那就让他睡柴房！”

陆修文平常伶牙俐齿，黑的也能说成白的，这时却没有作声，只望了段凌一眼，跟着管家走了。

段凌一夜好睡。

第二天清早起来练了一回拳，吃了一碗粥与几样小菜，这才想起仿佛少了点什么，便把管家叫了来问话。

“我昨日带回来的那个人呢？”

“今日未曾见过，可能还在柴房里睡着。”

段凌看看天色，见日头早已高升，心道他又不是捉陆修文回来当大少爷的，便扔下筷子，自己去柴房寻他。一边走一边想，他虽不能酷刑折磨那人，却可叫他做些下人的活计，挫一挫他的锐气。

当年他自己身陷魔教的时候，可没少给陆修文当牛做马。

柴房地处偏僻，管家因怕人跑了，派了两个护院看守，倒像是牢房的模样。段凌推门而入，顿时一股霉味扑面而来，里头蛛网密布，非但脏乱不堪，而且又黑又窄，根本没有容人睡觉的地方。陆修文缩在角落里，背靠着墙壁，头枕在粗硬的木柴上，显然仍在熟睡。

段凌走过去踢他一脚道：“喂，起来。”

陆修文“唔”的一声，身体往里缩了缩，却并没有睁开眼睛。

段凌低头一看，见他的脸色比前几日更为苍白，连嘴唇都失了血色，再伸手探他的额角，只觉烫得吓人。

段凌这才知道他是病了，看一眼他身上睡得皱巴巴的衣衫，沉声道：“怎么不给他拿床被子来？”

几个下人面面相觑，谁也不敢出声。

谁会给一个睡柴房的人准备被褥啊？若是准备了被褥，是否还要再备床榻？若是备下了床榻，是否还要别的？这到底是住柴房还是住客房？

段凌也没工夫追究这个，略一沉吟，他便将陆修文抱了起来，一面吩咐道：“去请大夫过来。”

管家应声去了。

因事出突然，来不及打扫客房，段凌只好把人抱去自己房间，连自己的床也给他睡了。

陆修文睡得极沉，一路颠簸也没有清醒过来。他睡着之时，瞧不见那一双略带邪气的眼睛，倒是与陆修言更像了。

他二人本是双生兄弟，容貌十分相似，性情却是天差地别，一个温文如玉，另一个却心如蛇蝎。

段凌记得陆修文有一条白鳞鞭，乃是用蛇皮鞣制而成，打在身上皮开肉绽，疼得人死去活来。陆修文心狠手辣，动不动就用鞭子抽人，段凌有一回被他抽得在地上打滚，若非陆修言替他求情，之后又偷偷送他伤药，他恐怕早已死了。

当时段凌就暗自发誓，等他将来练好了功夫，总有一日要将陆修文吊起来抽一顿鞭子。如今这人倒是落在他的手里了，但别说是抽鞭子，只是让他在柴房里睡上一晚，他就已病得半死不活了。

怎么轮到他头上，报个仇就这么难?

段凌苦笑不已。

所幸管家办事还算得力，没过多久，就将大夫请了过来。那大夫姓姚，四十多岁的年纪，一把山羊胡子，是青州城中的名医，很有一些真本事的。段凌也认得他，连忙请他到床边来诊脉。

姚大夫伸手搭住陆修文的手腕，捻了捻胡子，摇头晃脑一番后，忽然“咦”的一声，自言自语道:“奇怪……这脉象……怎么会……”

他这么一惊一乍，听得段凌的眼皮也跳起来，胸口无端有些烦闷，问:“他到底生了什么病?”

“不过是外感风寒，老夫开一副药方，再好生将养几日，也就好了。只是……”

“怎么?”

“这位公子脉象奇特，筋脉尽断，肺腑皆毒，寻常人早已熬不住了，他能活到现在，实在是匪夷所思。恐怕是他体内的剧毒相互冲撞，反而保住了他的性命。”

段凌已经知道陆修文一身武功尽废，却不料他还身中剧毒，忙问：“可有办法医治？”

“医治？”姚大夫眼睛一瞪，连连摇头，“这等脉象，如何还治得好？就算日日用人参吊命，最多……也只有半年可活了。”

半年？

段凌听得怔了怔，隔了好一会儿，才轻轻“嗯”了一声，说：“原来如此。”

姚大夫因心直口快，很是得罪了一些人，这时见段凌并不怪罪，倒是松了一口气，问：“可要给这位公子开药？”

段凌点了点头，说：“开吧。”

他又对管家道：“人参等续命之物，也都备上一些，不必计较银钱。”

管家应了一声，领着姚大夫去开药方了。

段凌独自站了一会儿，慢慢在床边坐下来，看着仍在昏睡中的陆修文。

都说好人不长命，祸害遗千年，似陆修文这等祸害，他以为能活得长长久久的，不料竟这样短命。

他从前对这人又恨又怕，如今知道他命不久矣，心中却另有一番滋味。他见陆修文在睡梦中出了一身汗，便浸湿了帕子，亲自给他拭了拭汗。

陆修文眉心微蹙，忽然迷迷糊糊地叫了一声：“师弟……”

段凌的心猛地一跳。

接着却听他说：“师弟，替我将那小金蛇抓来……”

段凌气得差点吐血。

这人病得这样厉害，竟还想着在梦中支使他。

当年为了抓那小金蛇给他炼毒，段凌被蛇咬了一口，整条胳膊都黑了，疼了三天三夜。想到这里，他实在是后悔刚才动了恻隐之心，于是将手中的帕子扔了，另叫了个丫鬟过来照顾陆修文。

那姚大夫开的药果然有效，陆修文吃了一剂下去，到晚上烧就退了，不过他因为体弱，迟迟没有苏醒。段凌怕他死了，自己得不到陆修言的消息，只好又在床边守着。

到得第二天傍晚，陆修文才醒转过来。他睁开双眼后，先是有些茫然，像是记不起自己身在何处，待看清楚段凌的面孔，才露出一丝笑容，道："师弟家真是财大气粗，连柴房也是这般宽敞。"

段凌知道他是嘲讽自己，黑着脸道："这是我的屋子。"

"真的？"陆修文眼睛一亮，又细细打量一遍屋内的摆设，颔首道，"不错不错，其他地方都好，就是门口那架屏风我不喜欢，明天叫人换了。"

又说："纱帐的颜色也旧了，叫人换成碧色吧。"

他的语气十分自然，已然把自己当作主人了。

"你别得寸进尺。"

"师弟这样小气，连一架屏风也舍不得换？"

"……"

段凌奇怪自己怎么会将屋子让出来？应该叫他去睡大街的。他盯着陆修文领口处露出的白皙颈子，知道只要用力一掐，就可令他断气。

冷静，冷静，一切为了修言。

段凌深深地吸几口气，才压抑住澎湃的杀心，起身道："我去看看药煎得怎么样了。"

除了治风寒的药，姚大夫还另开了一副补药，用的都是上好的药材，管家一看就肉痛了，不过既然段凌发话，他只好去抓了药来。

段凌等丫鬟煎好了药，趁热端回屋里，却见陆修文已经坐起身，披了件衣衫靠在床头，正凝神望着窗外景色。

院子里栽有数棵桃树，因为并不精心打理，所以枝丫横蔓，有些疏疏落落。其中一枝更是旁逸斜出，竟从窗口钻进来，春日芳菲时，常常落得满地都是桃花。

陆修文看得出神，忽而道："这样好的桃树，可惜看不到明年花开了。"

如今正是初秋，他只剩半年之命，自然活不到明年春天。

段凌拿药碗的手一抖，说："你知道了？"

"昏睡时隐约听见你们说话。半年之期，同我自己预料得差不多，那大夫倒是不错，看来并非庸医。"

他语气淡淡，于生死一事，表现得分外平静。

段凌递药碗过去，见他一口气喝了，忍不住道："我记得那魔头最是宠你，当你作衣钵传人，要传教主之位给你的。魔教之中，谁有那样大的本事，竟能废你的武功？又是谁有那样的胆量，竟敢给你下毒？"

陆修文静了一瞬，随即微笑起来。他大病初愈，嗓音仍有些沙哑，低声道："是我自作自受……"

"什么？"

"师弟想多了，有师父在，谁能害得了我？是我练功时急于求成，以致走火入魔，经脉逆行，一身武功尽废。"陆修文闭了闭眼睛，轻描淡写道，"如此而已。"

段凌曾经是陆修文的师弟，知道他修习的是一门邪派功夫，一开始精进极快，但越到后面越是艰难。等练至第七层时，必须吸取别人的功力化为己用，才能再有突破。而且这个"别人"也有讲究，定是要练同一门功夫的人才行。开创此功的人用心险恶，就是要同门之间自相残杀，唯有胜出者才能变强。

为了这个缘故，那魔教教主掳回许多根骨极佳的少年，叫他们拜自己为师，为的就是拿他们练功。段凌原本也在此列，若非陆修言冒险救他离开魔教，他此时已成枯骨了。

这等邪门武功，练起来自是极为凶险，稍不留神，就会走火入魔。

因此段凌并不怀疑陆修文所说的话，只是略微疑惑，不知他那一身毒又是从何而来。

之后陆修文以病中之人不宜随意走动为由，理所当然地霸占了段凌的房间，连那屏风和纱帐，也按他的喜好换过了。

这期间，段凌倒是回了一趟家。

他父亲是一派掌门，在江湖上也是德高望重的，先前因要闭关练功，并未参与围剿魔教之事。如今功成出关，得知段凌力斩魔教右护法，年纪轻轻就已扬名天下，自是大喜过望，好生夸奖了他一番。

段凌自幼被人掳走，后来虽然归家，但与家人相处起来，多多少少有些生疏了，所以只在家里住得三五日，便又回了别院。

管家见了他，一脸欲言又止的表情。

“怎么？出什么事了？”

“那位陆公子今日叫了裁缝来做衣裳。”

段凌的脚步顿了顿。他这才想起，陆修文离开魔教时身无长物，这段时日穿的都是他的旧衣衫。

“是该做几身衣服。他另有什么需要，也都照办就是。”

管家一脸苦相：“自从陆公子来了，府里的开销可大了许多。”

“无妨，反正他也住不了太久。”

段凌一边说，一边朝内院走去。

他跟陆修文住同一个院子，隔得老远，就听见那人屋里传来说话声。

“春夏秋冬四季，每季各做八套衣裳，两件道袍，两件直裰，其他随意。里衣要用上好的松山布，其他布料我身上会起疹子。另外还有刺绣……”

段凌听得额角抽痛，总算明白银子是花去哪里了。他原本是想回房休息的，却不知不觉走到隔壁去，伸手推门而入。

结果只看一眼就愣住了。

陆修文斜倚在软榻上，手中拿一本书，仍是脸色苍白的样子。但他身后立了四个婢女，一色的黄衫翠裙，容貌姣美，环佩叮当。而他身前更有两个婢女伺候着，一个替他捶腿，另一个为他打扇。

这等天气还打扇？他也不怕再病倒。

段凌没好气地哼了一声。

众人这才注意到他，几个婢女纷纷屈膝道：“少爷。”

陆修文则换了个更为舒服的姿势，笑说：“师弟回来了？你来得正好，我叫了锦绣阁的人来量尺寸，你要不要也做几套衣裳？”

十分大方的样子。

段凌不知该不该多谢他的慷慨？

陆修文见他不说话，便叫那裁缝下去了，道：“师弟怎么不坐？”

说话间，已有婢女奉了茶上来。段凌见那茶叶颜色碧青，闻起来香气扑鼻，与平日所喝的大不相同，想必已换了更上等的。

他离开不过短短几天，怎么这别院里已是天翻地覆了？

“我记得前几日只派了两个丫鬟服侍你。”

“嗯，师弟这里毕竟只是别院，人手是有些不足，能像现在这样已是不易了。师弟不必自责，我将就一下也就是了。”

记得当初在魔教时，陆修文的排场确实比现在更大，但是今非昔比，他也不想想自己的身份？

段凌正想拍案而起，好好教训他一番，却听一个婢女道：“公子，已到下午歇觉的时辰了。”

“那就替我铺床吧。”陆修文略带歉意地看段凌一眼，道，“师弟，我每日这个时候都要睡上一会儿，就不招呼你啦。”

他吩咐一下，众婢女齐声应是，立刻有条不紊地动了起来，有人铺床叠被，有人点安神香，还有人端了一小盅补品出来，说是公子每天要吃的血燕。

段凌在房里碍手碍脚，很快被人一阵风似的请了出去。听见房门“吱呀”一声在身后关上，段凌几乎呆住了。

是他见识得太少么？

天下间有哪个阶下囚，过得像陆修文这般惬意的？

段凌终于明白管家为何一脸苦笑了，他现在的表情恐怕也差不多。

陆修文就是有这等本事，当初多少魔教中人也给他收拾得服服帖帖的，何况只是别院中的一众下人？若放着不管，要不了多久，他这主人就得收拾包袱滚出别院了。

段凌当然不会让他得逞，思量一番后，晚上他又去了陆修文房里。

陆修文正用晚膳，身旁照旧一群婢女伺候着，见了他来，便招一招手道："师弟……"

段凌板着脸道："我吃过饭了。"

"那正好，今日的菜色不太合我的口味，我记得师弟厨艺甚佳，不如……"

话未说完，段凌已抽出腰间佩剑，"铛"一声斩在桌上。

他内劲惊人，只用上了三分力道，就在桌上斩出一道深深的印痕。杯盏四碎，几个婢女惊叫着逃散开去。

唯有陆修文安然静坐，挥手叫众人退下了，道："师弟怎么这样大的火气？来，喝碗汤去去火吧。"

边说边动手盛了一碗汤。

段凌看也不看一眼，举起剑来抵住他的咽喉，冷声道："若非为了修言，我早已取你性命了。"

"是。"陆修文从善如流，"我能活到现在，全因我有一个好弟弟。"

"你今日若不说出修言的下落，就别想活着走出这扇门。"

陆修文嘴角一弯，在那刀锋侧映之下，竟还微笑起来，道："师弟知道我是吃软不吃硬的，何必拿剑来吓唬我？若真将我吓着了，更加记不起弟弟在哪里了。"

"你究竟有何条件，不如一次说个清楚。"

陆修文目光微动，却是叹息一声，说："只怕你做不到。"

"只要不是伤天害理之事，我必会为你办到。"

陆修文盯着他看了看，道："我要你向我下跪，你也肯么？"

段凌二话不说，挥剑入鞘，然后撩起蔽膝，当场就要跪下去。

陆修文反倒吃了一惊，他连忙站起身来，带得桌上碗筷也落到地上，叫道："慢着！我又不打算收你做徒弟，叫你跪我也没意思。"

他想了想，说："我今日胃口不佳，不如师弟你去煮碗粥来。"

段凌在魔教时，这等活也常常要干，他厨艺确实不错。只是他将做饭视作生平大耻，回来后自是碰也不碰的，这时为了陆修言，便咬牙应下了。在厨房捣鼓一阵后，果然端出一碗热腾腾的菜粥来，甚合陆修文的口味。

陆修文吃得极慢，一碗粥都见底了，才用帕子擦了擦嘴角，说："味道不错，只还差一盏消食茶。"

段凌做小伏低，忙又去泡了茶来。

陆修文这才满意，端着茶盏道："你这么急着找我弟弟，是为了何事？"

"这是我跟修言的事，与你无关。"

"若有人要害我弟弟，我也带了那人去找他么？"

"我岂会害修言？"

"知人知面不知心。"

段凌噎了一下，静默片刻后，他从怀中取出一样东西——那是一块令牌，材质非金非铁，极为特殊，正面刻有人头蛇身的怪物，背面则是些鬼画符般的文字。令牌颜色乌黑，因常年贴身带着，表面起了一层包浆，散发着淡淡的光泽。

陆修文只看一眼就认了出来："这是……教主圣令。"

段凌十分宝贝这样东西，给他看过之后，便收回怀里，道："这是修言偷来给我的。"

"此乃教主贴身之物，得之即可自由出入总坛，弟弟是怎么偷到的？"

"十年前，那魔头的邪功已练到了第八层，每三个月都要吸取一人的功力化为己用。我们这些被他抓来的便宜徒弟，一个少过一个了。我见过被他吸干了内力的人，相貌像老了数十岁，浑身绵软得如同一摊烂泥，活不过几日就油尽灯枯而死了。到了三月十四那天，修言突然半夜跑来找我，说那魔头明日要拿我练功，叫我赶紧跟他逃出去。我说魔教戒备森严，怎么逃得掉？他就把这教主令牌塞给了我。"

说到这里，段凌的脸上微露笑容，眼神变得温柔无比，仿佛于无尽的黑暗中看见了一丝光明，他说："我至今仍记得修言那天的样子，他赤着一双脚，头发也没束，不知在哪里跌了一跤，摔得满身都是泥。从此以后，我心中就只得他一个人了。他这样待我，我难道不该找他？"

陆修文听了这陈年旧事，并未觉得惊讶，他点头道："原来如此，我就觉得奇怪，师弟你这么蠢笨，当年怎么逃得出去？"

然后他又自言自语，轻声道："嗯，原来是修言救了你。"

"他虽冒险救我，却怎么也不肯跟我一起走。"

"教主令牌只有一块，若两个人一起走，还未出总坛你们就已被识破了。"

段凌也明白这个道理，道："我离开之后，再也打探不到魔教的消息，也不知修言后来如何了。"

"师父的魔功正练到紧要关头，谁知你这补药竟然跑了，害得他功亏一篑，自然是雷霆震怒。"

段凌面容一肃道："那修言他……"

"师弟放心。"陆修文垂下眸子，轻轻吹开茶盏中的浮沫，饮一口既苦且涩的清茶，"无人知道是修言救了你，所以他平安无事，未受任何责罚。"

段凌这才松一口气道："我当日曾答应修言，无论如何，定会回去救他。不料筹谋多年，好不容易攻入魔教，却只在密室中见到了你。"

陆修文因将手中的茶盏捏得太紧，连指尖也有些发白了，但脸上仍挂着笑容，道："都是我的错，竟让师弟失望了。可你怎么过了十年才来？"

"我当年只是个武功低微的少年，如何与魔教抗衡？但自从逃走之后，我日夜勤于练武，不敢有一日松懈。”

陆修文点头道：“师弟这身功夫，在年轻一辈的正派高手中也算是顶尖的，不过……”

他眼波流转，慢慢扫了段凌一眼，道：“若我没猜错的话，师弟并未修习正派的内功心法，而是继续在练我天绝教的武功，对不对？”

段凌的瞳眸倏地一缩，手背上青筋暴起，刹那间动了杀人灭口的心思。但他很快镇定下来，平复一下急促的呼吸，哼道：“无稽之谈！”

“我跟师弟同出一门，运功的法门都是一样的，岂会看不出来？不过师弟掩饰得极好，旁人恐怕发现不了。”

话说到这个地步，段凌已知道瞒不过去，他松开了紧握的拳头，自嘲道：“不错，我千辛万苦逃出魔教，却仍在练那魔头教我的武功。正派内功讲究的是循序渐进，非二三十年难见成效，而我……却等不了那么久。我恨不能早日杀回魔教，好将修言救出来。”

“你那功夫练到什么地步了？”

“第五层。”

“此事若被旁人知晓，你这大名鼎鼎的段少侠，可就要身败名裂了。”

段凌静了静，然后大笑起来：“我的命也是修言的，岂会在乎这等虚名？”

为了他心中想着的那个人，纵使堕入魔道他也心甘情愿。

陆修文见了他这目光，不由得别转面孔。

隔了一会儿才道：“师弟，再替我办一件事吧。”

“什么事？”

陆修文抬手指了指窗外那几株桃树：“替我折一枝桃花下来。”

“你要这个干什么？”

“你不必管，只管折下来就好。”

段凌连粥也煮了，茶也倒了，自然不在乎这个，却听陆修文又说：“要最顶上，花开得最好的那一枝。"

段凌听得一怔。

如今正是初秋，桃花早已谢尽了，哪里来开得好或不好？但他从前被陆修文使唤惯了，也不多问，当下走出屋去，轻轻一跃纵上枝头，折下了一小截桃枝。回头一看，见陆修文正站在窗口望过来，月光照在他苍白俊美的脸上，夜色中他的神情难辨，也不知他是看那桃枝，还是看别的什么。

段凌转回屋内，将那桃枝递给陆修文。

陆修文拿在手中把玩了一阵，忽然展颜而笑，将那桃枝凑至鼻端，低头深深一嗅。

一瞬间，仿佛当真有艳丽无双的桃花在枝头绽放开来。

段凌定睛再看，才发觉是自己眼花了，除了翠绿的枝叶外并无其他。

陆修文脸上的笑容只停留得片刻，便又恢复如初，仍是那副漫不经心的神气，道："辛苦师弟了，你明日就去置办马车吧。上次那辆太过简陋，颠得我浑身不舒服，这次要换辆宽敞舒适的。今日才叫了锦绣阁的人来，衣服怕是来不及做了，只好去成衣铺子里买几件。伺候的人当然不能带了，一路上种种杂事，都要师弟你来负责。另外……"

段凌还未转过弯来："马车？"

"此去修言的住处，有一个多月的路程，不用马车，难道要两条腿走去？"

段凌顿时大喜："你肯带我去找修言了？"

"许久不见弟弟，我也甚为思念。"陆修文手中还拿着那一枝桃树，他的手指抚过枝头绿叶，像在抚弄一朵将开未开的花，"你当年答应了……要回教中救人，虽然迟了一些，但你既然践诺，我自然要让你如愿以偿。"

贰

故人

夜色茫茫。

再过一日才是十五，所以这一夜的月亮并未圆到极致，边缘处模模糊糊的，带一点妖异的红色。

山林间有薄薄雾气。

段凌奔跑间呵出来的热气，将那薄雾吹散了一些，让他看清跑在自己前方的那个人——他不知在哪里摔过一跤，跌得满身是泥，因赤着双足，脚上已添了不少细小的伤痕，一头乌发更是来不及束起，只随意地散在肩头。

段凌是半夜被那人叫醒的，他仍有些茫然无措，只知道明日教主就要拿他练功，若想活命，今夜非逃不可。

一切都是慌乱而急迫的，唯有握着他的那只手，温暖有力。

不知跑了多久，那人突然停下脚步，转过头来望着段凌。

“再往前就有人看守了，你一个人走吧。”

段凌大吃一惊道：“你不跟我一起走？”

那人摇摇头，将一块乌黑的令牌塞进段凌怀里。他平日嗓音温和，这夜或许是跑得太急的缘故，听起来更为低沉一些，他说：“教主圣令只有一块，若两个人走，当场就会被人识破。”

“但你偷了教主的令牌给我，万一……”

“无妨，我自有脱身之法。”那人推段凌一把，催促道，“来不及了，快走！”

段凌握着他的手不肯放，问：“为什么冒险救我？”

月光静静地照在那人的脸上，明眸善睐，一如画中之人。他并未回答这个问题，只是握了握段凌的手，冲着他微微一笑。

段凌的心怦怦而跳。

他由梦中醒来时，手上似乎还残留着温热的触觉，瞪着床帐看了好一会儿，才想起自己是身处客栈的房间里。

数日前，他与陆修文收拾行装，离开了青州城。陆修文并未说出陆修言住在何处，只让他一路往南行去。

或许是快能见到修言了，他这几日频频梦见从前的事。

年纪尚幼就被恶人掳走，日日担惊受怕，朝不保夕，在那段受尽折磨的日子中，唯有陆修言温柔待他。隔了十年之久，不知修言现在是何模样?

随后他又笑自己傻气，陆修文与他是双生兄弟，就算长大后有所改变，面貌也不会相差太多。

记得从前，两人因为生得太像，时常会被人认错。陆修文又最爱换了修言的衣裳，扮作弟弟的模样欺骗别人，偏偏还总是有人上当。

只有段凌一眼就能分出真假。

他并不是发现了两人容貌上的区别，而是眼神。

陆修文的眼里藏着钩子。

他只要眼角一挑，似笑非笑地睨人一眼，就像能钩下人心尖上的肉来。

段凌有时十分怕他。

而陆修言不同。修言永远是温文沉静的，眼睛清澈明亮，犹如漫漫长夜中的寂静月光。

段凌只是回想起来，都觉得身体有些发热。他看看天色已经大亮，便起身洗漱了一番，然后去敲隔壁的房门。

敲了许久，才听陆修文的声音响起来:“谁?”

“是我。快中午了，你再不出来，我们今天就别想赶路了。”

陆修文应了一声，说:“等我一会儿。”

这一等又是许久，段凌的耐心都快用尽了，才听里面响起“嘭”的一声，像是什么东西掉在了地上。

“出什么事了?”

“没事，我不小心摔碎了杯子。”

陆修文说完这句话后，又过了片刻才来开门。

段凌觉得他的脸色格外苍白，不由得问:“你身体还好吧?”

陆修文眨了眨眼睛，道："其他都好，就是身上没什么力气，师弟可愿背我？"

他边说边伸出手来。

段凌一把拍开他的手："做梦。"

陆修文哈哈大笑，始终以戏弄他为乐。

段凌再次忍住了掐死他的冲动，去客栈外面套马车，套完了回头一看，见陆修文正扶着楼梯走下来，一副病恹恹的样子。

段凌看不过去，伸手扶了他一把，又帮他上了马车，道："来不及吃早饭了，你就吃点干粮吧。"

陆修文轻轻"嗯"了一声，之后就没动静了。

段凌急着赶路，也没去管他，鞭子一扬，马车继续往南。这一条官道不太好走，颠簸了一路，到中午时，段凌才勒住缰绳，将马车停在一棵树下。他回身撩开帘子，却见陆修文已靠着车壁睡着了。

段凌找了干粮出来，边吃边推了推陆修文，问："要吃东西吗？"

陆修文勉力睁开眼睛，道："不用，我喝点水就行了。"

段凌递了水壶给他，触到他手背时，却觉一片冰凉。段凌顿知不对，又碰了碰陆修文的额头，虽不像上次生病时那般烫手，却摸到一头冷汗。

"你身体当真无事？"

"当然。"

陆修文说着，却将左手往身后藏了藏。

段凌这才发现他左手紧握成拳，指缝里透出一点刺目的红色。他连忙捉住陆修文的手，掰开手指一看，只见他手里紧紧捏着一块碎瓷片，已将手掌割得鲜血淋漓。

他记得陆修文打碎过房里的茶杯，想必这碎片由此而来，可他为何要弄伤自己？

"你这是发什么疯？"

“没什么，路上太无聊了，我想吓唬吓唬师弟而已。”

陆修文若无其事地丢开手中的碎片，好似流血的并非他的手，更是丝毫也不觉得疼。

段凌扯了布条下来给他包扎伤口，突然间他灵光一现，问：“你身上的毒……是不是发作了？”

在青州时，姚大夫曾说陆修文身中剧毒，且毒已入五脏六腑，根本无药可救。只因数种毒性相互克制，反而保住了他的性命。

一旦发作起来，痛苦可想而知。

陆修文鬓边的头发已被汗水打湿了，因脸色十分苍白，便衬得他的眼眸格外的黑，乌湛湛地望了段凌一眼，道：“歇一会儿就好，不会耽误你赶路的。”

段凌气道：“谁在乎这个？你身体撑不住怎么不早说？是想死在半路上么？”

他有些懊悔自己的粗心。

陆修文一早起来就不对劲，要自己背他时，恐怕是当真没力气走路了，后来将那碎瓷片捏在掌心里，才勉强走下了楼梯。若非刚才偶然发现，他肯定还要硬撑下去。

段凌给他裹好了手上的伤，道：“我去找个大夫过来。”

“不必了，大夫治不了我的病的。”

“兴许能开些药缓解一二。”

陆修文摆了摆手，道：“与其费此工夫，倒不如……师弟留下来陪我说说话。”

段凌呆了一呆，脱口道：“我同你有什么好说的？”

陆修文浑身一颤，像是疼得厉害，整个人都蜷缩起来。段凌见他如此，只好扶住他手臂，让他靠在自己肩上，隔了一会儿，听他低声道：“我跟师弟话不投机，确实无话可说，但修言是我的弟弟，总可以说说他吧？”

提到陆修言，段凌的确有许多事要问，他想了一想，道："修言这些年过得如何？可是吃了许多苦头？"

陆修文"扑哧"地一笑，说："我陆修文的弟弟，我难道护不住么？岂会让他遭人欺辱？"

"魔教里讲究的是弱肉强食，你自己练功不慎、走火入魔，尚且成了这般模样，何况是不懂武功的修言？"

"我废了武功后，在教内确是举步维艰，但没过多久，我就让修言离开了天绝教，寻个山清水秀的地方隐居起来。"

段凌并不信他道："教主岂会应允？"

陆修文神色淡淡地说："我自愿为教主试药，教主自然就允了。"

段凌大吃一惊。

旁人或许不知何为试药，他却最清楚不过了。像他这种被掳来魔教的人，最怕的不是一死，而是被抓去试药。

魔教炼制的丹药，效用各有不同，有的剧毒无比，有的却对练功大有助益，为了知晓其药性如何，教主常在活人身上尝试。

若只中一种毒也就罢了，但是试药之人，却要受千百种毒一同折磨，时而穿肠剧痛，时而奇痒难熬，时而如遭火焚，时而如入冰窟，其间种种惨烈，远胜任何一样酷刑。

段凌曾见过一个试药之人，身上皮肤寸寸溃烂，倒在地上哀呼惨叫，到最后双手双脚都烂完了，只剩森森白骨。最可怕的是这样也还不死，拖着这副身躯在地上爬，蜿蜒出一道长长的血迹。

真是生不如死。

段凌当时年纪还小，吓得做了整夜的噩梦，陆修文后来还嘲笑于他，骗他说要抓他去试药。

没想到……试药之人竟成了陆修文。

可见那教主真是丧心病狂，连自己一手栽培的爱徒也不放过。

又想到陆修文是为了保护弟弟才致如此，心中对他的恶感倒是去了不少，段凌忍不住给他拭了拭汗，说："你这人虽然心性狠毒，对修言倒是真心维护。"

陆修文微微闭上眼睛说："那是自然，修言可是我的亲弟弟。"

过了一会儿，他忽然问："师弟又为何一心要找修言？"

"修言曾救过我的性命，这就不提了。我从前在魔教时，动辄被人打骂，只有修言替我求情、为我治伤。我早已发誓，等找着他之后，要伴他一生一世。修言若喜欢孩子，我们也可以收养几个当作义子……"

陆修文蓦然打断他的话，问："若有一人，也像修言那般对你好呢？"

段凌想也不想，立刻说："我心中只认定了他，旁人再好上千倍万倍，我也不会多看一眼。"

他英俊的脸上微含笑意，目光说不出的温柔。

陆修文像被人狠狠踢了一脚，疼得五脏六腑都移了位置，血肉模糊地搅成一团。

他为教主试药多年，再烈的毒也尝过了，却没有哪一次发作起来，似现在这样难熬。他喘了喘气，费尽了全身的力气，才说出一个字来："好……"

段凌等了半天，也不见他有下文，仔细一看，发现他已靠在自己肩头昏睡过去。但他在睡梦中也不安稳，眉头紧蹙着，额角渗出细密的汗珠。

段凌轻轻拭去他额上的汗，不知怎的，想起许多年前，他初入魔教时，陆修文提着一条银闪闪的长鞭，眯起眼睛打量他的样子。

那时他的鞭法已练得极好了，唰地一挥鞭子，从段凌脸颊边擦过，再重重地打在地上。

段凌吓出一身冷汗。

陆修文便扬了扬眉毛，大笑起来，说："从今以后，你就是我的师弟啦。"

物是人非。

那个骄傲无比的少年，终究只在梦中了。

陆修文昏睡一夜之后，第二天的精神好了许多。

段凌却不敢再兼程赶路了，一路上对他嘘寒问暖，只把他当作了易碎的瓷器，唯恐他又犯病。浑然忘了自己从前在魔教时，夜夜都要咒骂陆修文一番。

陆修文也不客气，时刻将“师弟”两字挂在嘴边，尽情地使唤他办事。

如此一来，原本一个多月的行程，足足拖了两个月之久。

天气越来越冷，很快就入冬了。

陆修文的身体愈发地差，手脚整日都是冰凉的，段凌看不过去，又给他添了两身冬衣。

陆修言隐居的地方颇为偏僻，他们一开始还走官道，到后来就专拣乡间小路走了，最后连马车也不能行，段凌背着陆修文翻过了两座山，才到了一处风景秀丽的山谷。

谷内的气候比外头温暖一些，四面群山环绕，当中一条溪水潺潺流动，山清水秀，草木郁郁。

段凌他们到时正是傍晚，远远看见一道炊烟袅袅升起。

陆修文拉了拉段凌的衣袖，道：“我自己下来走路。”

段凌依言弯下腰。

陆修文走了几步，转头问：“我今日气色如何？”

段凌见他面色灰白，只一双眼睛仍有些神采，一看就知是病入膏肓之人，心里竟有点不是滋味，犹豫了一下才道：“尚可。”

陆修文点点头，这才继续往前走去。

不多时，就见翠绿掩映之下出现一间小小房舍，造得颇为简陋，但因为是在这样一处山谷里，反倒有种清幽静谧的味道。

暮色四合。

一个男人正在房门外劈柴，他手中的柴刀有些年头了，并不是很锋利，劈得几下，就抬起胳膊来擦一擦汗。

段凌这才看清他的相貌——比陆修文略黑一些，五官有七八分相似，俊眉修目，神色温和，他虽然穿着一身粗布衣裳，却难掩浓浓的书卷气。

段凌不由得停住脚步，听见自己的心跳声一声大过一声。

那人很快也看见了他们，他飞快地站起身来，又惊又喜道："大哥！"

陆修文苍白的面孔上多了一丝血色，笑道："修言。"

陆修言快步走过来，才发现手中还拎着柴刀，忙把刀往旁边一扔，紧紧握住自家兄长的手。

两人虽不再是年少模样，但面对面站在一起时，仍旧如同双生并蒂之莲，光华夺目，俊美如昔。

"大哥终于离开天绝教来找我，是不是你的病已经治好了？"

陆修文叹一口气，道："外头发生了许多事，世上已无天绝教了。"

"什么？"陆修言怔了怔，再细看陆修文的脸色，眉头微微皱起来，"大哥，你的病……"

陆修文最拿手的就是转移话题，他的眼睛往段凌身上一瞥，道："我带了个朋友来见你。"

陆修言并未立刻认出段凌，上下打量他几眼，道："你是……唔，对了，你是阿凌？对不对？"

段凌本有千言万语要对他说，但真见到了人，又说不出话来了，他半晌方道："是我……"

陆修言瞧瞧段凌，再瞧瞧陆修文，道："我记得你是大哥的师弟，以前常跟在他后面跑的。嗯，你从前生得高高瘦瘦，如今倒是壮实了很多。"

陆修文道："师弟练了一身好武艺。"

"那好得很啊。"陆修言温文一笑，问："一别多年，你今日怎么会跟大哥一起来？"

段凌在江湖上历练了几年，也算见识过大风大浪了，生死关头都不会眨一下眼睛，到了他面前，却莫名地紧张起来，说："修言，我是为了……"

为了见你而来。

这句话尚未说完，就有人抢先叫了起来。那是一道稚嫩的童音，脆生生道："爹！"

接着就见一个五六岁的男孩儿从屋里跑出来，一头扑过来抱住陆修言的腿，叫道："爹，吃饭啦。"

他一边说，一边瞅了瞅站在旁边的两个陌生人，双眼滴溜溜转着，又是害羞又是好奇。

"辰儿。"陆修言笑着抱他起来，道，"这是我常跟你提起的伯父，快叫伯父。"

陆辰直盯着陆修文看，老气横秋地问："你就是跟我爹长得一模一样的伯父？"

"是啊。"陆修文摸摸他的头，问，"像么？"

"像是像，不过辰儿认得出来。"

陆修文不禁失笑。

陆修言又指着段凌道："叫叔叔。"

陆辰这回倒没作怪，干干脆脆地喊了一声叔叔。

他的声音清脆动听。

听在段凌耳里，却如同轰隆一声雷响，震得他半天回不过神。

这男孩儿叫修言什么来着？

爹？

"这是……你的儿子？"

"对，辰儿今年刚满五岁。"陆修言瞧瞧天色，道，"不该让你们站着说话的，晚饭已经煮好了，进去一起吃吧。"

正说着话，又有一人从屋内走了出来。

这是一个少妇打扮的清丽女子，荆钗布裙亦难掩姿色，她走过来轻轻挽住陆修言的胳膊，含笑道："夫君。"

段凌尚未从之前的震惊中回过神来，不料又遭重击，表情都有些麻木了，怔怔地出不了声。

"夫君。"那女子红唇轻启，笑吟吟道，"既然来了客人，怎么不叫人家进屋去坐？"

"是我大哥来了。"

"大哥，你可总算来了，修言日日念叨着你。"那女子立即敛衽为礼，接着又望向段凌，"这位是……"

"这位段公子是我大哥的师弟，亦是我的朋友。"

"段公子。"

段凌嗓子里像卡了什么东西，咽不下也吐不出，勉强道："陆夫人……"

短短三个字，每个字都像在剜他的心。

后来又说了些什么，段凌已记不清了，只知道那男孩说了句话，然后全家人一齐笑起来。陆修言拍了拍身旁女子的手，娇妻爱子，其乐融融。

随后他就被请进屋里吃饭。因不知道有客人来，陆夫人只炒两个简单的家常菜，但就算是山珍海味，段凌也是食不知味。一顿饭下来，他几乎一言不发。

家中总共只有两个房间，晚上睡觉时，段凌只好跟陆修文挤在一处。他进了房里还是沉默不语，望着桌上越烧越短的蜡烛，忽然道："我明日就离开此地。"

陆修文正低头看书，闻言头也不抬，道："好呀，多谢师弟千里迢迢送我过来。"

段凌一听更来气了，他跑了这么一趟，连表明心迹的机会也无，反倒便宜了陆修文。

"你早就知道修言已经成家了？"

"嗯，我跟弟弟虽然见不着面，但时常互通消息。"

“那你怎么不早点告诉我？”

“师弟没有问起，我为何要说？”陆修文一脸无辜，甚至还故作惊讶道，“难道你从来没想过，修言可能已成亲生子了？”

“我……”段凌气结。

他自己心意坚定，便以为陆修言必定更胜他千百倍，毕竟当初修言可是冒着性命危险救了他！谁料得到……

想到那和和美美的一家三口，段凌的脸色阴沉得可怕。

陆修文偏还要煽风点火，啧啧摇头道：“原来是师弟你自作多情。”

又道，“你不如赶紧找个女子成亲吧。等来年生个女儿，还来得及跟辰儿结娃娃亲。”

段凌冷哼一声，将手中的茶杯当作他的脖子，“啪”一下捏得粉碎。

陆修文瞧他一眼，眼底笑意浮动道：“师弟若是不肯死心，也不是毫无办法。”

“什么？”

“在你面前，不还有一个姓陆之人吗？”

段凌呆了一下，当场拔出剑来，就要为民除害。

陆修文不闪不避，故意打了个哈欠，说：“好师弟，还不快帮我铺床？”

段凌差点把床给拆了。

后来想到这是陆修言家的床，他才忍住了没动。但他也不愿跟陆修文挤一张床，所以干脆吹熄蜡烛，在桌边坐了一夜。

天快亮时，他迷迷糊糊地睡着了，梦见少年时的陆修言推门而入，依稀是那夜月光下的模样，头发乌黑，眼神明亮，唤他道：“阿凌。”

段凌张了张嘴，刚想说话，就从梦里醒了过来。

屋内暗沉沉的，房门紧闭着，窗外是半明半亮的天色。

段凌顿觉一阵惆怅。

他是再也睡不着觉了，洗漱一番后，他开门走了出去。

山谷里的清晨格外清幽，听得见鸟雀鸣叫之声，透过薄薄雾气，可见云端处现出一丝微光。

段凌信步在溪边走了两圈，没想到正遇见早起打水的陆修言。

“修言……”

“阿凌，怎么起得这么早？睡不习惯吗？”

“不，是前几日睡得太多了，所以早些起来。”

“山中条件简陋，委屈你了。”

“不会，这地方风景秀丽，正适合你跟陆夫人这样的神仙眷侣。”段凌捏了捏拳头，感觉胸口一阵酸涩，却还是说，“我不知道你已经成亲了……恭喜。”

“哈哈，儿子都这么大了，还说什么恭喜？”陆修言拍了拍他的肩，道，“家里没什么好吃的，不过我酿了两坛好酒，晚上一起喝吧。”

段凌瞧着他心无芥蒂的模样，心想或许真是他自作多情了。他心心念念多年的救命之恩，恐怕陆修言早已忘了。

段凌深深地叹一口气，尽量让自己语气自然：“你当年偷出那教主令牌，定是冒了极大的风险，无论如何，我总要报答你的救命之恩。”

“阿凌……”

陆修言愣了愣，刚要开口说话，就听“吱呀”一声，陆修文推开门走了出来。

他自见到弟弟后，气色好了许多，今日穿一袭白衣，倒不显得脸色如何苍白了，他斜斜地倚在门口，懒洋洋道：“修言，我有几句话要跟你说。”

说着，他望了段凌一眼，问：“师弟不介意吧？”

段凌自然不好同他抢，又想到昨夜被他戏弄的事，他一声不吭地转开头去。

陆修言本就有一肚子话要问自家兄长，只是昨日人多嘴杂，许多话不便提起。这时瞧着天气不错，便向段凌告了声罪，陪陆修文去附近的林子里转悠。

虽然已经入冬，但林中草木仍旧郁郁，远处传来流水的潺潺声，寂静中透着清雅。

陆修言也不多说废话，开门见山道："大哥跟我说句实话，你的病……究竟如何了？"

陆修文并不立刻答他。他双手负在身后，瞧一眼四周连绵起伏的山峦，指着其中一座山峰，问："那座是什么山？"

"那是落霞山。每日夕阳西下时，霞光满天，灿若织锦，只那座山上的景致最是动人，因此得了这个名字。"

"既是看落霞的地方，怎么弟妹这么早就上山了？"

陆修言定睛一看，果然在半山腰发现一道袅娜的身影，他脸上的神情不由得温和几分，道："辰儿他娘在山上种了两株凤凰树，日日都会上山浇水的。"

陆修文颔首道："见你们夫妻鹣鲽情深，辰儿又这么聪明懂事，我总算是放心了。"

"大哥……"

"当年是怕你被我牵连，才叫你避世隐居的，如今天绝教已灭，你若觉山中日子清苦，就带辰儿他们搬去外头住吧。"

"在山中住久了，反而嫌外边烟火气太重。"

"是吗？我也喜欢这山谷。"陆修文弯了弯唇角，平静地道，"待我死后，就将我埋在那落霞山上吧，也好日日瞧见云霞满天的景致。"

他对自己的病一直避而不答，现在突然说出这番话来，倒将陆修言吓了一跳。

"大哥！"他急得鼻尖上都出汗了，"你怎么说这样不吉利的话？"

陆修文神色如常，淡笑道："每个人都难逃一死，不过或迟或早而已。"

"但是大哥还这么年轻……你从前送我离开天绝教时，曾说过找到了治病的法子，只是要留在教中医治，难道竟是骗我的？”

陆修言说到这里，连眼圈也红了。

陆修文像安抚辰儿那样，轻轻拍了拍他的头，道：“大哥岂会骗你？我当初翻阅古籍，确实找到了治病之法，只是那法子太过古怪，想来只是那位前辈胡乱撰写，当不得真的。天意如此，亦是无可奈何。”

陆修言不知他说的是真是假，却仍劝道：“这法子不行，总有别的法子，世上多有神医高人，未必治不好你的病。”

“弟弟说的也有道理，只是这几日可太冷了，等来年春天，天气暖和一些，再去找那神医吧。”

陆修言并不知道他只剩数月之命，还当是说动了他，正欲细谈此事，却听陆修文道：“方才师弟同你说了些什么？”

“阿凌？他刚才说到教主令牌，又说到救命之恩，也不知道什么意思，怕是有些误会。”

“没有误会。”陆修文黑眸沉沉，断然道，“你数年前救过他一命，他要报恩，就让他报吧。”

“可我从来没有……”陆修言一顿，恍然道，“大哥，你又扮作我的模样骗他了？”

“他每次都能认出你我，我想瞧瞧有没有例外。”

“大哥你最爱欺负阿凌。不过教主令牌事关重大，你如何偷得出来？教主他……”陆修言不知想到了什么，脸上倏然变色，“教主从前常说，大哥你是难得一见的练武奇才，待他百年之后，教主之位非你莫属。可后来不知为何，教主突然雷霆震怒，说你触犯了教中规矩，将你一身武功尽废，莫非就是为了此事？是了，是了，阿凌正是那时候不见了……”

陆修文静了一会儿，既不承认也不否认，只是问：“修言，我可有求过你什么事？”

陆修言呆了一呆，说：“从小到大，一直是大哥护着我。天绝教那等险恶之地，若不是有大哥在，我早死过千百遍了。”

“好，那你今日便答应我一件事。”

“什么事？”

“师弟既然认错了人，干脆让他将错就错，你替我保守这个秘密。”

陆修言大惑不解：“阿凌说了要报恩的，为何要瞒着他？”

此时日头高升，阳光透过树叶子照下来，风轻轻吹动陆修文的衣袂。陆修言这才发现，他比从前瘦得太多了。但是提到段凌时，他还是忍不住微微一笑，眼中的神情难描难画，足令铁石也动了心肠，他叹息似的低语道：“我家师弟最重情义，我明知自己命不久矣，又何必叫他伤心难过呢？”

段凌等了陆修言一天。

他中午吃了两个陆夫人蒸的馒头，下午又给那个叫陆辰的男孩削了一柄木剑。

陆辰长得更像他娘亲，小脸白白净净的，一双眼睛尤其灵动，老是骨碌碌地转来转去。段凌在溪边练剑时，他就跟着舞动小胳膊小腿，还挺像模像样的。他早上还叫段凌叔叔，到了下午时，已经一口一个师父地喊着了。

段凌看着他汗津津的头顶，想到这是与陆修言血脉相连之人，就狠不下心来纠正他。他甚至忍不住想，或许他可以在这里造一间屋子，与陆修言比邻而居。

只是有一点不好，陆修文肯定也会住下来，以后日日相见，气也给他气死了。接着他想到半年忽忽而过，往后不管他愿不愿意，都再也见不到那个人了，一颗心竟沉了沉，心里说不出的气闷。

陆修言到了傍晚才回来，手中提了一只鲜血淋漓的野兔。

陆修文慢吞吞地跟在后面，朝陆辰招了招手，变戏法似的取出两块糕点来。陆辰这臭小子立刻变节，欢呼着跑了过去，将新认的师父抛在了脑后。

段凌无所事事，见陆修言蹲在溪边剥兔子皮，便走过去搭了把手。

“你们午饭是在山里吃的？”

“嗯，打了点野味。”

“晚上有兔子肉，正好可以下酒。”

陆修言扯了扯嘴角，勉强笑了一下。段凌见他眼眶发红，料想已经知道陆修文的事了，他一时也不知说些什么才好。

隔了一会儿他才道：“我早上说过，要报你的救命之恩。你日后但有吩咐，纵使是刀山火海，我也不会皱一下眉头。”

陆修言张了张嘴，欲言又止。

陆修文正在旁边陪陆辰玩儿，冷冷地扫了一眼过来。

陆修言便又将话咽了下去，低头专心洗那只兔子，道：“哪里用得着去闯刀山火海？只要阿凌你过得快快活活的，我……我就别无他求了。”

段凌心中一酸，道：“这是当然。”

陆修言手法熟练，不多时就将野兔洗好了，拎进去剁成小块，再加上八角、茴香一起炒了，香气四溢。陆夫人另炒了两个素菜，虽然只是些山间野菜，但也别有风味。

这顿饭比昨日丰盛许多，陆修言自家酿了梅子酒，这日便开了两坛，正好与段凌对饮。

他俩人心里都不好受，喝起酒来，还真有些得逢知己的感觉。陆夫人天一黑就带陆辰进屋睡了，陆修文也熬不得夜，最后只剩他们两个一杯接一杯地喝下去。

“这梅子酒酿了有七年，我离开大哥也是七年，没想到再次相见，他竟已病入膏肓。”

“哈哈，你不过是七年，我却想了一个人整整十年。”

“我兄弟二人父母早亡，大哥从小就倔得很，为了护着我，也不知吃了多少苦，在那天绝教里，他不敢有半点差池。”

“若知道是白白等这十年……哼，我也早就娶妻生子了。”

陆修言酒量一般，段凌也不见得多好，两人醉得糊里糊涂，说起话来牛头不对马嘴，竟也接得下去。

段凌不记得自己喝了多少酒，只知道两坛酒饮尽，陆修言又搬了两坛出来。到后来，他喉咙里火辣辣地烧着，趴在桌上睡了过去。

睡梦中，隐约听见陆修言喊了一声大哥。

等醒过来时，他已经躺在屋内的床上了。他酒劲还没过去，头疼得睁不开眼睛，感觉有人推了推他的肩，在他耳边道："喝点醒酒汤吧。"

这声音有些耳熟。

段凌勉力睁开双眼，发现面前这张脸也是熟悉的。他不由得笑起来，唤他道："修言。"

面前那人并不应声。

段凌急了，连忙去抓他的手，又叫一遍："修言……"

这次的声音轻得很，生怕将他吓跑了。

面前那人静了一会儿，然后笑了笑，低头去喝碗里的醒酒汤。

段凌醉得厉害，脑子里乱成一团，愣愣地问："汤不是给我喝的吗？"

“嗯，是给你喝的。”

那人凑到段凌跟前来，脸孔忽然变作十年前的模样，像那天在月色底下一般。

接着段凌就尝到了醒酒汤的滋味。气味古怪的汤水并未让他清醒过来，他反而醉得更加厉害，他急切地追逐着，渴望品尝到更多醉人的味道。

有来不及吞咽的汤汁顺着嘴角淌下来，段凌忍不住舔了舔。

有人“嗯”了一声，退了开去。

段凌想起逃出魔教的那个夜晚，陆修言对他笑过之后，也是这样转身离去，从此一别十年。

回忆与现实交织在一起。

段凌突然来了力气，他从床上坐起来，一把抱住了那个人。

“别走……”

那人怔了怔，伸手来扳他的手："酒还没醒么？别闹了。"

段凌紧抱着他不放，低声地叫："修言……修言……"

那人一开始还挣扎几下，后来便渐渐安静下来，反手抱住了他。

叁 神医

段凌第二天醒来时，天色已经大亮了。

他身旁躺了一个人。那人满头乌发铺在床上，正用手支着下颌，笑着瞧住他看，叫道："阿凌。"

段凌见他目光如水，嘴角带着若有若无的笑意，分明并非自己心中所想的那个人，他一时间如坠冰窟，道："陆修文？"

陆修文被他识破，便不再扮成弟弟，故作惊讶道："咦，师弟这会儿怎么又认出我了？"

段凌出了一身冷汗，只道是做着噩梦。然而外头青天白日，阳光明晃晃地照在他身上，又怎么会是做梦？

他深深地吸一口气，半晌才问："昨夜……是你？"

"自然是我。"陆修文伸手拨弄自己的头发，嗓子仍旧沙哑道，"师弟昨夜醉得厉害，不仅说了许多胡话，还一直叫着修言的名字。"

段凌又惊又怒，连他的调侃也顾不上了，只想离这人越远越好。他见地上扔着两人的外衣，就捡起一件来穿上了，不知怎的，竟错穿了陆修文的衣裳。他像被毒蛇咬了一口，连忙剥下来扔回地上，还用脚踩了两下。

陆修文见他如此，不由得笑出声来。

段凌愈发恼恨，三两下穿好衣服，瞪着他道："陆修文！你为何……为何……"

他憋了半天，却说不出一个字来。

昨夜固然是他醉后出糗认错了人，但陆修文也不知为了什么缘故，非要扮作修言来骗他。

"怎么？师弟是要同我算账吗？"陆修文道，"别忘了，昨夜喝醉酒的人可是你。"

他说着说着，便是一笑："若非我好心好意地照顾了你一夜，你现在说不定还趴在桌子上呢。师弟不来谢我，难道还要恩将仇报？"

他说话时的神态语气，同无赖也没什么分别。

他一直躺在床上没动，身上的被子掀开一些，露出大半个胸膛来，乌黑长发散在白皙的胸口上，映得黑的更黑，白的更白。

段凌看不下去，扭头冲出了房间，走得老远，还能听见陆修文的低笑声。

他今日起得晚，没见着陆修言，只好一个人在溪边练剑。平日再是心烦意乱，练一套剑法也就冷静下来了，但今日却怎么也静不下心，他一闭上眼睛，脑海里就全是陆修文的样子。

其实他早该觉得不对劲了，修言岂会是那个样子？也只有陆修文这祸害才会如此……

段凌回想起他湿润的眼睛，心里又是一阵别扭。

他定了定神，大骂自己鬼迷心窍，用冷水洗了把脸，再练剑时，将一套剑法使得泼风也似。若陆修文在他眼前，早已被他斩成十段八段了。

练完剑后，段凌心中那口郁气总算消散了一些。

他也是没办法，总不成叫陆修文无赖，举剑杀了他吧？只是再同他见面，两人难免尴尬，段凌想来想去，唯一的法子就是立刻跟陆修言辞行。反正他继续留着，也不过是看陆修言一家和和美美，何必受此折磨？

段凌主意既定，便提剑走回屋内，不料等到中午，也不见陆修言回来，连陆修文都没出来吃饭。

段凌问了陆夫人，才知是陆修文病了。

“大哥一早就发起了热，身上烫得吓人，夫君进山采药去了。”

段凌怔了一下，这才想起陆修文上回只是睡个柴房，就病了好几日，何况是……那般折腾？段凌刚立了誓不再见陆修文的，但一听说他病了，心里就烦闷起来，在屋里来回踱了几步，终于还是破了誓言，推开了陆修文的房门。

陆修文果然还睡在床上。床那么小，他只睡了半边，仍是早上那个位置，显然自段凌走后就没动过了。段凌想起他早上虽同自己说笑，却始终没有起身，想来那时就已病了。

段凌心头五味杂陈，见他一只胳膊还放在外面，便走过去掖了掖被角。

陆修文这回倒没昏睡过去，他睁开眼来望他一眼，道："师弟可还生我的气？"

段凌冷笑道："恨不得一剑杀了你。"

"一剑恐怕不够，只要师弟高兴，多刺几剑也不打紧。"陆修文的语气软下来，道，"师弟，都是我的错。"

他这么傲气的人，这时竟肯服软，段凌的气顿时顺了不少，却听他接着说道："昨夜师弟醉得厉害，趴在桌上不肯起来，我实在不该好心照顾你，就该让你这么睡上一夜，也尝尝腰酸背痛的滋味。"

段凌气得不轻，从床边退开了一些，能离他多远就离多远，只怕离得近了，自己会失手把人掐死。

"是谁说自己没几天好活了？又是谁正奄奄一息地躺在床上？"

陆修文理直气壮道："正因如此，才应当及时行乐。"

段凌噎了一下，竟然无法反驳。

陆修文实在累得很了，跟他说了一会儿话，就已支持不住，很快睡了过去。

陆修言上山采药，陆夫人要照看辰儿，只剩下段凌闲着没事，只好在屋里守着。陆修文睡得不甚安稳，即使在梦中他也皱着眉头，段凌喂他喝了两次水，又给他换了床被子，因照顾了他一路，这些倒是越做越顺手了。

等陆修言采了药回来，天色都快暗了。

他亲自煎了药给陆修文服下，又在床边守了一夜，熬得眼睛都红了。

如此折腾了两三日，陆修文的病总算好转起来。他精神略好一些，就拉着弟弟的手道："修言，我有几句话吩咐你。"

陆修言抬头望望段凌。

段凌还算识趣，立刻避了出去，并不去听他们兄弟说话。

两人关在房里说了大半个时辰，陆修言才推门出来，道："阿凌，大哥叫你进去。"

说着拍了拍段凌的肩。

段凌心里一跳，总觉得有些古怪，结果走进去之后，陆修文说的头一句话就是："师弟，你替我办一件事。"

他的语气十分自然，就像当初在魔教时，他用鞭子指着段凌，言笑晏晏地说：师弟，替我办件事儿。

有时是抓毒蛇，有时是喂毒虫，还有……反正每次都让段凌吃尽苦头。从此以后段凌便知道，陆修文笑得越好看，别人就越是倒霉。

但段凌习惯成自然，还是不由自主地问："什么事？"

他问完恨不得咬掉自己的舌头。世易时移，他何必再听陆修文的吩咐？办完一件又一件，简直没完没了了。

陆修文可不知他有这么多心思，他坐在床头问："你何时离开此地？"

"本来早就该走了，还不是因为你病了，怕修言忙不过来，方才多留了几日。"

"你走的时候，顺道捎我一程。"

段凌怔了怔，说："我以为你会留下来陪修言。"

"原本是有这个打算，但我只生个小病，他就紧张成这样，日后若是剧毒发作起来，他岂不是要急死？为免修言担心，还是早些离开的好。"

"但你无亲无故，一个人能去哪里？"

陆修文不说话，仅是笑眯眯地瞧着段凌。

段凌顿觉眼皮直跳。

"师弟家不是大得很吗？想必不在乎多一个人吃饭。"

段凌无语，这叫什么来着？请神容易送神难？

陆修文看够了段凌为难的表情，方道："我说笑的。师弟只要送我出谷就成了，我在附近的城镇租个小院子，再买个小厮服侍，也过得了几个月。"

段凌一听就觉得不妥:“修言岂会放心?”

“我跟修言说你会同我一起寻访名医,有师弟在,他当然放心。”

“你……连修言也骗?”

陆修文意味深长地道:“嗯,修言是我弟弟,所以更要骗他。”

段凌心念一转,想到这两人兄弟情深,与其让陆修言亲眼看着哥哥日渐病重,倒不如骗他一骗。

他沉吟片刻后,点头道:“我这就去收拾行李,待你的病好了,我们就走。”

“好。”

也不知陆修文是如何劝说弟弟的,总之陆修言对他的话深信不疑,连看段凌的眼神都变得热乎了许多,事无巨细地交代他如何照顾哥哥,若非还有妻儿在,他真恨不得跟他们一起出门。

数日后陆修文病愈,照旧由段凌背出了山谷。

因此地偏僻,马车行了两日,才到最近的镇上。在客栈住下后,陆修文大手一挥,就叫段凌去租院子买小厮。

“怎么又是我?”

“我身无分文,只好让师弟帮忙了。”

段凌心想:原来连银子也要我出吗?

“师弟是不愿意么?没关系,反正修言住得近,我这就回去找他……”

“够了!我去。”

段凌黑着脸出了门,在外面转了一圈,到天擦黑才回来。

陆修文早已吃上晚饭了,他举着筷子问他:“事情都办妥了?”

“没有。”

陆修文疑惑地挑一挑眉。

段凌见桌上备了两副碗筷,便也坐下吃了,道:“我去了趟驿站,跟几个江湖上的朋友传了信,叫他们帮我打听神医的消息。”

陆修文拿筷子的手一顿，抬头看向他。

段凌继续道："咱们这几日先在客栈里歇脚，等有了确切的消息，再接着上路也不迟。"

"师弟这是何意？"

"当然是找神医治你的病，此事虽然渺茫，但总好过一日日地等死。"段凌顿了顿，因怕陆修文误会，连忙又加一句，"我这可不是为了你。是我答应了修言，不愿让他失望而已。"

"我明白，一切都是为了修言。"

陆修文说罢，低下头专心吃饭。他垂下了眸子，叫人看不清眼底神色，唯有嘴角似有若无地往上弯了弯，似乎是微笑的模样。

段凌一阵心烦意乱。

他从前在魔教时，最恨的自然是那教主，排下来则是时常折磨他的陆修文，每晚入睡之前，都要将这两人咒骂一遍。没想到兜兜转转过了十年，他现在竟要寻访名医，来救陆修文的性命。

段凌越想越觉得没道理，只好自我开解道，他这么做不过是为了还陆修言的恩情。陆修言最在意的就是这个哥哥，他若能治好陆修文的病，也算是报答了当年的救命之恩。

他这么一想，心情总算畅快了不少。

江湖上从来不缺传说。

其中关于神医的传闻更是多如牛毛，有说能活死人、肉白骨的，传得神乎其神，但其中有真本事的，却是寥寥无几。何况这等高人多半性情古怪，岂是寻常人说见就能见的？

段凌联络的几个朋友，都是走南闯北过来的，对于江湖上的消息最是灵通，饶是如此，也是一等大半个月都没有回音。

陆修文对此并不在意，反而是段凌等得心急起来，眼看着年关将近，等过了年，半年之期可就到了。他甚至有些后悔，早知道一开始就带着陆修文去找神医了。反正陆修言就住在那山谷里，晚去个一年半载，他也不会消失不见，陆修文却是过一日少一日了。

如此又等了两三日，总算有人送了信过来。段凌看过信后，倒是一喜。

他一个常年走镖的朋友打听到，有个名叫魏无忧的隐士，医术十分了得，而且最擅解毒，兴许能治陆修文的病。

巧合的是，这魏神医的住处离他们落脚的小镇不远，快马加鞭地赶过去，数日就能到了。

段凌不敢耽搁，当夜就打点好行装，第二天一早就出发了。

陆修文见他如此，忍不住泼他冷水道："就算真有神医，也未必肯替我治病，就算人家肯治，也未必治得好。"

段凌心情正好，并不同他置气，只道："天意如何，到时候就知道了。我瞧你面相，也不像是短命之人。"

"师弟还会看相？怎么不先看看你自己的姻缘线？"

"陆修文！"

两人说说笑笑，不知不觉已赶了一天的路。段凌赶得太急，不小心错过了宿头，晚上只得在荒郊野岭过夜。

好在马车还算宽敞，段凌取了大氅来裹在陆修文身上，自己则在旁边一坐，和衣而眠。

夜里寒风凛冽。

段凌怕陆修文冻着，忙往他身边靠了靠，顺便替他挡风。

睡到半夜时，远处传来一阵脚步声。

段凌的耳力甚好，听出这脚步声的主人都身怀武功，头一个人步伐凌乱，后面陆续又有几人，似乎正在追他。

没过多久，这人就被追上了，而后响起了兵刃相交之声。

叮叮当当的声响在夜里分外清晰。

陆修文本就睡得不熟，他一下惊醒过来，问："师弟，出什么事了？"

“可能是山贼半夜劫道，我过去看看。”说完却犹豫了一下，想到不管是不是山贼，留下陆修文一人都不安全。

陆修文明白他的心思，起身道：“师弟扶我一把，我跟你一起去。”

段凌连忙扶他下了马车。

那伙人打斗间，已经离他们极近了，这夜月光又好，只转过一个山坳，就可见数人正在林中激斗。

当中那人使一柄寒光凛凛的宝剑，武功不好不坏，显然已受了伤，他左支右绌，勉力应敌。围住他的共有五人，每个人所使的兵器都不相同，有拿剑的，有拿折扇的，还有拿判官笔的。这五人的功夫远在那人之上，迟迟擒他不下，乃是因为那人所使的是一柄削金断玉的宝剑，仗着兵器之利，方才撑到了现在。

段凌不知他们是什么来路，原本打算静观其变的，但是仔细一瞧，却发现当中那人他也认得，是与他交情颇好的青山派弟子柳逸。

柳逸这时已经力竭，手中的宝剑撑在地上，咬牙道：“要杀就杀吧，你等魔教余孽作恶多端，必有报应之时！”

什么？

与柳逸交手的竟是魔教之人？

段凌本就想出手救人了，听得魔教二字，更是毫不迟疑，施展轻功掠了过去。

那五人本已将柳逸逼到了绝路，只当他是瓮中之鳖，自然是手到擒来。不料突有一人从山坡后冲了出来，手中剑光一闪，疾刺向那使判官笔的汉子。

这一剑出手如电，招式绝妙，那汉子胸前的几处大穴，都笼在剑光之下，顷刻就有性命之险。

那汉子反应极快，急忙举起判官笔一挡，只听“铛”的一声，他竟被震得连退数步，足见这一剑内劲之强。

那五人见来了如此强敌，都是大吃一惊。

柳逸却是又惊又喜，叫道："段大哥！"

"柳兄弟。"

段凌应了一声，反手又是一剑，这回却是刺那使扇子的白脸男子。

那人知道厉害，不敢攖其锋芒，当下虚晃一招，有惊无险地避了开去。

段凌仅是"唰唰"两剑，就将两人逼退，冲进了包围圈子，与柳逸聚在一处。柳逸登时精神一振，重新举起剑来，同他并肩御敌。

"段大哥，你怎么会在这里？"

这等生死关头，段凌也不好说得太细，简单道："我刚好路过此地，听到了这边的动静。"

趁两人叙旧的工夫，那五人重新站好了位置，将两人团团围住。那使判官笔的汉子将手中兵器一挥，喝道："我等是天绝教的人，你若爱惜性命，就别多管闲事。"

段凌横剑当胸，冷笑道："杀的就是你们这些魔教余孽！"

"哟，好大的口气。你是何人？报上名来！"

"段凌。"

话音刚落，那五人中唯一的一个女子就"咦"了一声，细声细气地问："你、你是段凌？杀了右护法的那个段凌？"

"正是在下。"

闻言，天绝教众人皆是面色一变。

段凌本在江湖上籍籍无名，自天绝教一役斩杀右护法后，方才扬名天下。天绝教的人自然知道右护法的本事，这时听了段凌的名头，心中难免惴惴。

那白脸男子倒是胆大，他摇了摇扇子，道："好呀，今日正好将这姓段的杀了，替右护法报仇。"

旁边一人啐他道："咱们是左护法的手下，何必替那老家伙报仇？"

“管他左左右右，可不都是天绝教的人？”

“好了好了，有什么好吵的？左护法说了，凡是与天绝教为敌的人……统统该杀！”

说到那个杀字，剩下的四人齐齐亮出兵刃，一同朝段凌杀来。

段凌可不怕他们，剑花一挽，一套剑法疾如运风，霎时间只见漫天剑影，剑尖指东打西、指南打北，仿佛四面八方都是杀招。

那女子武功最弱，一下被刺中了两剑，捂着胳膊退了下去。

柳逸叫了声好，也挺剑加入战局。

段凌冲他使个眼色，道：“柳兄弟，替我压阵。”

柳逸应了一声，手中宝剑一挥，倒是气势如虹。段凌趁势拔地而起，仗着一身绝佳的轻身功夫，飘然跃至白脸男子身后，剑尖一挑，又伤了一人。

他武功既高，胆量又大，剩下的三人不敢硬碰，其中一个矮个汉子打了声呼哨：“点子太硬，咱们先撤！”

他们逃起来倒也有一手，说撤就撤，毫不拖泥带水，五人分别朝五个方向散去，叫段凌想追也无从追起。

若是平时，段凌必不会放过魔教之人，但想到陆修文还在附近，自不敢让他一个人待着，因此只是右手一扬，将长剑掷了过去。

那使判官笔的汉子跑得最慢，段凌一剑掷去，力道惊人，竟是透其胸而过，将他钉在了地上。他连哼也来不及哼一声，就已没了气息。

柳逸经此一夜恶战，早已用尽了力气，这时便往地上一坐，道：“段大哥的功夫真是越来越好了，今日若不是你出手相救，我可活不成啦。”

“你怎么会孤身一人在此？又怎么会惹上魔教妖人？”

柳逸正要说话，却见黑暗中缓缓走出一个人来。这人一头乌发，一身黑色大氅，脸孔却莹白如玉，衬得那眉眼精致若画。

柳逸瞧得呆了呆，段凌忙迎了上去，抢先道：“这是我的朋友。”

柳逸点头道：“我知道，是段大哥从魔教救出来的那位公子吧？段大哥难得有这样好看的朋友。”

段凌哼了一声，心想陆修文满脸病容，哪里称得上好看？他从前那个模样……才真正叫人移不开眼睛。

陆修文虽出身魔教，对正道人士却没什么恶感，他走到柳逸跟前道：“这位小兄弟脚上受了伤，马车上备有伤药，你过去裹一裹伤吧。”

柳逸连声应好，一边站起身来，一边打听陆修文的姓名来历。段凌怕他泄露身份，忙催促两人上马车。等回到马车上，又翻出伤药来扔给柳逸，问：“你这次是一个人出门的？”

柳逸眼圈一红，道：“我原本跟几个师兄结伴同行，不料半路遇到魔教之人，师兄们都遇害了，只有我仗着师父给的宝剑，拼死冲杀出来。”

段凌蹙眉道：“这伙人好大的胆子。”

“他们是魔教左护法座下的，近几个月来，在江湖上掀起了好大的风浪。当日参与围剿魔教的同道中人，有不少都被他们害了，每个人的死法虽不相同，但是……全都被割去了首级。”

段凌的心里咯噔一下，立刻想起了那魔教教主的尸首。他本是决斗时走火入魔而亡，但那左护法不知使了什么手段，竟在一众高手的眼皮子底下，神不知鬼不觉地抢走了他的首级。

这一举动，既是挑衅又是威慑，果然只过了几个月，就陆续有人被割去了头颅，与那教主的尸首一模一样。想来是那左护法在下战书，要替死去的教主报仇了。

“如今江湖上人心惶惶，尤其是参与过围剿魔教的人，都怕自己一觉醒来，已经被人割去了脑袋。”柳逸说到这里，不由得打了个冷战，他今夜若没遇上段凌，自然也是一样的下场了。

“不过是一群亡命之徒，杀了也就是了，有什么好怕的？”

“段大哥你不知道，这些人阴险狡诈得很，他们……”

“他们遇上强敌，便避而不战，遇上武功不高又落了单的人，方才痛下杀手，对不对？”陆修文上了马车后一直闭目养神，这时他突然开口说了一句。

“正是如此！”柳逸奇道，“陆公子怎么知道？”

“猜也猜得着了。你今日遇上的那几个人，不过是天绝教的喽啰，上不了什么台面的，左护法派他们出来，恐怕是为了扰乱人心，背地里他应该另有谋划。”

段凌怕陆修文说得太多，给柳逸识破了身份，他故意咳嗽几声，打断两人的话。谁料柳逸浑然不觉，还点头附和道：“我师父也怕有什么阴谋，所以叫我们师兄弟去洛阳参加武林大会，哪知半路上……”

柳逸的情绪低落了一会儿，很快又振作起来，道：“如今师兄出了事，我更是非去不可了。段大哥你也一起去么？”

段凌这数月来为了陆家兄弟奔波，许久不关心江湖上的事了，现在既然知道魔教余孽作乱，他当然不可能袖手旁观。只不过……

他望了陆修文一眼，道：“我另有要事在身，等那件事办成了，再去洛阳不迟。”

柳逸向来与他亲厚，这时也不怕冒失，直接问：“段大哥要去办什么事？我虽然武功不济，但师父送的宝剑还算锋利，或许能帮上些忙。”

段凌可不敢让他跟陆修文同行，正要婉言谢绝，却听陆修文道：“柳兄弟脚上受了伤，一个人去洛阳也不方便，就先跟我们一路走吧。”

“好呀，你们要去哪儿？”

“就是离此地不远的陈家村。”

两人聊得热络，谁也顾不上问问段凌的意见。段凌一张俊脸都气黑了，心道，也不想想人是谁救的，马车是谁买的，伤药是谁备着的，有这样过河拆桥的吗？

但显然他的怒意无足轻重，第二天一早起程时，马车上多了一个柳逸，而段凌则继续充当车夫。

柳逸出身名门正派，且是年纪最小的师弟，在门派中被师父师兄宠着，心性颇为单纯，哪里是陆修文这老狐狸的对手？两人只相处了短短一日，他就一口一个“陆大哥”叫得亲热了。

陆修文极有分寸，在外人面前绝口不提“师弟”两字，只叫段凌作段少侠，听得段凌浑身不自在。他又将自己的身份来历编得滴水不漏，柳逸信以为真，听说他要找神医治病，还热心道：“若是那魏神医治不好你的病，便跟我去青山派吧，我有个师叔精通医理，并不比什么神医差。”

段凌哼了一声，说：“你那师叔只会炼丹，哪里懂得医术，难道要给你的陆大哥吃长生不老丹么？”

柳逸面上一红，也不辩解，只唰一下将帘子拉上了，放低了声音同陆修文说话。

段凌虽然听得见他们的说话声，究竟说了些什么，却又听不真切，只知道柳逸时常笑出声来。也不知陆修文有何等本事，惹人讨厌时恨得人牙痒，讨人喜欢时，又骗得人团团转。

段凌这一头胡思乱想，柳逸那一头也正提到了他：“段大哥最是疾恶如仇，尤其痛恨魔教的人，见一个杀一个，从不手下留情的。不过他这样的英雄人物，喝得酒吃得肉，却偏偏上不得青楼。”

“怎么？”

“有一回大伙去吃花酒，两个美貌花娘见段大哥生得俊，缠住了他敬酒，那身段那嗓子，可真嗲得要命。谁知段大哥坐怀不乱，连碰也没碰她们一下。”

柳逸瞧了瞧段凌映在车帘上的影子，压低声音道：“我私底下怀疑，段大哥练的是童子功，所以不近女色。”

陆修文正喝着水，听了这话，他一下子咳嗽起来。

“陆大哥，你怎么了？”

“没事，不小心被水呛到了。”陆修文摆了摆手，也看向段凌挺直的背影，眼底微含笑意，低声说，“他现在可练不成啦。”

段凌可不知道车内两人正说他的坏话。他赶了一阵路，看看日头已经偏西，便停下马车道：“先休息一会儿吧。”

等休息够了，他又把鞭子扔给柳逸，道：“柳兄弟，你来赶车。”

柳逸刚给段凌救了性命，自然不好意思白吃白喝，乖乖跟他换了位置。

段凌也学他将帘子拉上了，板着脸坐在陆修文旁边，眼神冷得像能甩出冰碴子来，他道：“你到底是什么意思？让柳逸跟我们同行，又跟他这样亲近，是怕他发现不了你的身份吗？”

“小柳性情开朗，十分讨人喜欢，我不过是想跟他多聊聊罢了。”

“什么小杨小柳的，若是我不出声，你是不是要同他做结拜兄弟了？”

“段少侠这是嫉妒了？我也可以叫你小段啊。”陆修文笑吟吟地瞧着段凌，眼若桃花，忽然叫他道，“阿凌。”

他从前也这么叫过几次，但每次都扮作陆修言的口吻。

唯独这次不是。

段凌心头一跳，半边脸颊蓦然烧得发烫，连耳根也红了。他扭头看向窗外，隔了一会儿才道：“你……别用这个称呼，只有修言才这么叫我。”

陆修文静了静，他淡淡地“嗯”了一声。

段凌等了半天也不见下文，回头一看，才发现他已经闭上眼睛睡着了。段凌想到他和柳逸聊了这么久，确实也该觉得累了，便拉过毯子来盖在他身上。

他们这日运气还算不错，在天快黑时找到了投宿的客栈，不过客房只剩下两间了，段凌只好跟柳逸挤一个房间。

临睡前，柳逸迷迷糊糊地问：“段大哥，你跟陆大哥出什么事了？怎么一整个晚上都不对劲，两个人谁也不说话？”

段凌心道，难道人人都像你这样多话？嘴上却答：“话不投机，自然没什么好说的。”

“怎么会? 这一路上, 陆大哥可是问了我好多关于你的事。”

段凌心中一动, 道:“他问了些什么?”

“什么都问了。”柳逸打了个哈欠, 声音越来越低,“你何时开始行走江湖的, 结交了哪些朋友, 又有多少仇家, 还有……嘿嘿, 段大哥你有没有红颜知己。”

“你都告诉他了?”

“当然。陆大哥不是你的朋友吗? 他说从小跟你情同手足, 不过后来失散了, 不知你这些年过得怎么样。”

什么乱七八糟的?

陆修文若真想知道这些, 直接问他不就成了, 何必舍近求远去套柳逸的话?

段凌这样想着, 却怎么也睡不着觉了, 在床上翻来覆去, 吵得柳逸也无法入睡, 他委屈道:“段大哥, 你要是不习惯跟我一起睡, 我去找陆大哥挤一挤好了。”

“闭嘴, 睡觉。”

“是……”

柳逸这才闭上了眼睛。

段凌等他睡着后, 轻手轻脚地下了床, 推开门走出房间。

陆修文就住在隔壁。

虽有月光照着, 但屋里模糊一片, 看不清那人的身影。段凌静静地在门外站着, 想了又想, 终究没有敲响房门。

第二天早上起来, 柳逸发现另外两个人都没什么精神。

是客栈的床太硬, 没有睡好吗?

他倒是睡得不错, 早上还吃了两个包子, 心满意足地上了马车。照旧是由他驾车, 段凌和陆修文坐在车内, 气氛比昨日还要尴尬, 他俩大眼瞪着小眼, 谁也不开口说话。

柳逸觉得奇怪，但好在离目的地已经不远了，又赶了一天的路，到了日暮时分，总算到了陈家村。

陈家村是个小村落，村里稀稀落落数十户人家，有一大半都姓陈。

柳逸嘴巴甜、会说话，找人打听一番后，很快知道了魏神医的下落。

“村里外姓人很少，只有一户姓魏的，在这里住了些年头了，他平日深居简出，应当就是我们要找的神医。”

“他住哪里？”

“村子最东边的那间屋子就是了。”

段凌颔首，率先找了过去。柳逸和陆修文跟在后面，没走多久，就见一间白墙黑瓦的房子，门外种了两株槐树。

这时已快入夜了，魏家的大门却敞开着，院子里摆了石桌石凳，有一人手执棋子，正自己同自己对弈。那人相貌平平，一张脸面无表情，瞧来不过三十多岁的年纪，两鬓的头发却已斑白了。

段凌见他面有风霜之色，确实像是隐士的模样，便上前抱拳道：“魏前辈。”

魏神医双眼一翻，瞥了他一眼，问：“你是何人？为何踏进我家的院子中来？”

“在下段凌，听闻魏前辈医术高明，有起死回生的本事，特地来此求医的。”

“死了人该去棺材铺子，来找我可没用。”

“这……在下的朋友还没死。”

“那就是快断气了？嗯，你是怎么寻到这儿来的？”

“魏前辈大名鼎鼎……”

“说实话。”

“是，是我一个走镖的朋友提起您，说您就住在这陈家村。”

魏神医手中的黑棋轻轻地落在棋盘上，接着他又换执白棋，沉吟道：

“我确实会些医术。”

段凌喜道：“那前辈……”

“不过我为什么要医治一个非亲非故的人？你们一行人来路不明，焉知不是我的对头派来试探我的？”

他说的也有道理，要求人治病，总得拿出些诚意来。

段凌想了想，道：“不知前辈的对头是谁？晚辈不才，稍微懂得些拳脚功夫，愿替前辈分忧解难。”

魏神医抬头看了看段凌，突然将手中的棋子一扔，放声大笑起来。他笑声清朗，直笑得上气不接下气了，才摇头道：“我那对头十分厉害，岂是寻常人对付得了的？你小子这样年轻，还是别去送死了。”

说罢，他重新低头看那棋盘，挥手道：“你们走吧，别扰了我下棋的兴致。”

段凌站着没动，道：“晚辈家中颇有田产，必不会短了前辈的诊金。”

“财帛动人心，可惜非我所欲。”

“前辈不肯医治我的朋友，可是怕治不了他的病，坏了你神医的名头？”

“哈哈，激将法对我没用，你就别费心思了。”魏神医并不动怒，只是专心下棋。

段凌见他软硬不吃，正不知如何是好，一直沉默不语的陆修文却上前两步，道：“我瞧前辈甚爱下棋，不知我是否有幸，向您讨教几招？”

魏神医朝他面上一望，道：“你就是要求医的那个人？果然是一脸死气。唔，你是要同我赌棋么？就算我输了，也不会给你治病的。”

“晚辈不敢。无论输赢，我下完这盘棋就走。”陆修文微笑道，“生死有命，岂能强求？”

“好一个生死有命！偏这世上许多人看不透，非要强求。”魏神医指了指对面的位置，道，“你坐吧。”

陆修文瞧一眼棋盘上的局面，执黑子同他厮杀。

段凌棋艺不佳，只能看个大概，见黑子一时被逼入绝境，一时又转危为安，那魏神医的脸上虽没什么表情，眉峰却紧紧皱起又慢慢舒展，可见这一局棋下得峰回路转、跌宕起伏。

后来天都完全黑了，柳逸机灵得很，忙去点了灯来给他们照着。

临近终盘时，魏神医每一步棋都下得极慢，他一面下一面问陆修文道："我瞧你印堂发黑，可是中了毒？"

"是。"

"似乎还不止一种？"

"大抵有数十种吧。"

"剧毒已入肺腑，发作起来怕是生不如死。"

"生不如死，那也比死了好。"

魏神医"唔"了一声，忽然一把抓住陆修文执棋的手，两根手指搭上他的脉门，双目微闭，道："你这脉象倒是古怪，像是曾遭重创，被人废了……"

"前辈。"陆修文打断他道，"我是练功走火入魔，方才如此。"

魏神医瞧了瞧他的神色，也不说破，只道："今日天色太晚了，棋就下到这里吧。"

柳逸插嘴道："魏前辈，你跟我陆大哥还未分出输赢呢。"

闻言，陆修文跟魏神医一齐笑起来。

柳逸满脸茫然之色，悄悄问段凌："段大哥，他们笑什么？"

段凌使劲瞪了他一眼，道："你陆大哥说无论输赢，下完棋就走，现在既然未分输赢，自然是不用走了，明日再接着下。"

柳逸这才恍然道："魏前辈肯替陆大哥治病了？"

魏神医没说肯治也没说不肯治，只叹息道："且看天意吧。"

柳逸可不管什么天意不天意，听说陆大哥治病的事有了转机，就是一阵高兴。高兴完了他才发现肚子咕噜噜直叫，原来他们一直在旁边观棋，连饭也没顾上吃。

魏神医脾气古怪，当然不会是好客之人，陈家村这等小地方，也不可能有客栈让他们打尖住店，三人只好回马车上啃干粮。

柳逸吃饱喝足后，伸了个懒腰道："那神医的规矩可大得很，这个也不治，那个也不治，还是陆大哥厉害，只跟他下了盘棋，就哄得他出手相助了。不过像这等高人，越是性子怪越是有本事，肯定能治好陆大哥的病。"

他说了半天，另两个人都是爱答不理的样子，他顿时大觉没趣，捅了捅段凌的胳膊，小声道："段大哥，你跟陆大哥还没和好么？"

段凌皱了皱眉头，没有作声。

他跟陆修文又没吵架，有什么要和好的？

何况……

何况从来都是陆修文先来找他说话，要么使唤他做事，要么拿他寻开心。若换成他主动开口，真不知该说什么，难道又提陆修言？

段凌憋了半天才道："你的棋下得不错。"

"是魏前辈手下留情了。"陆修文道，"我自从不能练武，每日除了看看书、下下棋，也没别的事可干了。"

段凌听他提起，才发觉自己对他的事一无所知。陆修文废了武功，又自愿为教主试药，这十年是怎么过的？难道日日待在那间狭小的密室里？

"你被关在魔教多年，想来难得有出门的机会，待你的病好了，倒是可以四处走一走，见识一下山河风光。"

"段少侠也陪我一道去么？"

段凌怔了一下，说："我……若是有空的话……"

陆修文便微微一笑，道："借段少侠吉言，但愿我能够如愿。"

他的语气淡淡的，疏离而又多礼。

段凌心里别扭了一下，倒情愿他像平日那般胡言乱语。

柳逸见他俩终于说上话了，算是去了一桩心事，打着哈欠道："好了好了，明天不是还要接着下棋吗？咱们快点睡吧。”

“嗯。”段凌点点头，对陆修文道，“你今日费了许多精神，确实该早些休息。”

陆修文笑了笑，自无异议。

马车虽然宽敞，却也睡不下三个大男人，最后段凌抱了剑坐在车门处，也算是守夜了。

柳逸最没心事，转眼就睡着了。段凌却有些辗转反侧，心里总觉得不太踏实。他跟陆修文算是和好了吗？还是……离得更远了？

段凌记不清自己是什么时候入睡的，睡到半夜时，鼻端忽然闻到一股浓郁的香气。这香味像是花香，却比花香更为芬芳诱人，叫人忍不住想深深嗅上一嗅。

段凌深吸一口气后，立刻察觉不对，连忙屏住呼吸，翻身跳下马车。不料他跳下去后，双腿竟是一软，“咚”地一声栽在了地上。

段凌这一惊非同小可。

想他何等武功，岂会跳个马车就摔倒？一运功，却发现丹田空荡荡的，一丝内劲也无了。

另外两个人听见动静，也从梦中惊醒过来。柳逸还没闹明白怎么回事，嘀咕道：“段大哥，你半夜练什么功夫？咦，奇怪，马车里怎么这么香？”

陆修文眉心一蹙，马上说：“小柳，这味道有古怪，赶紧闭气！”

段凌手软脚软，扶着车辕站起来，与陆修文对视了一眼，异口同声道：“追魂香！”

这是天绝教特有的一种毒药，段凌也略有耳闻，道：“追魂香还须一味药引，我们是何时中毒的？”

“可能是在昨日投宿的客栈里。”

“如此说来，必定是魔教的人去而复返了。”

“魔教？”柳逸这时也明白过来，“难道是那个左护法？”

“不会。”陆修文冷静道，“若是左护法亲至，不必用上追魂香。”

“追魂香香味特异，能令人内力全失，三个时辰后方可恢复正常。就算来的不是左护法，想必也不好对付。”

段凌说着，缓缓抽出剑来。

这剑他原本日日佩在身边，如今握在手中，却是重逾千斤。

夜色正浓。

而这漆黑的夜里，渐渐地响起一阵脚步声。

肆

险境

那脚步声不轻不重，踏在地上，震得落叶沙沙作响。段凌一听就知道，来的必定是个高手。而这等高手竟然夜半下毒，那定是个心性狠毒之人，为达目的，不择手段。

段凌方才吸了不少追魂香，一身内力已荡然无存了，他暗自计算着时辰，在天亮前是无法恢复武功了，所以逃是肯定来不及的，只能……

段凌念头一转，对另外两个人道："你们快下马车。"

柳逸也中了毒，他连滚带爬地跳了下来。陆修文倒是行动如常，他本身没有内力，反而不受追魂香的影响。

脚步声越来越近。

段凌当机立断，叫道："柳兄弟。"

"是。"

"带你陆大哥去魏前辈家避一避。记着，悄悄地走过去，路上一点声音也别出，明白吗？"

柳逸握着剑道："明白。"

随即他又问："段大哥你呢？"

段凌强提一口气，翻身上了马背，道："还好来的只有一个人，我想办法引开他。"

柳逸也是经过生死的，知道其中凶险，道："段大哥，你……小心。"

陆修文这时也不避嫌了，叫了声"师弟"，道："别忘了你答应过，要陪我游历山河的。"

段凌深深地望他一眼，说："等我回来。"

说罢他举起剑来，在马臀上狠狠刺了一下，那马吃痛不过，长长地嘶鸣一声，撒开蹄子朝前跑去。

陆修文跟柳逸趁机躲在了一旁的草丛中。两人屏息凝神，谁也没有出声，过得片刻，果然见一道黑影从眼前掠过，快步追赶段凌的马车。夜色中瞧不清那人的相貌，但他的一身轻功却是登峰造极，轻轻几个起落，就已不见踪影了。

段凌若被他追上，自然是九死一生。

陆修文心中明白，却只捏了捏拳头，朝柳逸使个眼色。柳逸点点头，小心翼翼地从草丛里站起来，两人相互搀扶着，朝另一个方向走去。

魏神医住在村子的最东面。

这条路他们傍晚才走过，这时再走起来，却显得特别漫长。柳逸谨记着段凌的吩咐，连一句话也不敢说，到了魏神医家门口，才伸手敲响紧闭的大门。

“咚咚咚”的敲门声在半夜里格外清晰。

柳逸敲得手心都出汗了，只怕那魔教的人突然折返回来，听见了他们的声音。

仿佛过了一辈子那样漫长，面前的那扇门才终于开了，露出魏神医那毫无表情的面孔。他显然是刚从睡梦中醒来，身上只披着一件外衫，不耐烦地问：“半夜三更的，敲什么门？是死人了吗？”

“魏前辈，咱们遇上魔教的人了，若不来找您相救，可真要死人了。”

“魔教？是天绝教吗？你们怎么招惹上那伙人的？”魏神医一边问，一边侧了侧身，让柳逸他们进了屋。

柳逸毒性发作，身上早没力气了，一进去就软倒在地上。

魏神医抓过他的手来把了把脉，眼神一动，说：“追魂香？这可是天绝教的宝贝，炼制殊为不易，怎么用在你们几个身上了？”

一副嫌对方暴殄天物的样子。

柳逸有求于他，便将事情简单地说了一遍。

魏神医听后嗤笑一声，道：“如此说来，你们前几日就遇上了天绝教的人，还杀了一人，伤了四人？”

“不错。”

“呵，年轻人就是见识短浅，你们跟天绝教结下这么大的梁子，怎么还敢大摇大摆地来求医？是怕人家找不着你们报仇吗？”

“那怎么办？我段大哥还在外头呢。”

魏神医两手一摊，道：“我只懂医术，不懂武功，这地方可以借你们避避风头，其他的我却帮不上忙了。”

仅是如此，也已担了极大的风险。

柳逸连忙谢过，回头一看，却见陆修文一言不发地立在门口，正侧耳倾听外面的动静。

“陆大哥，你说段大哥会不会……”

“不会。”陆修文笃定道，“师弟答应我的事，从来没有食言过。”

他的声音不大，却令人不由自主地觉得信服。

柳逸松了口气，问魏神医道：“前辈你既是神医，可会解追魂香的毒？”

“这毒三个时辰后自然就解了，何须解药？”

“三个时辰……至少要等到天亮，万一魔教的人折了回来，不只是我们，连魏前辈你也会受牵连。”

“所以我才不肯再治病救人，这江湖上的恩怨太多，一不小心就惹上麻烦，连自己怎么死的都不知道。”他嘴上虽这么说，却伸手指了指院子里的石桌，道，“这石桌下有间密室，转动桌上的棋盘就可打开，原本是为了防备我那对头的，想不到先给你们用上了。”

这棋盘原是固定在石桌上的，底部却可转动，柳逸走过去转了转，只听“咔咔”几声，他脚下的石砖缓缓移动，果然现出一条缝隙来。

这等机关，普通人自是料不到的，难怪被魏神医当作保命的法子。

柳逸正想将机关完全打开，却听外面响起一阵“嘚嘚”的马蹄声。他忙又把棋盘转了回去，喜道：“陆大哥，可是段大哥回来了？”

陆修文做了个噤声的手势，沉吟不语。

段凌是驾着马车离开的，而那魔教的人是施展轻功追上去的，现在骑马回来的……会是段凌吗？

院子里寂静无声。

只听见那马蹄声在村里来来回回，像是在寻找什么人。过了许久，那声音才渐渐停下来，换成了一阵笑声。

那笑声似男似女，妖异非常，听得人头皮发麻。虽然离得甚远，但因笑的人内力深厚，每一声都像是近在耳边一般。

接着那人开口，一字一字道："陆修文，不必再躲了，我知道你就在这里。"

陆修文乍然听见自己的名字，自是吃了一惊，但他很快镇定下来，仍旧没有出声。

柳逸有些紧张地瞧着他。

陆修文摇了摇头，示意他莫要中计。

对方应当并未发现他们的踪迹，方才说那两句话，只是为了骗他出来。

果然没隔多久，那人的声音又响起来："本来左护法派我来杀那个姓段的小子，我是不大愿意的，不过一听说你也跟在他身边，我可坐不住啦。咱们许久不见，难道不该叙叙旧么？"

说到最后一个字时，他的语调微微上扬，十足勾人。

柳逸忍不住哆嗦了一下，脸上现出疑惑的神情，似是奇怪陆修文为何跟魔教的人相熟。

陆修文听了这两句话，已猜到那人的身份了。对方非但是个熟人，而且还同他有仇。他说是来杀段凌的，那么……

陆修文闭了闭眼睛，不让自己深想下去，听那人继续道："陆修文，你的能耐不是大得很吗？你从前仗着教主宠爱，在教内横行无忌，谁也不放在眼里，怎么如今倒做了缩头乌龟？"

他这样一番叫嚷，村里大多数人家都已被惊醒了，渐渐有了些窸窸窣窣的声响。

"好呀，你既然不肯出来，那我只好自己去找你啦。好在这里也没多少人，我一家一家地找过去，见一个杀一个，等全部的人都死光了，总能找到你了。”

他的手段如此狠毒，听得柳逸冷汗直冒。

陆修文却沉得住气，甚至还嘲讽地勾了勾嘴角。

那人等了许久也不见他上当，便道：“我差点忘了，陆修文心狠手辣，从来不在乎别人的性命，我再杀多少人也没有用。不过有一个人，你却不会放着不管，对不对？”

陆修文的心一沉，脸色霎时变了。

“唉，我方才追着马车一路往西，没多久就追上了，那姓段的小子中了毒，一点功夫也使不出来，我提起剑来那么一斩……嘻嘻……”那人又是一阵大笑，直令人毛骨悚然，“你猜他死了没有？”

陆修文咬了咬牙，觉得喉咙里泛起点腥甜的血味。

“我原本是要杀他的，不过想到你向来护着他，将他看得如眼珠子一般，就留了他一条命，只斩下了他一只胳膊。不过我虽不杀他，却可以慢慢折磨他。”

话音刚落，马蹄声又绕着村子跑了一圈。

只是这次又多了另一种声音，是某样重物被绑于马上，在地上拖着走的声音。

陆修文听了，心中隐隐有个猜测，果然听那人道：“陆修文，这姓段的小子可真倔得很，受了这么重的伤，竟连叫也不肯叫一声。哎呀，他的血流得满地都是，你若再不出来，他可就活不成啦。”

陆修文的一张脸白得可怕，抓着墙壁的手指微微发抖，那重物在地上拖行的声音，像针一样扎在他心上。他蓦地伸出手去，就要推开大门。

魏神医冲他摆了摆手，用口型说：当心有诈。

陆修文这时竟笑了起来，问：“魏前辈，你那密室可算安全？”

“当然。密室里另有一道机关，触发之后，除非从里面打开密室，否则外面的人是进不去的。”

“好，小柳，你跟着魏前辈躲起来，无论发生什么事都别出来。”

柳逸道：“陆大哥，我没听见段大哥的声音，那人说不定是骗你的。”

这道理他当然知道，但万一是真的呢？他不敢拿段凌的性命去赌。

陆修文叹了口气，推开门走出去，他朗声道：“杜枫，你要找的人在这里。”

“哈哈哈，陆修文，你果然舍不得这姓段的小子。”

随着一声大笑，一匹骏马飞驰而来，在陆修文跟前堪堪停住。这马正是段凌先前骑走的那匹，虽然夜色模糊，但也看得出被马拖在地上的只是一个麻袋。

不是段凌。

陆修文松了口气，并不后悔刚才走出来。

段凌是他的软肋。

别人拿来诈他一千次，他也会上当一千次。

马背上的那人穿一袭青色的衫子，料子之华贵，简直像是从戏台上走下来的。他相貌原本生得极俊，但左边脸颊上却有一道长长的疤痕，从额角直划到耳根，将他的一只眼睛毁了，整张脸显得狰狞而可怖。

“陆修文。”杜枫弯下腰来，用那只瞎了的眼睛对着他，道，“好久不见。”

陆修文冲他笑笑道：“我道是谁这样没本事，对付我这么一个废人，还要用上追魂香。哈，原来是我从前的手下败将。你现在跟了左护法，他竟不嫌你蠢么？还是你当得一条好狗？”

杜枫脸上的怒气一闪而过，道：“今非昔比，你如今武功全失，也只能耍耍嘴皮子了。”

他下了马背，一步步走近陆修文，脸孔愈发扭曲起来。

“陆修文，我今日是来找你算账的。”杜枫抬手按了按左脸上的伤疤，道，“你从前不是威风得很吗？你当年一鞭子抽瞎我的眼睛时，可曾料到会有今天？”

他仅剩的一只眼睛死死地盯住陆修文，眼中流露出刻骨的仇恨。

陆修文恍若未见，只是问：“段凌在哪里？”

“他？”杜枫恶毒地笑笑，吐出两个字，“死了。”

陆修文脸上的表情有片刻的空白。

但他很快就弯起嘴角，轻轻笑了一下。

杜枫问：“你笑什么？”

陆修文并不理他，只望着他身后的夜色，乌黑的眼眸莹然生辉，他柔声道：“师弟。”

杜枫心下一惊，连忙回头去看，却见身后空无一人，唯有浓黑的夜色。他只当是陆修文受了刺激，一时魔怔了，正想好好嘲讽一番，眼角倏然瞥见寒光一闪，一柄长剑斜刺过来，直取他的心口。

杜枫的武功也当真了得，在此千钧一发之际，他使出一手绝妙的轻功来，避开了这来势汹汹的一剑。饶是如此，他的左臂还是被划开了一道口子，顿时鲜血直流。

而刺他这一剑的人，剑眉星目、相貌堂堂，却正是已被他“杀”了的段凌。

“你还没死？”

“不过是中了一掌，又滚落了山崖，倒还死不了。”

段凌说得轻巧，但他满身尘土，衣襟上还沾有点点血迹，显然也伤得不轻。

陆修文走到他身边，问：“师弟，你怎么样？”

“没事，赶回来时费了些工夫。”段凌瞧了瞧天色，道，“不过拖了一个多时辰，我的功力总算恢复了一些。”

追魂香的效力只有三个时辰，若能等到天亮的话，段凌自可与杜枫一战。

但杜枫岂会给他这个机会？他连左臂上的伤也没管，就拔出剑来，道：“你没死也好，我正好可以当着陆修文的面杀了你。”

说着，就是“唰唰唰”三剑刺出。

他的剑法并不怎么高明，与那一身轻功比起来，可说是普通得很，但胜在他出手狠辣，每一剑都直指段凌的要害。

段凌身边就站着陆修文，他自是无法躲避，只得咬牙应战。他的武功虽然恢复了几成，但毕竟内力不足，斗得几剑，就渐渐落了下风。

陆修文在旁观战，早将两人的武功路数瞧得一清二楚，这时便从地上抓起一撮沙土来，朝杜枫撒了过去，口中叫道：“小心毒砂！”

这一下时机抓得极妙，杜枫要避段凌的剑，就避不开这“毒砂”，要避开这“毒砂”，就要被段凌刺上一剑。他到底还是忌惮陆修文，将心一横，扭头避开了“毒砂”，肩头则被段凌刺了一剑。

这还是段凌中了追魂香的缘故，若是内劲充沛时，足可在他身上捅个窟窿。

杜枫吃了闷亏，心中又气又怒，叫道：“陆修文，你真是卑鄙无耻！”

“多谢夸奖。”陆修文谦虚道，“比起你来，尚有不足。”

杜枫大怒，忽然一个鹞子翻身，在段凌胸口上狠狠踢了一脚。这一脚势大力沉，段凌没有内力护体，竟然被他踢飞出去，重重地摔在了魏家的大门上。

“咳咳……”

段凌的身上本就有伤，这下伤上加伤，他一时站不起来了。

杜枫大步上前，正要提剑杀他，忽见一人从院子里冲出来，挥剑格挡，只听“铛”的一声，同他的剑撞在一处。

这人的武功比段凌更差，非但无甚力气，而且招式平平，但他手中的宝剑却是锋利无比，杜枫与他双剑一交，剑上竟然豁开了一道口子。

“小柳。”陆修文道，“你怎么没躲起来？”

柳逸退后一些，横剑护在段凌身前，道：“你跟段大哥在外头拼命，我怎么能一个人苟且偷生？我虽武功不济，但也绝非贪生怕死之辈，大不了就是一块儿死了。”

“好！”段凌长笑一声，撑着剑站起来，道，“柳兄弟，咱们并肩战斗。”

柳逸应了一声，跟段凌联手向杜枫杀去。

只听刀剑相交的声音不绝于耳，三人很快战成了一团。

其中柳逸的功夫最弱，力气又没有完全恢复，靠着宝剑之利，才勉强应付了几招，就有些左支右绌了。

杜枫经验老到，故意卖了他一个破绽，而后一掌拍出，正打在他胸口上。

柳逸登时后退数步，“哇”地吐出一口血来，手中的宝剑也掉在了地上。

段凌将牙一咬，兀自与杜枫缠斗不休。他的体力这时也到了极限，剑法早已没了章法，却还是一剑又一剑地使出来，一副要跟杜枫同归于尽的架势。

陆修文瞧得明白，不由得朝魏神医望了一眼。

魏神医见他看向自己，连忙摇头道：“我只是看个热闹，可不想跟你们同生共死。若你们当真死了，我倒是可以帮你们收尸。”

“如此，有劳魏前辈了。”

陆修文也不强求，反而向他道了谢。

这时段凌的右腿被杜枫刺中，他终于站立不住，倒在了地上。方才的一番拼杀，他身上多了无数伤口，正自血流如注，他却不肯认输，回头看了看陆修文，又是一剑挥出。

杜枫岂会让他如愿？他嘿地一笑，一脚踏住他的手背，将他的手往地上碾了碾。

“段大哥！”柳逸扑上来救人，却被杜枫踢了开去。

杜枫身上也受了些伤，青色的衫子染成了红色，衬得他的脸孔愈发骇人。他这时稳占上风，却不急着杀人了，目光一一扫过众人，最后落在陆修文身上，哈哈笑道：“陆修文，你不是最看重这个师弟吗？你说我该怎么杀他？是挖出他的眼睛来，还是剖出他的心来？或者是剥皮抽筋、开肠剖肚？放心，我会留你一口气，让你亲眼瞧着他是怎么死的。”

他对陆修文恨之入骨，满心想瞧瞧他跪地求饶的样子，谁知陆修文神色淡淡的，仿佛并未听见他的话，只是很轻很轻地叹了口气。

这叹息声中藏着嘲弄之意，然后就见陆修文弯下身，拾起了柳逸掉在地上的那柄剑。

剑尖一寸一寸地上挑，最后指向杜枫剩下的那只眼睛。陆修文慢悠悠地道：“你耍够威风了吧？接下来，是不是该试试我的剑法了？”

此言一出，众人皆是一惊，齐刷刷地瞧向他。

杜枫先是变了脸色，接着却大笑起来，道：“不必虚张声势了，你当我不知道吗？你的一身功夫早已废了。”

陆修文的手指修长白皙，看起来像是下棋的手，而非握剑的手，但他将手中的宝剑握得极稳，道：“一个人没了武功，难道不能从头练起吗？我可不像你这废物，十年来也不见长进。”

杜枫对他的话半信半疑，道：“就算你重新练好了功夫，你也已中了追魂香的毒！”

陆修文好笑道：“若非因为追魂香，我会容你活到现在？不过你抬头瞧一瞧，天可是快亮了。”

杜枫悚然一惊，这才发现经此一番恶战，天际已现出了一丝微光。

追魂香的效力只得三个时辰，天一亮就解了！

陆修文提着剑朝杜枫走去，一边走一边问：“还记得我当初为何抽瞎你一只眼睛么？”

“哼，不就是动了一下你那宝贝弟弟？”杜枫对他又恨又怕，不自觉地后退了一步。

陆修文瞧一眼段凌身上的伤，道：“那你应该知道，这世上有些人可以动，有些人……你却连碰也不能碰。”

他面容沉静，语气平平淡淡，与邀人喝酒赏花无甚分别。唯独一双眼眸深不见底，看得杜枫心头发凉。

多年来，败于陆修文手下，且被抽瞎左眼之事，一直是杜枫的心中大恨。他犹豫了一下，不知该直接同陆修文拼命，还是先抓了段凌做人质？

这时却听陆修文道：“你若是怕了，不如现在转身就逃？”

杜枫听了这话，反倒定下心来，哈哈笑道：“陆修文，你唱得好一出空城计，我差点上了你的当了。”

说罢他也不再理会段凌，足下轻轻一点，飘然跃至陆修文身前，举剑就刺。

陆修文见他出手，唇畔露出一抹不易察觉的笑容。

两人顷刻间过了数招。

杜枫剑法极快，看得人眼花缭乱。陆修文却是举重若轻，慢吞吞地举剑，慢吞吞地出剑，但每一剑的时机都拿捏得极为精准，明晃晃的剑尖始终指着杜枫的右眼。

杜枫明明是要杀他，但为了保住自己的右眼，不得不回剑相救，陆修文手腕一抖，很快避了开去，从头至尾，两人的剑竟一次也未相交。

打斗时，陆修文脚下的步伐变换，一步一步往后退去。杜枫攻势连绵，不知不觉跟着他走了几步，两人一路从魏家大门外打到了院子里。

杜枫久攻不下，突然发了狠劲，剑交左手，一掌拍向陆修文肩头。

陆修文来不及变招，被他拍了一掌，手中的宝剑“当啷”一声落在地上，他踉跄着倒退几步，正撞在院中的石桌上。

杜枫这一掌拍中，方印证了心中猜测，喝道：“陆修文，你果然武功全失，空有剑招，却一点内力也无。”

“是啊。”陆修文粲然一笑，说，“我骗你的。”

杜枫气怒交加，挥剑就要取他性命。

陆修文不闪不避，伸出手来抓住了他的剑刃，另一手则背至身后，转动桌上的棋盘。

只听得“咔咔”声响，地上的石砖缓缓移动，杜枫的脚下出现了一道黑魆魆的缝隙。

杜枫料不到这小院中会有机关，呆了一呆，才知道自己又上了陆修文的当。没想到他重新练武是假，空城计也是假，陆修文一番做作，不过是为了引他到这石桌旁来。

杜枫的身体急速下坠，眼看就要落进地底的密室中去，但他到底是一方人物，这般危急关头也未乱了心神，双掌在地面一拍，就要拔地而起。

陆修文岂会容他逃脱，拼尽全力推了他一把。

杜枫面容狰狞，死死地抓住了陆修文的手。

“陆修文，我就算要死，也拉你一起死。”

“那就如你所愿。”

陆修文笑了笑，眼中又露出那种冷若冰霜的神情，他纵身一跃，同杜枫一起跳进了密室中。

“咔咔……”

不知是谁触动了密室的机关，地面的石砖再次移动，缝隙渐渐合拢，不留一丝痕迹。

这一下事出突然，从陆修文激怒杜枫，到两人比剑，再到陆修文转动棋盘上的机关，不过短短几个瞬息，等众人回过神来时，两人已双双跌进了密室。

“陆修文——”

段凌挣扎着从地上站起来，头一个朝石桌跑去，但他跑得太急，半路上竟还摔了一跤。他也不管自己浑身是伤，很快又重新爬起来，快步冲到陆修文消失的地方。

地面上的石砖严丝合缝，他使劲捶了几拳，见毫无动静，便转头问魏神医道：“这下面是什么地方？”

魏神医这时可不能袖手旁观了，他走过来道：“是为了防备我那对头，造来保命用的密室。放心，掉下去死不了人的。”

柳逸一瘸一拐地走过来，急道：“陆大哥一点武功也没有，与那魔教的人共处一室，岂不是……”

段凌打断他的话，对魏神医道：“机关在哪里？快将这密室打开！”

“昨日来求医时何等低声下气，今天怎么狠巴巴的像是来讨债的？”魏神医小声嘀咕了一句，动手去转石桌上的棋盘。

棋盘倒是转动了，但地上的石砖动也不动，没有丝毫反应。

魏神医“唔”了一声，不由得皱紧了眉头。

段凌忙问：“怎么了？”

“不行，打不开了。”魏神医道，“密室里另有一道机关，一旦被触动，从外面是开不了门的。这也是为防万一，假使我那对头寻到这里，又发现了石桌的秘密，也没法进密室去抓我。”

段凌可没耐心听他唠叨他跟对头的事，追问道：“还有其他的路进密室吗？”

“没有了，不过里面备有清水和干粮，就算一个月不出来也饿不死。”

段凌心急如焚。

他虽只听到三言两语，但也知道陆修文跟那魔教的人有仇，别说一个月了，他只怕连一炷香也坚持不了。

段凌想到这里，半点时辰也不敢耽搁，他双目一扫，从地上捡起柳逸的宝剑，道：“柳兄弟，你的剑借我一用。”

说罢他将剑身插进两块石砖的缝隙中，用力撬动石砖。

柳逸这柄剑乃是削铁如泥的宝剑，他这样一使力，石砖倒真的松动了一些。

柳逸也不吝惜宝物，拔了匕首出来道："段大哥，我来帮你。"

一时间石屑纷飞。

两人互相配合，竟是要硬生生地掘开密室的门。

魏神医当初费了许多心血才造得这密室，见两人如此糟蹋，忍不住在旁边道："密室里的机关寻常人是不会知道的，那姓陆的小子倒是听我说起过，我瞧他根本就是一心赴死，要跟天绝教的人同归于尽了……"

段凌没有作声，只是回头看了他一眼，眼神异常冰冷。

魏神医心下一凉，立时噤了声。

铺在地上的石砖颇为厚实，两人用剑掘了半天，也只见那缝隙扩大了一些，要想进去救人，却不知要等到几时了。

柳逸正觉灰心，却忽听下面传来了一道古怪的声响。

"啪！"

柳逸的心一颤，忙问段凌道："段大哥，你有没有听见什么声音？"

段凌伏下身去，将右耳贴在地上。他耳力比柳逸更好，只听了一会儿，面上就失了血色，握着剑的手微微发抖，手背上青筋毕现。

"段大哥？"

段凌深吸一口气，嗓子有些哑，说："是鞭子的声音。"

柳逸小声说："我记得那魔教的人说，他的眼睛是被陆大哥一鞭子抽瞎的。"

而陆修文武功全失，当然不可能再使鞭子，所以……这声音……

柳逸不敢深想下去。

段凌反而镇定得多，他说："这至少说明，陆修文现在还活着。"

他说完看了看天色，道："天亮了。"

柳逸不解其意，却见段凌将宝剑扔了，低头看一眼自己的手掌，然后一掌拍在地上。

“嘭！”

这一掌用上了内劲，果然拍得那石砖震了震，表面出现了一丝裂痕。

柳逸确实听说过开碑裂石的掌力，但段凌的内功显然未到这个地步，而且追魂香的毒刚解，他急着催动内力，身体绝对吃不消。

柳逸虽然一心救陆大哥，却也不得不劝道：“段大哥，别打了，你的手掌会废掉的。”

“没事。”段凌的神情不变，道，“右手废了，还有左手。”

他强行催动内力，连续拍出几掌后，忽然觉得一阵气血翻涌，抬手抹了抹嘴角，竟看见一片殷红。

他知道自己内息已乱，这是遭了反噬，但是他不敢停下来。

陆修文还活着。

但也只是还活着而已。

密室里传来的声响越来越清晰，能听见鞭子抽打在人身上的声音，间或夹杂了几声闷哼——急促而短暂，立刻就被压了下去。

段凌曾经挨过鞭子，知道那是怎样的疼痛。而如今这一鞭又一鞭，正落在陆修文的身上。

那个高高在上、从来只拿眼角看人的陆修文。

那个武功尽废、只剩下数月之命的陆修文。

他明明是有机会逃走的，却偏偏在最危急的关头站出来，提了剑与杜枫搏命。

段凌知道他这是为了救谁。

然而他为什么救自己？

他心头乱成一片，双手一掌掌打在地面上，毕竟是血肉之躯，手掌很快就被血染红了。

“啪！”

又是一道鞭子声响起来。

段凌忍不住叫了声："陆修文！"

无人应他。

他只听见气若游丝的闷哼声。

他的心仿佛被人狠狠抽了一下，猛地紧缩起来，皮开肉绽，血肉模糊。

"啪！"

又是一鞭子落下。

这次是打在额角上，陆修文只见眼前飘起一蓬血雾，接着就有温热的液体顺着额头淌下来，一直淌进他的眼睛里。

整个世界都像染上了一层血色。

陆修文瞧了瞧站在他面前的杜枫，道："你这鞭法使出来，比起我可差得太远啦。"

杜枫甩了甩手中的鞭子，眯起眼睛道："我没工夫听你耍嘴皮子，快说，要怎么离开这鬼地方？"

"我不知道。"

"你知道怎么开启机关，会不知道怎么出去？"

"这密室是此地主人魏前辈修建的，我只知转动棋盘可以开启机关，其他的却一无所知了。"

杜枫冷哼一声，并不相信他的话，手腕一抖，又是一鞭打在陆修文身上。

陆修文没有武功，之前又挨了一掌，摔下来后，很快就被杜枫制住了。他们身处的这间密室不过数尺见方，光线昏暗，地方狭小，杜枫找了一圈，没有发现出去的通道，而头顶上的石砖又已合上了，他只好威逼陆修文说出离开的方法。

陆修文好不容易骗得杜枫进这密室，自然什么也不会说，他虽挨了一顿鞭子，却连叫也没叫一声。

“你不说也没关系，反正你那师弟还在上面，我不信他不来救你。”

“是啊，不过等他打开石门时，追魂香的毒已经解了。若是正大光明地打一场，你真以为自己赢得了他？”

杜枫跟段凌交过手，清楚他的武功确实不差，在密室待得越久，对他就越为不利。于是手中的鞭子一扬，如疾风骤雨般狠狠地朝陆修文抽去。

陆修文一身黑衣早被血水与汗水浸湿了，身上的几处破损，露出血淋淋的口子来，额角上那道伤尤其严重，血断断续续地滴下来，将他半边脸颊都染红了。他却始终没有叫出声来，即使偶尔闷哼一下，也立刻压了下去。

杜枫没有问出答案，反而打得自己的手也酸了，他知道陆修文最在意的就是段凌，故意道：“那姓段的过了这么久还没动静，看来是不打算救你了。”

陆修文浑身是伤，连站也站立不住，顺着墙壁缓缓地坐倒下去，笑道：“那也无妨，我瞧这密室里备有清水干粮，住上一个月不成问题。待你死了，我吃你的肉饮你的血，还可再熬一个月。”

“哼，看来你是急着找死。”杜枫怒极反笑，一步步走到陆修文身前，用鞭柄抬起他的下巴，问，“你猜……我为何随身带着鞭子？”

“为了有朝一日遇上我，好找我报仇么？”

“没错。不过我没你那么狠，一鞭子就能抽瞎人的眼睛，所以……”杜枫将鞭柄一转，再用劲一拔，竟抽出一把小巧锋利的匕首，厉声道，“我做梦都想着，如何亲手挖出你的眼珠子来。”

说着，冰凉的匕首顺着陆修文的面颊一点点滑上去，最后贴在了他的眼睛上。

陆修文并不闪躲，他平静地闭上了双眼。

杜枫扯了扯嘴角，打算多折磨他一会儿，手腕一转，一刀扎在了他的肩膀上。

陆修文顿时鲜血直流，杜枫却并不放过他，手握着那柄冷冰冰的匕首，在他的伤口里缓缓转动起来。

“唔……”

伤口被反反复复地翻搅着，这般痛楚，远胜过先前那顿鞭打。陆修文脸色一白，背上冷汗直流，连嘴唇都被他自己咬出血来。

杜枫一面欣赏他强忍疼痛的表情，一面道：“就算现在杀了你也没关系，外面的人迟早会打开这间密室的，到时候我把你的尸首往外一扔，自然可以趁乱脱身。或者，我将你那师弟也杀了，好让他去地下陪你？”

陆修文听了这话，陡然间睁大眼睛，冷冷地瞧着杜枫。

杜枫对他这神情痛恨至极，立时就要拔出匕首来剜了他的眼睛，不料手指竟僵在了那里，动弹不得。接着是手臂、身体，乃至脖子……全身都像是麻痹了一般，完全失去了知觉。

他惊恐地瞪着陆修文，唯有嘴巴还能微微嚅动：“怎么会……”

“终于发作了？”陆修文笑了笑，似乎一切都在他的预料之中，“若是再晚一些，我的眼睛可就保不住了。”

“你……到底……”

“你也是会使毒的人，难道不知道自己中了毒吗？”

说话间，杜枫的嘴角开始流出血来，然后是双眼和双耳，他却还是一副难以置信的表情，问：“你是……什么时候……下的毒？”

“就是刚进密室，你打我第一鞭的时候。”

“不可能……”

“你完全没发现任何蛛丝马迹，是不是？你可能不知道，我曾经替教主试过药。”陆修文抬手抹了抹额头上的血迹，随后将手凑至唇边，用舌头慢慢舔净，俊美的脸孔上现出一丝妖异之色，“我体内的毒已入肺腑，而其中最毒的……就是我的血。”

“不过这血在开阔之处毫无用处，唯有在这样狭小的斗室里，你闻到后才会中毒。”

杜枫这才明白过来，他道：“一切……都是你算计好的……”

“当然。不然你以为我为何要跟着跳进来？又为何要故意激怒你？”

杜枫这时已完全毒发，他七窍流血，直挺挺地倒了下去，却还是问：“你是……为了杀我？”

陆修文遍体鳞伤，连站起来的力气也没有了，便干脆往前一倒，手脚贴在地上，一点一点地往前爬，最后爬到杜枫身旁，对他道：“没错。”

“为什么？你伤得这么重，就算杀了我，你自己也活不成了。”

陆修文笑笑，语气十分轻柔：“还记得你先前说，要怎么对付我家师弟吗？你说要将他剥皮抽筋、开膛破肚。”

他越说下去，声音就越冷，“我怎么可能留你的性命？”

陆修文说着，伸手握住扎在自己肩头的那柄匕首，猛地一用力，将匕首硬生生拔了出来。这一下的疼痛并不亚于扎进去时，伤口崩裂，好不容易止住的血又流了出来。陆修文却恍若未觉，他反而低声一笑，用匕首抵住杜枫的脖子，一字一字说：“只有杀了你，才能永绝后患。”

手起，刀落。

伍

死别

第一场雪落下来时，陆修文终于从昏睡中清醒过来。

他之前已昏迷了整整三天，醒来后只看了段凌一眼，叫了一声“师弟”，就又睡了过去。段凌忙将正在院中赏雪的魏神医叫了过来，要他给陆修文把脉。

魏神医满脸不耐烦，随意探了探他的脉息，道：“说过多少遍了，他这病没什么好治的，该醒的时候自然会醒，若是一直醒不过来，那就是……”

段凌瞥他一眼，那眼神比屋外飞扬的大雪还要冷上几分。

魏神医便说不下去了，他摇了摇头，道：“他既然醒过一次，病情就是有所好转了，迟早还会再醒过来的，慢慢等吧。”

段凌这才松了口气，仍旧在床边守着。他双手缠着厚厚的白布，若非魏神医医术高明，又取了上好的金创药给他用，这双手恐怕早就废了。

那一日，他拼上一身内力，靠着一双肉掌，总算把地面的石砖击碎了。进到密室后，里面的景象叫他毕生难忘——狭窄的石室内流了满地鲜血，血腥味浓得刺鼻，杜枫仰面躺在地上，喉咙处一道长长的割痕，显然已经断气了，仅剩的那只眼睛却睁得极大，死不瞑目；陆修文则一动不动地倒在旁边，浑身上下都是伤口，一袭黑衣被染成了暗红色，却瞧不出是死是活。

段凌的心跳停了一瞬，竟不敢上前去探他的鼻息。

还是魏神医进来瞧了瞧，喊了一声：“这密室有古怪，快把人抱出去。”

段凌才回过神来，连忙将陆修文抱了起来，碰触到那人温热的身体，感觉到他微弱的呼吸，他的心才落回原处。

魏神医还算好心，见陆修文伤成这样，倒没有赶他们离开，反而让出了客房来，又是金针止血，又是开方抓药，费了不少名贵的药材，方保住陆修文的一条命。

段凌自是连连道谢。

魏神医也不客气，摆手道：“我是看那姓陆的小子顺眼，方才救他性命的，可不是瞧了你的面子，不必谢我了。”

随后柳逸又将杜枫的尸首从密室里弄了出来，魏神医察看一番后，奇道："怪了，这人是先中了剧毒，然后才被人一刀割断喉咙的。"

"密室里藏有毒药？"

"当然没有。密室的门一开，我闻着那味道就觉得不对劲，想必是姓陆的小子搞的鬼。嗯，他倒是有本事。"

当时密室里只有陆修文和杜枫两人，杜枫当然不会自己抹脖子寻死，那杀了他的人，必然就是陆修文了。但奄奄一息的陆修文是如何打败武功高强的杜枫的？魏神医跟柳逸两人讨论了半天，也猜不透其中内情。

段凌可没工夫去猜这个，他只在床边等着陆修文醒来。

陆修文伤得极重，身上那些鞭痕也就罢了，最要命的是肩上的那处伤口，深可见骨，血肉都被搅烂了，像是一个血淋淋的窟窿。

见多识广如魏神医，给他包扎伤口时也直抽冷气，说寻常人伤成这样，早疼得昏死过去了，哪里还能举刀杀人？

只是他这么一受伤，本就病弱的身体自是雪上加霜，激得体内的毒提早发作，真正是药石罔效了。照魏神医的说法，他甚至很可能一睡不醒……

如今陆修文终于醒了，对段凌来说无疑是个好消息。几天前那场恶战，他受的伤也不轻，又在床边守了几夜，实在困倦至极，不知不觉地靠着床头睡了过去。

睡到半夜时，他感觉有一只手轻轻抚过他缠着布条的双手。

屋里的蜡烛未熄，段凌一睁开眼睛，就对上一张熟悉的俊颜，脸色虽然苍白，但乌黑的眼眸如寒星一般，微微含着笑意。

"陆修文……"

"师弟。"陆修文盯着他那双手，问，"你的手怎么受伤了？"

他为了救陆修文出来，一双手险些废掉的事，段凌自然不会说出来，只含糊道："一点小伤而已。"

接着他又连声问："你才刚睡醒，要不要喝点水，或是吃点东西？还是……我这就去找魏前辈过来瞧瞧？”

陆修文看一眼窗外的天色，道：“三更半夜的，何必去吵醒别人？”

“可是你的身体……”

“我的身体好得很，就是有些渴了。”

段凌忙去桌边倒了杯水，因双手不太灵便，他格外地小心翼翼。

陆修文就着他的手喝了几口水，道：“离天亮还早得很，师弟你也去休息吧。”

“我白天才睡过，现在不觉得困，正好留下来陪你。”

陆修文也不勉强他，他环顾四周，问：“这里是魏前辈家？”

“嗯，你伤得太重，不宜来回折腾，魏前辈便借了客房给我们，又尽心竭力医治你的伤，什么好药材都用上了，连诊金也没有收。”

“我的病……魏前辈怎么说？”

“他说……”段凌顿了顿，飞快地说，“他已经拟好了几个方子，只要好好调养，你的身体总会好转起来的。”

他扯起谎来面不改色，叫人瞧不出一点端倪。

陆修文“嗯”了一声，脸上没什么表情，也不知信了还是没信，只是问：“你那天受的伤，魏前辈也都治过了？”

“当然。”

陆修文便点点头，借着屋内昏黄的烛光，他仔仔细细、认认真真地打量了段凌一遍。

他看得太过专注，段凌觉得浑身不自在，他咳嗽一声，问：“你看什么？”

陆修文忍不住微笑起来。

他肩上的伤太重，只有一只手能动，这时便伸出那只手来，轻轻碰了碰段凌的脸颊，目光如水一般道：“还好，师弟你平安无事。”

段凌面上一热，不由得别开脸去。

陆修文微微怅然，手在半空中停了一会儿，才慢慢收回去。

段凌却转过头来，看着他道："这回若非你出手杀了杜枫，我恐怕已死在他的剑下了，算是你救了我一命。"

陆修文眨眨眼睛，说："怎么？师弟是要报恩吗？"

他边说边掀开被子，给段凌腾出地方来。

"别胡闹！"段凌忙扑上去把被子盖好了，斥道，"你身上有伤，着凉了怎么办？"

陆修文乐不可支，笑够了才说："杜枫同我有仇，不是他杀了我，就是我杀了他，师弟不必放在心上。"

段凌没有出声，只低头将被角严严实实地压好，道："天还没亮，你再睡一会儿吧。"

陆修文说了这么多话，确实觉得累了，又闭上眼睛睡了过去。

段凌却没睡，他静静地在床边坐着。

隔了片刻，只听"呼"的一声，桌上的蜡烛熄灭了。段凌一动不动，仍旧在那黑暗中坐着。

第二天一早，柳逸听说陆修文已经醒了，立刻拉着魏神医跑了过来。

魏神医照例给陆修文把了脉，重新开了一副方子，之后就被柳逸挤了开去，只见他拉着陆修文的手说个不停："陆大哥，你醒得正是时候，今天可以喝上热腾腾的腊八粥了。"

"今天是腊月初八？"

"嗯，你这一睡，就睡了整整三天。那天段大哥从密室里抱你出来时，你那样子可真吓人。多亏魏前辈妙手回春，将你救了回来。"

"魏前辈确实医术高明。"

"对了，我跟魏前辈打了个赌，猜你是如何杀掉那个杜枫的，你快跟我说说，看我猜得对不对……"

趁柳逸说得起劲，段凌悄悄地拉魏神医出了房门，压低声音问："他的病到底怎么样？”

魏神医反问："你要听真话还是假话？”

段凌皱了皱眉，显然耐心已快告罄。

魏神医便叹了口气，道："其实无论真话假话，你我心中都已有了答案，甚至姓陆的小子自己，也是心知肚明的。现在唯一不知道真相的，怕是只有小柳了。”

段凌瞧一眼笑得兴高采烈的柳逸，以及陪他说笑的陆修文，心里突然闷得厉害。

对于自己的身体状况，陆修文绝对比任何一个人都要清楚，但是他一点声色不露，平平静静地接受了这个命运。

反而是段凌接受不了。

"魏前辈，当真没有别的办法了？譬如起死回生的灵药……”

"生死有命，你我皆是凡人，岂能逆天而行？”

"若是那一天，杜枫没有找上门来呢？若是陆修文没有受伤，你有没有可能救他？”

魏神医沉吟道："你们当日来求医时，那小子虽是一脸死气，但脉象中仍有转机。如果先压制住他体内的毒，再慢慢调理身体，虽说治不好他的病，但让他多活上三五年，却是不成问题的。”

"我明白了。”段凌闭了闭眼睛，向魏神医道了谢，转身朝灶房走去。

魏神医瞧着他的背影，心中大觉不忍，道："有空就多陪着他吧，若我料得不错，他怕是……过不了今年了。”

段凌脚步一顿，似乎踉跄了一下，但他很快就稳住身形，继续往前走去。

到得中午时，段凌端了两碗粥回房间。

"腊八粥！”柳逸欢呼一声，说，"段大哥你去外头买的？”

段凌避而不答，端了一碗给陆修文，道："我问过魏前辈了，你身上有伤，喝点粥正好。”

陆修文只尝了一口，眼睛就亮起来，肯定地说：“是师弟亲手做的。”

“怎么可能？”柳逸塞了满嘴的粥，嘟囔道，“段大哥的爹是一派掌门，干什么都有人伺候着，怎么会自己煮粥？”

陆修文但笑不语，却将一碗粥吃得干干净净。

吃完后，段凌以陆修文需要休息为由，果断地将柳逸赶了出去。

“柳兄弟太不知分寸了，整日吵吵闹闹的，也不怕打扰到你。”

“无妨，有小柳在，我倒觉得热闹许多。”

段凌的心中一动，问：“要不要我写封信给修言，让他过来陪你？”

他们离陆修言隐居的山谷并不太远，若是快马兼程赶来，几日也就到了。

“不必了。”陆修文望了望窗外的雪景，摇头道，“再过几天就要过年了，修言现在有妻有子，何必让他这个时候来回奔波？”

他想了想，道：“等过完了年，再叫他过来吧。”

段凌想起魏神医的那番话，心不禁一沉，静了静才说：“好……”

陆修文同段凌说着话，渐渐困倦起来，靠在他的肩头睡了过去。段凌给他掖了掖被子，见他的手就在身旁，便伸出手去，轻轻握了一握。

这天是腊月初八，离除夕还有二十几日。

只剩下二十几日……

陆修文的伤好得极慢，几天后他虽能下地走路，却只能在屋里待着，外头天气太冷，段凌始终不准他出门。

柳逸怕他觉得闷，便动手捏了三个雪人，摆在窗口供他赏玩。当中那个最精致的当然是柳逸自己，另两个五官糊成一团的，则分别是段凌和陆

师弟

山有木兮木有枝，
心悦君兮君不知。

修文

折枝
图／日出的小太阳

修文。

没想到过了一夜，第二天柳逸过来一看，发现窗口的雪人换了位置，段凌和陆修文的那两个紧紧地挨在一起，他自己的却被挤到了旁边。

柳逸疑惑道："陆大哥，有谁动过这些雪人吗？"

"谁知道？"陆修文正低头看书，连眼角也不抬一下，悠然道，"或许是被风吹的吧。"

风怎么吹得动？

柳逸百思不得其解。

但他也没机会解答这个疑问了，当天下午，他就收到师门的飞鸽传书。原来是他迟迟未去洛阳，他师父终于坐不住来找人了。柳逸早传了消息回去，将半路被魔教劫杀的事简单说了，既然这次他师父也来了，他当然得赶去同师父会合。

柳逸跟陆修文相识不久，两人却甚是投缘。柳逸临走前拉着陆修文说了许多话，还约好了等他得空时，就回来探望陆修文。

陆修文笑着应下了。

段凌心思缜密，怕柳逸半路上出事，还特意送了他一程，确定他安全无虞后，才快马赶了回来。

他回魏宅时正是日暮时分，天色半明半暗，一进门，就见一人正坐在石桌旁弹琴。那人一身白衣，背对着他而坐，琴声断断续续，像是用手指随意拨弄出来的。

待段凌走得近了，那人才转回头来，霞光勾勒出他俊美的侧脸，他温文一笑，柔声道："阿凌。"

一切如在梦中。

段凌恍惚中觉得熟悉，叫他道："修言？"

"嗯，我过来看看你。"那人说着，朝段凌招了招手。

段凌情不自禁地一步步走过去。

那人伸手握住段凌的手，叹息似的低喃道："阿凌，你不知道我有多想你……"

段凌微微缩起手。

那人笑了笑，正要开口说话，段凌突然转开脸，说："陆修文。"

陆修文一下失了力气。他仿佛有些失望，问："你怎么总能认出我来？"

段凌反问："你怎么总爱装成修言？"

陆修文呆了一瞬，慢慢松开环在段凌腰上的手，道："谁叫师弟整天板着个脸，不肯对我笑上一笑？"

段凌没有理他，只把人从石桌旁拉起来，问："魏前辈呢？怎么让你一个人坐在院子里？"

"快过年了，魏前辈去镇上采买些东西。"

"这琴……"

"是我从书房里找出来的。"

段凌点点头，解了披风下来裹在他身上，半扶半抱地将人弄回屋里，又倒了杯热茶给他暖手。等一切收拾妥当后，才开口道："修言若是真的来了，必然是守着你这个哥哥，而不是在院子里等我。在他心中，自然是你重要得多。"

陆修文安静了片刻，捧着茶杯道："若说我曾经羡慕过修言，你信不信？"

段凌自然不信，他道："为什么？你样样都强过修言，武功比他好，心机比他深，当年在魔教里，你甚得教主喜爱，要风得风，要雨得雨……"

"但我有一样比不上他。"

"是什么？"

陆修文眼眸一转，却不肯再说下去了，他一口一口喝着杯子里的茶，过了一会儿方道："我爹娘过世得早，从小就跟修言相依为命。这以后很多年，在旁人眼里，我不是陆修文，而是那对双生子中的哥哥。即使是教主……虽然他当了我的师父，有时也会将我和修言弄混。”

“明明只有脸长得像而已。修言喜欢穿白的，我却喜欢穿黑的；修言喜欢辛辣的食物，我却碰也不碰；修言容易相信别人，我却生性多疑；修言温和善良，我却……哼，心狠手辣。”

“我故意换上修言的衣服，扮成他的样子骗人，是因为我想知道，有没有人能认出我来？”陆修文蓦地抬起头，直视段凌的眼睛，“我想找找看，这世上有没有一个人，觉得我是独一无二的。”

段凌的心怦怦直跳，问：“然后呢？你找到那个人了吗？”

屋子里太安静，连彼此的呼吸声都清晰可闻。

陆修文正要说话，却听魏神医在外面叫道：“姓段的小子，快出来帮我搬东西。”

魏神医这趟去镇上，倒是收获颇丰，置办了不少年货回来。段凌跟陆修文一直借住在他家中，又得他治病救命，当然得卖些苦力。

段凌应了一声，不得不起身去帮魏神医的忙。

陆修文便倚在窗口看着。

两人来来回回搬了几趟东西，其中有不少药材，都是为陆修文准备的。段凌不时抬起头来，朝陆修文的方向望一望。

陆修文在黑暗中朝他微笑。

“找到了。”

他自言自语地低喃着，先是一笑，接着语气一转，用一种漫不经心的口吻，缓缓道：“可是他心中却想着别人。”

段凌帮魏神医搬完了东西回来，发现陆修文已经躺在床上睡着了。他最近精神不济，总是睡着的时候多，清醒的时候少。

段凌还记着陆修文先前的那番话，他心中隐隐有个猜测，既想知道答案，又怕知道答案，在床边站了好一会儿，才回自己的房间休息。

他当天夜里做了一个梦。

梦见暮色茫茫，他推开魏家的大门，看见一个人正坐在石桌旁弹琴。

琴声叮叮咚咚的，根本不成调子。

段凌一听就知道，这定是陆修文又在假扮弟弟了。他一步步走过去，果然见那人转回头来，眉目若画，眼波如水。

“阿凌。”

他伸手拥抱段凌，模仿陆修言的语调唤他，嗓音却更为低沉。

段凌想，他怎么可能认不出来？

“阿凌，你不知道我有多想你……”

段凌微微弯下腰。

陆修文便抬头望着他。

两人的前额快要相抵时，段凌知道自己该转开头了，陆修文却勾起眼角瞧着他，含笑道：“师弟。”

段凌心头一荡，竟然舍不得移开眼睛了——

“嘭！”

段凌猛地睁开眼睛，从梦中惊醒过来。他是被隔壁房间传来的声响弄醒的，一颗心跳得甚急，仿佛还留在那个梦中。

但他立刻想起，隔壁住的是陆修文。

段凌连衣服也来不及穿，匆匆披上一件外衫就跑了过去。这时天色刚亮，一点微光从窗外透进来，段凌推开门一看，只见陆修文跌坐在地上，身上只着一件单衣，脸上微露迷茫之色。

段凌忙冲上去抓住他的胳膊：“怎么了？是不是你身上的毒又发作了？”

“师弟……”陆修文眨了眨眼睛，茫然的表情渐渐褪去，道，“没事，是我刚才做了个梦，不小心从床上摔了下来。”

他也做了梦？梦见了什么？

段凌再也忍耐不住，一边扶陆修文坐回床上，一边问：“昨天晚上，你说的那句话……”

“嗯？”

“你说要找的那个人……”

“没有这个人。”陆修文答得飞快，道，“我没找到。”

段凌怔了怔。

陆修文接着说：“师弟你的眼力算是不错了，可惜也弄错过。”

段凌有些不信道：“什么时候？”

陆修文顿了一下，弯一弯嘴角，说：“你自己猜。”

段凌莫名地有些失落。

他还以为……

呵，陆修文总爱说些似是而非的话，所以令他误会了。

段凌一声不吭地给陆修文盖好了被子，正想转身离开，陆修文却叫住他问：“师弟，现在是什么时辰？”

段凌看了看窗外，道：“天已经亮了，应该是卯时了。怎么了？”

“没什么。”陆修文一双眼眸黑沉沉的，始终望着段凌的方向，道，“时候还早，师弟你再多睡一会儿吧。”

“嗯，你也是。”

段凌嘴上虽这么说，回去后却再也睡不着了，他干脆穿好了衣裳，去院子里练了一套剑法。

他的心却静不下来，仍旧记着昨夜的那个梦。

他梦里的陆修文……

段凌心绪纷乱，练完剑后，却不得不回去陪陆修文吃早饭。粥当然是他亲手煮的，不过陆修文这天吃得很少，只吃了几口，就把筷子扔了，说是没什么胃口。

段凌总觉得他有些古怪，一颦一笑，一举一动，都与平常有微妙的差异，但究竟怪在哪里，他又说不上来。

他疑心陆修文的毒又发作了，还特意叫魏神医过来瞧了瞧，结果倒是无碍。

一个上午就这么过去了。下午段凌去帮魏神医挑拣药材，回来时见陆修文像平常一样，正坐在窗边看书，倒是松了口气。随后他的目光一扫，落在陆修文看的那本书上时，心里突地一跳，顿时僵住了。

陆修文手里的书拿倒了。

但是他毫无所觉，低着头认认真真地看那本书，过了一会儿，动手翻过一页，继续这么看下去。

段凌只呆了一下，就什么都明白了。他故意隐藏了脚步声，悄无声息地走到陆修文身边，伸手放在他眼前。

陆修文依旧没有发现，还是专心致志地看书。

段凌瞧着他乌黑的眼睛，心里又是酸涩又是难过，有点喘不过气来。

难怪他会从床上摔下来，难怪他会把筷子扔了……他种种古怪的举动，只是为了隐藏一个秘密。

段凌站在旁边看了他许久，才出声道："陆修文。"

陆修文吓了一跳，连忙抬起头来，表情有一瞬的慌乱，但很快被他掩饰过去了，笑道："师弟你什么时候来的？怎么一点声音也没有？"

"我若是不出声，你就不知道我来了吗？"段凌沉声问，"你的眼睛……是不是看不见了？"

陆修文安静了片刻，眼睛直愣愣地望着段凌。那目光虽然落在他身上，但是空洞无神，与平常大不相同。

然后陆修文叹了口气，将手中的书扔在一旁，道："没想到这么快就被你发现了。"

"什么时候开始的？"

"就是今天早上，醒来后看不清东西，所以从床上摔了下来。后来我问你时辰，才知道天早就亮了。"他明明看不见，却还是固执地望向段凌，笑吟吟地道，"可惜，以后瞧不见师弟的花容月貌了。"

“双目失明……是体内积累的毒素所致。若我料得没错，这还只是个开始，往后的情形只会越来越严重。”

魏神医被段凌火速找来，看过陆修文的眼睛后，他很快有了结论。谈及这些时，他完全没有避着陆修文。

陆修文倒也平静，点头道：“我明白了，多谢魏前辈。”

魏神医想了想，给他重新开了一张药方，末了却说：“虽然用处不大，但是能拖一天算一天吧。”

段凌在旁边听得一清二楚，只觉得嘴里发苦，待魏神医走后，问陆修文道：“为什么不告诉我？”

陆修文淡然道：“不过是眼睛看不见而已，没什么大不了的。”

不仅是双眼，就连对自己的性命，他也是一种满不在乎的态度。

段凌想起早上冲进陆修文的房间时，他衣衫凌乱地坐在地上，脸上的茫然之色一闪而过——或许那才是真实的陆修文。

但他平常将自己伪装得太好，谁也走不进他的心。

段凌不知为何有些动气。

可是他又实在没有生气的立场。他跟陆修文算什么关系？虽然陆修文整日叫他师弟，他却并不认这个师兄，他不过是受陆修言所托，送陆修文过来求医而已。就算陆修文事事瞒着他，他也毫无办法。

段凌越想越觉得气闷，一下午没跟陆修文说话。

陆修文并不在意，他很快就适应了突如其来的黑暗，到晚上时，他已经能拿着勺子自己喝粥了。他的动作缓慢而安静，有几次弄错了地方，有一次甚至差点将碗打翻。但他只是自嘲地笑笑，从头到尾，一直没有出声叫段凌帮忙。

段凌有些看不下去了。

嗓子里像堵着一团东西，喊也喊不出来了。

他记得陆修文的双眼曾经有过怎样的神采，但以后再也见不着了。剧毒会逐渐夺去他的声音，他的听觉，最后是他的呼吸。

这个过程不会太久，只剩下十几天而已。

可是又慢得可怕，一点一点地折磨着他的心。

为了方便照顾陆修文，段凌干脆在他的屋子里搭了一张床。

陆修文没什么意见，只是拍了拍自己的床，说："师弟何必多此一举，跟我一起睡不就好了？"

段凌没有理他。

他这一晚几乎没有睡着，翻来覆去地想着陆修文的事。陆修文说他曾弄错过他们兄弟两个，那是什么时候的事？喝醉酒的那次么？多数时候，他只要瞧一瞧陆修文的眼睛就能认出他了。

眼睛……

段凌的心蓦地一缩，不愿再想下去了。

睡到半夜的时候，对面床上的陆修文动了动，似乎翻了个身。

这是再普通不过的事了，但是段凌的感觉敏锐至极，立刻就留心上了。果然没过多久，陆修文又动了一下，他的呼吸声变得急促起来。

段凌轻手轻脚地下了床，走到床边一看，只见月光下，陆修文的脸色苍白，已经出了一头的汗。

"陆修文！"段凌忙抓住他的手，问，"你怎么了？"

陆修文紧紧地咬着牙关，神志有些不太清醒，没有回答他的话。

段凌以前也见过他这副模样，知道这是剧毒发作的征兆，当时陆修文为了忍耐疼痛，将自己的手掌割得鲜血淋漓。下午魏神医也提起过，说陆修文体内的毒已经压制不住了，随时都可能发作，只是他没想到来得这么快。

段凌这时也顾不上其他了，将被子一掀，上了床坐在陆修文旁边，把人揽进自己怀里。

陆修文的身体颤抖不已，不由自主地蜷成一团。即使在这种时候，他也没有喊过一声疼，只有在痛到极致时，才徒劳地睁大眼睛，叫了声：“师弟……”

“是我。”段凌像被这声音刺了一下，嗓音也跟着哑了，“我在这里。”

陆修文的头发都被汗水打湿了，他实在忍耐不住，就张嘴去咬自己的手。

段凌连忙把他的手制住了，将自己的手伸过去。陆修文什么也看不见，张嘴就咬了一口。

段凌的手背上传来一阵剧痛。但他知道，再怎么样也及不上陆修文的痛。

他紧紧握着陆修文的手，始终没有放开。

这一夜过得格外漫长。

到天亮时，陆修文的身体不再发抖，剧毒发作的痛苦渐渐平息下去。但他虚弱得很，一整天都昏沉沉地睡着，连动一动的力气也没有。

魏神医听闻此事，把压箱底的药也拿出来给他吃了。但也只能缓解一下他的痛楚，他清醒的时辰越来越短，发作的次数也越发频繁了。

又过了几日，陆修文的一双腿就失去了知觉，无法再下地走路了。

陆修文倒不在意，反而说：“反正也懒得走路，正好叫师弟背我。”

段凌没有出声，当天晚上他却把陆修文裹得像粽子一样，背着他在院子里走了一圈。

年关将近，天上又稀稀落落下起了雪。

陆修文看不见雪，便接了几片雪花在手中，感觉那雪在手中一点点融化，最终变成冰凉一片。

段凌还是怕他冷，问：“该进屋了吧？”

陆修文没答应，只是说：“师弟，我想摸摸你的脸。”

段凌正犹豫要不要让他摸，陆修文的手已经动起来。

微凉的手指试探着碰了碰他的脸颊，见他没有反对，才慢慢摸索起来。先是划过他的下巴，接着攀上他的鼻子，最后在他眼睛上停留了许久，动作细致温柔。

段凌觉得有些痒，问："好了没有？"

"嗯。"陆修文慢腾腾地收回手，说，"下巴太方，鼻子不够挺，眼睛也不够大……师弟你是不是变丑了？我记得你以前相貌挺俊呀。"

段凌哼了一声。

陆修文便大笑起来道："骗你的，我家师弟生得再好看不过了。"

他伏在段凌背上，用只有自己听得见的声音，很轻很轻地说："我记得清清楚楚，就算到了奈何桥边，也绝不会忘掉的。"

段凌又背着陆修文走了一圈，见他一直没有说话，回头一看才发现他早已睡着了。雪花静静地落在他脸上，触手一片湿凉。

段凌瞧着他的睡颜，一颗心也像这融化的雪一样，突然柔软到不行。

他默默地把陆修文背回了屋里。

第二天陆修文精神不错，跟魏神医关起门来说了几句话。魏神医离开时不住摇头，嘴里嘀咕道："我又不是给人跑腿的。"

但到了下午时，他就把陆修文要的东西买了回来。

段凌在旁边看了看，是两个香囊和一些香料。香囊上绣了花鸟山水，做工十分粗陋，不过在这等穷乡僻壤，能买到也不容易了。

陆修文将香料一样一样地拿起来，凑至鼻端轻嗅，挑拣出自己所需要的，再小心地塞进香囊里。

如此简单的一件事，对眼睛看不见的人来说，却是异常烦琐。

段凌看不过去，道："又不是端午节，怎么想起来做香囊？"

"正因为等不到端午节了，所以才要提前备好。"

段凌不爱听他说这种话，道："我来帮你吧。"

"不用了。"陆修文用那双已经失了神采的眼睛望着他，说，"是要送人的东西，我自己来就行了。”

他耐心极好，每一样香料都仔细辨认过了，才放进香囊里，生怕出任何一丝差错。从下午一直忙到天黑，陆修文终于做好了两只香囊，并将开口处的绳子牢牢系紧。

他把其中一只递给段凌，道：“师弟，你日后见到修言，就替我交给他吧。”

段凌道：“修言过了年就过来陪你了，你可以亲手给他。”

其实他们俩人都知道，他是挨不过今年的。

不过陆修文没有拆穿段凌，只是说：“那师弟就先帮我保管一下。”

段凌这才收起了香囊。他眼睛盯着剩下的另一只，忍了又忍，到底没有忍住，问：“这只是给谁的？”

陆修文意味深长地笑笑。

他的手指轻轻抚过那只香囊，摩挲着上面的花纹，似乎有点恋恋不舍，过了好一会儿，才朝段凌招了招手，道：“师弟，你靠过来一些。”

段凌为了照顾陆修文，这几日都跟他挤在一张床上，这时便凑到他身边来，问：“什么事？”

陆修文钩起那只香囊晃了晃，说：“我替你佩上。”

说罢，也不管段凌同意不同意，直接伸出了手来。

他找不准位置，先是抵上了段凌的胸膛，接着手一路滑下去，摸索到了段凌的腰上，弯身去系那香囊。

段凌一声不响地任他动作。

陆修文双眼看不见，系起绳子来颇费功夫，好在他也不急，一面对段凌道：“该交代的事情，我都已经跟修言交代过了，没什么不放心的。”

段凌知道他指的是什么，一时说不出话来。

陆修文接着道：“只是那左护法一直躲在暗处，又在江湖上兴风作浪，看来是一心要为教主报仇的，我怕师弟你会着了他的道。”

段凌不屑道："邪不胜正。"

"我知道你不怕他。"陆修文道，"不过明枪易躲，暗箭难防，若是武林大会能对付得了他，自然是最好的，若是不能……师弟你要多加小心。"

段凌嗯了一声，算是应下了。

陆修文这时已系好了香囊，动手整理了一下段凌的衣摆，道："驱邪疫，辟百虫。师弟答应我，以后日日佩着这香囊，别再摘下来了。"

段凌从前恨他恨得牙痒，现在却甘之如饴，说："好……"

陆修文长长吁一口气，像是终于放下心来，脸上现出疲倦之色。

段凌立刻发现了，说："你该休息了。"

陆修文直起身，身体却摇晃了一下，整个人往前倒去。

段凌眼疾手快，一下抱住他的腰，问："怎么了？是不是又开始疼了？"

陆修文是故意的。

他嘴角微弯，慢慢闭上眼睛，靠在段凌怀中。

静谧而温柔。

像是一个拥抱的样子。

之后又陆陆续续下了几场雪。

陆修文的毒发作得愈发厉害起来，他多数时候都在昏睡，几乎吃不下什么东西了。段凌一直在旁边守着，尽量喂他一些汤药。

一转眼，就到了除夕。

那天早上起来，陆修文的精神好得出奇。他靠坐在床头，睁着那双无神的黑眸望向窗外，安安静静地看了许久，然后转回头来，对段凌道："师弟，我今日要穿那件黑色的衣裳。"

他语气轻快，竟然有些神采奕奕的味道。

段凌的心一沉，不由得想到一个词 —— 回光返照。

他不敢多想，立刻下床去找陆修文说的那件衣服。

陆修文爱穿黑衣，衣服大多是这个颜色，不过总会有点刺绣镶边，唯有一件最为特别，是纯然的墨色，不带任何点缀，正是段凌在魔教的密道里与他重逢时，他穿在身上的那一件。

段凌将那件衣裳找出来，给陆修文穿上后，又帮他束好了头发。他到这时才发现，与半年前相比，陆修文实在是瘦得太多了。

除夕照例是要贴窗花的。

段凌跟魏神医讨了些红纸，自己胡乱剪了几个图案，在屋里贴起来。一下子把屋子映得红艳艳的，多了几分喜气。

陆修文闲不住，也要帮他的忙。

段凌留了一张给他，抱他到窗口去贴。陆修文力气不足，手按在窗沿上微微发颤，竟连一张红纸也贴不住。

段凌的手覆上他的手背，稍一用力，两只手便贴合在一处，将那窗花贴上了。

“多谢师弟。”

陆修文回头冲他一笑。

但他判断错了位置，却是朝着空无一人的方向笑了笑。

段凌的声音哽了一下，对他道：“先吃饭吧。”

陆修文近来吃得甚少，但今日心情不错，倒是喝了小半碗粥。

下午难得出了太阳，陆修文坐在窗口懒洋洋地晒着，叫段凌念书给他听。段凌取了陆修文平日常看的书，一字一字地念起来。他语气平淡，没什么抑扬顿挫，陆修文也没认真听，只是捕捉着他的声音，目光专注地落在段凌身上。

尽管，他什么也看不见。

一下午很快就过去了。段凌合上书，起身去准备晚饭时，陆修文还恍惚了一下，低声道："这一日可太短了。"

段凌摸了摸他的头发，没有作声。

因为是过年，段凌特意整治了一桌子的菜，本想叫上魏神医一起吃的，但他不知为何躲了起来，只剩下段凌和陆修文两人。

陆修文没什么胃口，稍微动了几筷子，就对段凌道："师弟，我想喝点酒。"

"你的身体……"

"只喝一口就好。"

段凌不忍让他失望，便在杯里倒了些酒，递到他嘴边去。

陆修文就着他的手喝了一口，没想到还被呛到了，呛着呛着，又兀自微笑起来，好似只喝这么一口酒就醉了。

他凑到段凌耳边，压低声音道："师弟，告诉你一个秘密。"

"什么？"

"那天在天绝教的密道里，我本是一心等死的，没想到你会来。能再见你一面，我心中真是欢喜。"

段凌的胸膛一阵起伏，捉着他的手问："陆修文，你是不是对我……"

"不是。"陆修文伸手按在他唇上，因怕他不信，又重复一遍，"什么也不是。"

段凌本可以戳穿他的谎言的，但是来不及了。他看了看窗外暗沉沉的天色，有些凄惶地想，这一日怎么这样短？

外头零零落落地响起了鞭炮声。

陆修文清醒了一整日，这时支持不住，开始觉得倦了。但他舍不得闭上眼睛，他拼命睁开眼来，想再看一看段凌。

明明他的眼睛早就瞎了……

段凌将他揽进怀里，道："睡一会儿吧。"

"好。"陆修文躺在他怀中，从未有过的听话，乖乖闭上了双眼。

段凌紧紧地搂着他，感觉握在掌心里的那只手有些发凉，他知道这不是天气太冷的缘故。

陆修文睡得迷迷糊糊的，不知想到了什么，嘴角微翘，低低叫了一声："师弟……"

段凌凑过去，才听见他说："师弟，明天一早就叫我起来，师兄送压岁钱给你……"

他说着说着，气息渐渐微弱下去，鞭炮声轰隆隆地响起来，很快就盖过了他的声音。这是一年之中，最为喜庆、最为热闹的时刻。

段凌鼻子一酸，忽然觉得心中大恸。

陆

枯枝

清晨的第一缕微光透过窗子照进来。

屋内杯盘狼藉。除夕夜的一桌子菜还没收拾，酒盏不知被谁打翻了，酒一滴一滴地落在地上，溢出浓浓的酒香。窗户上贴着红红的窗花，仍透着新年的喜气。

相貌英俊的青年坐在桌边，怀里紧紧抱着一个人。

他一夜未睡，双眼熬得通红，因适应不了突如其来的光线而眯起眼睛。但他很快露出欣喜的表情，轻轻抚摸怀中那人的头发，在他耳边道："天亮了。"

那人像是睡得极熟，双目紧闭着，没有丝毫反应。

青年的手指抚过他苍白的、毫无血色的脸孔，又道："你不是要我天一亮就叫醒你么？现在天已经亮了。"

他说着，探出手推开窗子。

初升的太阳照在那人脸上，像笼着一层淡淡的光，白得近乎透明。

"陆修文……"

"天都亮了，你怎么还不醒？"

"你说了要给我压岁钱的，是打算耍赖吗？"

"今天是大年初一，还有许多事情要忙，咱们一直待在屋里，魏前辈可要生气了。"

"天气难得放晴，要不要我背你出去走一圈？"

"修言快过来陪你了，你难道不想见他吗？"

青年一遍遍叫他的名字，声音又轻又慢，是他自己都不曾察觉的温柔。

但躺在他怀中的，定是最铁石心肠的一个人，竟连眼皮也没有轻颤一下。

青年有些灰心，但随即微笑起来，道："你不喜欢我这样叫你，是不是？"

他想到另一个称呼，脸微微一红，显得有些别扭，不过还是以手为梳，理了理那人鬓边的乱发，低声道："师兄……"

天色越来越亮，光明终于驱散了漫漫长夜，然而他怀里的那个人，始终没有睁开眼睛。

"死了……"

魏神医到中午才来敲响房门。

等了许久没有动静，他便自己推门而入，一见段凌木然地坐着，而陆修文则一动不动地躺在他怀里，他就什么都明白了。但是身为大夫，他还是尽责地探了探陆修文的鼻息，才说出结论："人已经死了。"

段凌怔怔地抬起头来，疑惑道："什么？"

"姓陆的小子早就断气了，你还抱着他干什么？"

段凌听了这话，反而把陆修文抱得更紧，道："他是昨夜睡得太迟了，现在还未醒来……"

魏神医见多了生离死别，不想同他废话，索性直接抓起陆修文的手，道："你自己摸摸看，是不是已经凉了？"

段凌慢慢地伸出手去，只是与那修长的手指一碰，就立刻缩了回来。

陆修文的手像在雪水里浸过一般，冷得彻骨——这是活人所不会有的、古怪而冰凉的触觉。

段凌心头一凉，渐渐想起了昨夜之事。

隆隆的鞭炮声中，陆修文气息微弱，说话的声音越来越低，终至不可闻。他紧抱着他不放，感觉那人的身体在自己怀里一点点冷下去。

是了，陆修文已经死了。

所以他再叫上千遍万遍，他也不会醒过来。

段凌到了这个时候，才意识到究竟发生了什么，魏神医适时地安慰道：

“人死不能复生，你节哀吧。”

段凌没有说话，只是低下头去，仔细瞧了瞧陆修文的脸。

他面容平静，与睡着时并无不同。

段凌伸手轻触他毫无生气的脸颊，指尖细细描绘那精致的五官，然后站起身来，想要将他抱去床上。但他坐了一整夜，双腿早已麻痹，只走了一步，就觉脚下一软，竟然摔在了地上。

陆修文的身体被甩出去，重重地落到地上。

段凌的心一颤，连忙把人抱回来，随后却想到，他已不会觉得疼了。他再不会睁开眼睛，再不会对他微笑，再不会……

段凌恍惚想起许多年前，陆修文仍是少年模样，手中握着长长的鞭子，眼睛黑黑亮亮的，挑起眉梢叫他道：“师弟。”

段凌当时对魔教之人痛恨至极，冷冷地哼了一声，没有理他。

以后再也没有这样的机会了。

从今往后，世上再无陆修文此人。

段凌安静了片刻，重新站起身来，一步步走到床边，将陆修文轻轻放了上去。今日虽然出了太阳，但天气仍旧冷得厉害，段凌摸了摸他冰凉的脸，扯过被子来，仔仔细细地压好被角。

魏神医见他如此，走过来道：“现在虽是冬天，这尸身……也不能放得太久，还是早些让他入土为安吧。”

段凌这时已经冷静下来，他听见自己的声音道：“他在世上只得一个亲人，总要让他们见上一面。”

“我听姓陆的小子说过，他还有一个弟弟？听说住得也不远，要不要送封信过去？”

段凌闭了闭眼睛道：“我去写信。”

魏神医见他一脸疲倦，倒是动了恻隐之心，劝道：“瞧你这副样子，怕是一夜没睡吧？你先去休息一会儿，别的交给我来操办。”

段凌又瞧了陆修文许久，才令自己移开视线，起身道："不必了，我当初受修言所托，带他兄长出来求医，如今……我得亲自给他一个交代。"

魏神医想想也有道理，便将书房借给了他。段凌下笔极快，一封信一挥而就。魏神医问清了陆修言住的那个山谷，叫人快马送过去。

"若是快马加鞭，这信一日一夜就可送到了。"

"嗯，有劳魏前辈了。"

"要不要准备寿衣？"

"不用了，他身上穿的那件，就是他自己选好的衣服。"

魏神医想起陆修文的性子，倒确实是会为自己安排好一切，便道："那棺材总用得上吧？镇上有一家棺材铺子，用料实在，价格也还算公道。"

段凌脚步一顿。

"棺材……"他将这两个字重复一遍，只觉得陌生得可怕，却还是道，"我去看看。"

镇上离得不远，但魏神医怕段凌不认得路，还是陪他走了一趟。

那棺材铺子开在一条小巷子里，大门灰败破旧，走进去一溜棺木，阴森得骇人。段凌倒是不怕，他一口棺材一口棺材地看过去，挑选得十分用心，又敲又打的，恨不得自己躺进去睡一睡。

魏神医在旁等得直打哈欠，道："我瞧姓陆的小子也不像是讲究的人，你何必如此费心？"

段凌眼神冷漠，垂眸瞧向那口乌黑冰冷的棺材，手指抚过棺木粗糙的边缘，嗓音微微沙哑道："他以后……都要睡在这黑漆漆的地方了。"

饶是魏神医见多识广，听了他这番话，心中亦觉不忍，道："人死不能复生，你再怎么在乎他，他也不可能活过来，还是早些忘了才好。"

"你说什么？"段凌猛地抬起头来，盯住魏神医道，"你说谁……在乎谁？"

魏神医也吃了一惊，反问道："你难道不是对陆修文情深义重吗？你这几日的言行举止，我都瞧在眼里，还有什么猜不到的？姓陆的小子虽然已经走了，你这样待他，也足以叫人动容了。”

段凌张了张嘴，仿佛被他吓着了，一时说不出话来。

魏神医何等眼力，只是看他这副表情，就明白了前因后果，他眼珠一转，露出些怜悯之色，喃喃道：“原来如此。原来你自己也不晓得。嗯，还是不知道的好，免得徒惹伤心。只可惜了那姓陆的小子……他对你……”

段凌的脑子里乱成一团，翻来覆去都是魏神医的那句话。

他在乎陆修文？

哼，实在可笑。

他很快镇定下来，扯了扯嘴角，觉得自己应该是笑了一下，道：“魏前辈弄错了，我不过是受人之托，照顾陆修文而已。我心中所想的，另有其人。”

是啊，他在意的是陆修言。

他怎么可能在意陆修文？

那个已经死去的、毫无生气的陆修文。

那个即将躺在冰冷棺木中的陆修文。

那个再不会睁开眼睛的陆修文。

那个……

段凌忽略心脏处隐隐传来的痛楚，自己对自己说——绝、不、可、能。

魏神医欲言又止。一句话在他的嘴边打了个转，最终又咽了下去，道：“看来是我弄错了，不过你受人之托，能够做到这个地步，也算难得了。”

说完后，他又在心中加了一句：但愿你永远也不知道。

段凌一心想着自己的事，倒是没察觉他话中深意，挑完棺材后，就急匆匆地赶了回去。

陆修文只有一个弟弟，身后事如何操办，自然要由他决定，所以在陆修言过来之前，两人也没什么好干的。魏神医忙活了一天，多少觉得累了，便先回房休息了。

段凌则去打了盆水，给陆修文擦拭身体。正月的天气，刚从井里打上来的水冷得刺骨，段凌皱了皱眉，转身去灶房里生火烧水，最后端着一盆温水回了房间。

陆修文仍像他离去时那样，安安静静地躺在床上。

段凌用水浸湿了帕子，拧干后慢慢擦过他的脸。他光洁的额头，紧闭的双眸，还有柔软的嘴唇。他的相貌跟陆修言生得这么像，但段凌觉得，自己再不会将俩人认错了。

他动作轻柔，像是怕弄疼了陆修文，一边擦一边低声同他说话。

“刚才我们去挑……棺材，魏前辈竟然说，我是在乎你的，你说可不可笑？你是明白我对修言的心意的，从前在魔教的时候，只有他真正关心我。至于你……”

他顿了顿，回想起多年前的旧事。“你当时真是可恶得很，我有一回得罪了右护法的手下，你二话不说，取出鞭子来就抽了我一顿，抽得我在地上打滚。后来我躺在床上，以为自己快要死了，你也没来看我一眼，还好修言送了伤药来。”

段凌说着，撩起衣袖寻找那时的伤痕，但过了这么些年，旧伤早已痊愈，连一点疤痕也没留下。

他失望了一下，接着道：“后来你叫我去抓那小金蛇，我漫山遍野找了两天，好不容易找到那玩意儿，却被它咬了一口，整条手臂都黑了，差点丢了性命。这回你倒来看我啦，却是嘲笑我太笨，连条蛇也抓不着。”

“还有一次……”

段凌一条条细数陆修文的恶行，像是在说服自己似的，因魏神医的话而动摇的心总算坚定了一些。

他给陆修文擦好了身体，又替他重新穿戴整齐，然后坐在床边，低头叫他的名字：“陆修文。”

“你究竟在想些什么，我从来也猜不透。你说的那些话，做的那些事，你若是、若是对我……为什么一个字也未提过？”段凌哼笑了一声，有点儿报复的快意，“你既然不肯说，那我就当什么也不知道了。”

他说完后，静静地等了一会儿，见陆修文始终没有反应，便最后望了他一眼，打算起身离去。

偏偏是这一眼，让他瞧见陆修文的枕头底下似藏了什么东西。

那东西原本藏得极好，只因他刚才给陆修文的擦拭身体，不小心碰到了枕头，方才露出痕迹。

天色太暗，段凌一时也看不清那是什么，他伸手一摸，只觉毛毛糙糙的，有些扎手。他取出来到蜡烛底下一照，才发现那是一截已经干枯的树枝。树枝颜色暗沉，光秃秃的连一片叶子也没有，像是随手从某棵树上攀折下来的。

段凌心中讶然，不明白陆修文为何把这东西珍藏起来。

他拿在手里看了看，觉得十分眼熟，忽然想起数月前的一天，他在自家别院的院子里，折下一小截桃树的树枝送给陆修文。

那树枝刚摘下来时，也是枝繁叶茂、苍翠欲滴的，后来过得几日，绿叶片片凋零，再后来枝干失了水分，也迅速枯萎下去。即使如此，依然有人将它贴身收藏着，辗转半年，珍之重之地压在枕头底下，片刻不离。

段凌记起自己跃上桃树后，曾经回头看了一眼。他看见陆修文立在窗口，神情专注地望着某处，夜色中他神色难辨，不知是在看些什么。

如今，他知道他在看着谁了。

他怎么竟从未察觉？陆修文的目光，从来只落在他的身上。

陆修文当时说，他要桃花开得最好的那一枝。这以后许多个夜晚，他可曾在夜深人静时，轻轻抚摸这早已干枯的枝丫，想象枝头会开出艳丽无双的桃花来？

就像毫无指望地……想象一个人会在意另一个人。

陆修文苍白的脸孔近在眼前。

段凌将手中那截枯枝放在他枕边，深深地吸一口气，仿佛满室生香。

“真是狡猾。”他一边说，一边捉起陆修文的手，牢牢地握在掌中，“你是故意的，对不对？你故意什么也不说，要我自己来发现这个秘密。”

发现陆修文曾是如何地思念过他。

在他死去以后……

段凌咧了咧嘴角，那表情说不出算哭还是算笑：“那天你送我香囊时，悄悄抱了我一下，其实我早就知道了。可你始终不肯承认，嗯，你是不是要我先说出口来？”

他的声音渐渐变低，凑过头去，在陆修文耳边说了一句话。

可是陆修文早已死了。

所以除了段凌自己之外，谁也不知道他究竟说了些什么。

说完这句话后，段凌一下子跌倒在床边，浑身的力气都离他而去了。他没有挣扎着站起来，而是就这么伏在床头，握着陆修文的手沉沉睡去。

“砰砰砰！”

段凌睡得昏天暗地，最后是被一阵敲门声惊醒的。屋里的蜡烛早就熄灭了，他抬头看了看窗外，只见外头黑乎乎一片，看不出是什么时辰。

他睡得太久，手脚都有些僵硬了，听见魏神医在隔壁喊：“三更半夜的，吵什么吵！”

“砰砰砰！”

那敲门声仍旧响个不停，又急又快，如雨点一般，显示出来人急切的心情。

魏神医却没有起身开门，只嚷嚷道：“别吵了，就算天塌下来了，我也要先睡觉。”

段凌是知道魏神医的脾气的，他既然这么说了，就是打定主意不去开门了。他反正已经醒了，便摸黑爬起身来，走出屋去开了门。

门外那人一身寒气，手中提着盏灯，跳跃的火光照亮他俊秀的容颜，段凌怔了一下，道："修言？"

陆修言风尘仆仆，一双眼睛是通红的颜色，他开口就问："阿凌，我大哥呢？"

"他……"段凌的声音哽了一下道，"他在屋里，我带你过去。"

段凌边走边问："你是连夜赶来的？"

"嗯，我一看到你的信就过来了。"

段凌睡得糊涂了，奇怪他怎么来得这么快，想了想才明白，是他自己睡了整整一天一夜。

屋里没点蜡烛，但陆修言手中的灯足以照亮半个房间。他站在门口，只朝躺在床上的陆修文看了一眼，就走不动路了。过了好一会儿，才大步扑到床边，叫道："大哥！"

段凌背过身去，轻轻带上了房门。

屋里很快响起了压抑过的低泣声。

段凌心中绞痛，抬手按了按眼角，无声地望向浓浓黑夜。

当天色再一次亮起来时，陆修言推开房门走了出来，他将自己的情绪控制得极好，除了双目微红外，瞧不出任何异样。

魏神医睡饱了觉，倒是又变得好客起来，他好好招呼了陆修言一番。陆修言问起兄长的病情，他也都一一说了，最后叹息道："他本已病入膏肓，后来又受了这么重的伤，实在是回天乏术了。"

"我明白，多谢前辈尽心救治。"

两人互相客套了几句，然后就商量起陆修文的后事来。

段凌胡乱吃了些早饭，也在旁边听着，问陆修言道："你有什么打算？"

"不必我来打算，大哥早已安排好一切了。"陆修言苦笑一下，道，"从前在天绝教时，大哥常对我说，教中人心险恶，走一步要看十步。他自己亦是如此，上次你们来山谷看我，他就把该交代的都交代好了。"

"他是怎么说的？"

“他希望一切从简，不必费什么心思，将他葬在落霞山上就成了。”

段凌听说过落霞山这个名字，是陆修言隐居的那处山谷旁的一座山峰，山上景致绝佳，能看见云霞满天的美景，陆修文若是长眠于此，想来不会太寂寞。

“你什么时候带他回去？”

“今日已是初三了，此事不能拖得太久，我打算明天就启程。”

段凌道：“我也送他一程。”

“那可再好不过了。”陆修言微微出神，道，“大哥他孑然一身，生平挚爱只得你我两个人……”

他说到这里，倏地住了口，凝目望着段凌。

若一天前听见这番话，段凌定会觉得惊讶，但现在他只是点头道：“我明白。”

接着他又说：“修言，借一步说话。”

陆修言有些疑惑。

魏神医倒是识趣，立刻避了开去，道：“我还有事情要忙，你们慢慢聊吧。”

段凌也没什么要紧话同他说，只是从怀里取出一块非金非铁的令牌递了过去，道：“这是你从前偷来给我的，如今过去这么多年，也该物归原主了。”

他以前一直将这令牌贴身珍藏，后来得知陆修言娶妻生子了，也没舍得还回去。只是前天夜里，他既然已对陆修文说了那句话，就没道理三心二意，继续留着陆修言的东西。

他没打算表明心迹，只想把令牌还了就好，谁知陆修言并不伸手来接，反而怔怔地瞧着那块令牌，道：“这是……教主圣令？”

“怎么？你自己偷来的东西，你也不认得了吗？”

陆修言瞧了段凌一眼，那眼神说不出的复杂，他道：“教主贴身之物，我最多只能远远望上一眼。”

“你说什么？”

陆修言却不再多言了，只是接过那块令牌，转身走进了陆修文的房间。

经过了一天一夜，陆修文容颜如昔，只像睡着了一般。

陆修言一步步走到床边，坐下来望着自己的兄长，他昨夜已经哭过，但这时依然红了眼圈。

“物归原主么？”他低声重复这几个字，然后小心翼翼地，将那块令牌放进陆修文怀中，“如此，才真正是物归原主了。”

段凌一直在寻找某样东西。

他不知道那是什么，只是推开一道道门，打开一扇扇窗，不断地找着。那东西对他来说太过重要了，他心里空荡荡的，因找不到东西而焦躁起来。

然后他推开一扇门，蓦然看见满树桃花。

应当正是暮春时节，枝头的花开得极艳，桃红柳绿，姹紫嫣红。一阵微风吹过，花瓣便簌簌地落下来，白的粉的混在一处，铺开一地鲜妍。

那树下立着个人，穿一袭墨色的衫子，手中把玩着一枝桃花。有花瓣落在他的肩头，他用修长的手指轻轻拂去，眯起眼睛笑了笑，容颜比这春光更为动人。

段凌的胸口顿时被那笑容填满，激烈地鼓噪起来。

他找到要找的人了。

他不复先前的焦急，反而放慢了脚步，悄无声息地走过去。他离那人越来越近，近到对方再也逃不掉时，才毫无预兆地伸出手，从背后抱住了他。

那人吃了一惊，手中的桃花也掉在了地上，回头看清是他，才笑起来道：“师弟怎么来得这么迟？”

“陆修文。”段凌紧紧抱着他不放，“我差点找不着你了。”

陆修文眼波盈盈道：“约好了在这里见面，我还能跑了不成？还有，你怎么直呼我的名字，又想挨鞭子了是不是？”

段凌这才瞧见他腰间别着鞭子，忙改口道：“师兄，我刚才做了个梦。”

“梦见什么了？”

“梦见……”他觉得这梦太不吉利，顿了顿才说，“梦见你死了。”

陆修文听得笑起来：“我的武功你又不是不知道，谁能害得了我？”

的确，陆修文武学天赋极高，乃是邪派中一等一的高手，如今更是继承了教主之位，从来只有他害别人的份儿，别人可伤不了他分毫。

但段凌的那个梦境太过真实了，他至今心有余悸：“在梦里，你一动不动地躺在我怀里，怎么叫也叫不醒……”

他怕极了那冷冰冰的触觉，边说边抱住了陆修文。

陆修文却将身一扭，避了开去，问：“师弟，你心里到底有没有想着我？”

段凌呆了呆。

陆修文脸色微变，失望道：“若是没有，那我这便走了。”

段凌好不容易找到了他，岂会任他离开？

“有的……”段凌叫道，“师兄，我心中一直想着你。”

陆修文这才展颜微笑。

段凌的心跳得甚急，不顾一切地抱紧了他。

就在这时，四周的桃花迅速枯萎下去，瞬间只剩下了丑陋的枝干。而他怀里的陆修文也退后一步，表情冷淡地看着他，说：“阿凌，你认错人了。”

分明是陆修言的语气。

段凌顿觉遍体生凉。

他由梦中惊醒过来时，出了满头的冷汗，一时分不清哪边是真实，哪边是梦境。抬起头，却发现陆修言正坐在床边。

“修言？你怎么会在这里？”

陆修言道：“不记得了吗？昨天你跟我说着话，突然间倒了下去。”

段凌的记忆回笼，想起他们原本在商议陆修文的身后事，后来……后来他请魏神医暂时回避，取出教主令牌还给陆修言。

“对了，令牌呢？”段凌四下翻找起来，“那块令牌去了哪里？”

陆修言按住他的手，道：“不用找了，令牌在我大哥那里。”

段凌的手一颤，直盯住他的眼睛，问：“为什么？”

陆修言抿了抿嘴唇，似乎在犹豫要不要说，在段凌目光的催促下，他终于道：“因为你说要物归原主，而那块令牌……正是我大哥从教主身边盗出来的。”

段凌耳边嗡地一响，像在毫无防备的情况下，被人当胸刺了一剑，五脏六腑都翻搅在一处，疼得死去活来。他抬起手，茫然地想要捂住伤口，但那看不见的血从指缝里冒出来，依然汩汩直流。

他简直怀疑这是另一个噩梦。

陆修言说的每一个字他都听懂了，但是合在一处，他却不大明白其中的意思。

“你是说，当年将令牌交给我的人……是陆修文？”

陆修言缓缓点头道：“这件事我也是后来才知晓的。我曾答应过大哥，替他保守这个秘密，但他现在既已过世，我说出来也不算违背约定了。”

“为什么瞒着我？”

“大哥自知时日无多，怕说出来令你伤心。”

段凌双目望着前方，喃喃道：“怎么会是他？他那个时候对我又打又骂，恨不得我死了才好，怎么会来救我？”

“大哥待你如何，难道你还不明白？只是身在魔教，总有许多身不由己的地方。大哥是教主爱徒，教内多少双眼睛盯着他，他就算想对你好，也不能太露痕迹。”陆修言道，“阿凌，我从来都将你当作朋友，你若是遇上危险，我自会竭尽所能地帮你，但是连自己的性命也不顾，豁出一切去救你的人，却只能是我大哥了。”

段凌眼神一动，问："他偷了教主的令牌，后来怎么样了？"

“我记得那一天，大哥一个晚上没有回来，到了天快亮的时候，才悄悄进了屋。他赤着双足，头发也没有束，样子不知有多狼狈。我问他出了什么事，他却什么也不肯说，只是冲着我笑，那笑容真是古怪。我当时不明白，现在却懂了，他是确定你已经脱险了，方才这么笑的。后来教主雷霆震怒，说是教内出了叛徒，命人大举搜山，大哥也被叫去问话，等他回来时……”

这定是陆修言不愿回想起来的事，他闭了闭眼睛，哑声道："他是被人抬着回来的。他脸色惨白，一直紧咬着牙关，衣裳都被汗水浸湿了。我扑过去握住他的手，才发现他的手软绵绵的，一点力气也没有——他已被教主废了武功。"

段凌眼瞳一缩，身体瞬间紧绷起来，像在忍受着某种痛楚。过了好一会儿，他才缓过劲儿来，声音仍有一丝颤抖道："原来如此。"

他曾追问过陆修文为何失了武功，陆修文是怎么答的？他神色如常，轻描淡写地说，不过是练功走火入魔。

陆修文又骗了他……

段凌低头看了看自己的胸口。他明明并未受伤，却不得不用手紧紧按着，只怕一松开手，心脏就会碎裂开来。

他想象一下陆修文当时的模样，道："若是没有武功，在魔教恐怕处境堪忧。"

“是，大哥从前又得罪了那么多人，从高高在上的位置跌落下来，自然有人落井下石。好在大哥还精通毒蛊，教主练功遇上难关，需药物辅助，大哥主动替他炼药，方保得我们兄弟平安。”

段凌的喉咙里轻轻“呵”了一声。

这事他听陆修文提过，知道他并非炼药，而是替教主试药，他体内的种种剧毒，正是因此而来。此后他受尽病痛折磨，最后甚至毒发身亡。

陆修言一直被蒙在鼓里。

陆修文一生最在意的只得他们两人，但两个人竟都被他骗了。而他自己呢？却怀揣着不能宣之于口的秘密，在大年夜里孤单寂寞地死去了。

陆修言接着道："后来我遇到了辰儿他娘，大哥便想办法送我离开了魔教。我本来想叫他一起走的，但他接触毒药太久，不小心染上了怪病，他说教中有医治他这病的法子，所以留了下来。"

段凌面容一肃，问："真的有么？"

"是大哥翻阅古书查到的，但他后来又说，这法子太过怪异，根本救不了人。"

段凌"嗯"了一声，倒也猜不透他的话是真是假，不过陆修文已经过世，真假也不重要了。

"照大哥的意思，这些事原该瞒着你的，但我想你跟他的情分毕竟不同，还是让你知道的好。"

段凌的目光微微闪动："多谢你了。"

说着他从怀中取出一物递给陆修言，道："这是你大哥亲手所制的香囊，当时他眼睛已看不见了，仍旧一样一样地挑拣香料。"

陆修言二话不说，立刻系在了腰上。

段凌疲倦地闭了闭眼睛。

陆修言起身道："魏前辈说你太过劳累了，昨日才会突然晕倒。你好好休息一下吧，我不打搅你了。"

段凌点点头，依然闭着双眼，听见陆修言走出去的脚步声。他的思绪却已回到了十年之前，那个改变他一生命运的夜晚。

那一夜的种种细节，他都记得一清二楚。

他记得睡到半夜时被人摇醒，那人抓着他的手逃进山中。山里雾气弥漫，月光穿透雾气照亮他的轮廓，他只着一件单衣，乌黑的长发散在脑后，握着他的手微微出了汗。

一切都是慌乱而急切的。

从头到尾，那人只同他说了几句话，嗓音似乎比平常低哑一些，然后就是分离之时，他冲着他微微一笑。

这样迷蒙的月色里，那人的容貌竟变得模糊起来。

段凌从未怀疑过他的身份。因为陆修文向来心狠手辣，教主收了那么多便宜徒弟，他却独独喜欢欺负他。而陆修言却对他温柔相待，还曾给他送过伤药。

他几乎是不假思索的，认定那人必是陆修言。

段凌记得一笑过后，那人转身就走，他还对着那背影喊道："修言，我定会回来救你的！"

那人脚步一顿，仿佛踉跄了一下，随后就消失在了茫茫夜色中。

现在回想起来，陆修文那时就已经知道他认错了人，但是他回去之后，还是对陆修言露出了笑容，甚至十年后魔教覆灭，他却还在密道里等着他。

段凌想起那日走进密道，一身黑衣的陆修文抬起头来，低声地、温柔地对他道："阿凌，你终于来了。"

段凌胸中蓦地一痛。

他平日总能分出那兄弟两人的差别，却偏偏在最重要的时候弄错了。只因那一个错误，他非但错付十年痴心，而且眼看着陆修文死在怀中，竟也毫无所觉。

陆修文说，他要找一个人，他在那人眼中是独一无二的。

—— 他至死也没找到。

段凌眼角发涩，缓缓睁开眼来，伸手去摸陆修文送他的香囊。这香囊自从陆修文亲手给他系上后，他便日日佩在身边，没有一天取下来过。

只是这几日发生了太多事，他还没来得及细看，这时拿在手中把玩，却发现这香囊是红色的底子，上头用拙劣的绣工绣着一种水鸟。那鸟名为鸳鸯，听闻总是出双入对，若人得其一，另一个也会相思而死。

不知道是不是陆修文要得太急，魏神医买来的这只香囊，竟然只绣完了一半，上头湖水微澜，却只有一只鸳鸯孤孤单单地徜徉其中。

段凌怔怔地瞧着，手指一点点抚过那空出来的一半水面，心底茫茫然地想，另一只去了哪里?

“砰——”

屋外传来的声响打断了段凌的念头。

那声音像是在搬动什么重物，段凌先是一愣，接着想到今日已是初四了，陆修言说过要带陆修文离开的。他急忙翻身下床，循声赶了过去。到了大厅一看，只见前日买来的棺材摆在中央，像是一个黑洞洞的深渊，陆修文无声无息地躺在里面。陆修言和魏神医正合力推动棺盖，缓缓合上棺材。

一旦棺盖合拢，他就再也见不着陆修文了。

段凌大叫一声，觉得体内气血翻腾，有腥热的液体直涌上来，但他顾不得那么多，他的身形拔地而起，一掌拍在了棺盖上。

他的掌力太过霸道，区区一块木板如何抵挡得住?登时崩裂开来。

陆修言和魏神医不懂武功，被他掌风一扫，如同给人推了一把，双双摔在了地上。魏神医立刻破口大骂，陆修言则错愕道：“阿凌，你做什么?”

段凌没有理他，只弯身将陆修文抱了起来。

他这几日未曾好好休息过，方才又强提一口内劲，顿觉喉头腥甜，一丝鲜血顺着嘴角淌下来。他怕弄脏了陆修文的脸，忙用衣袖擦去了，他低头凝视着怀中之人。

陆修言站起来道：“阿凌，我知道你心中难过，但我大哥已经死了，你……你让他入土为安吧。”

段凌仍抱着陆修文不放，连目光也舍不得移开，低声说：“只要一会儿就好，我再同他说几句话。”

那嗓音微微嘶哑，似有哀求之意。

陆修言最是心软，稍一犹豫，就朝魏神医使一个眼色，扯着他走了出去。

大厅里静悄悄的，只剩下他们两人。

段凌有太多话来不及对陆修文说，真正安静下来时，却不知该说什么了。他想了想，干脆让陆修文靠在自己肩膀上，然后以指为梳，慢慢梳理他那一头黑发。

“你当初若不救我，现在已当上魔教的教主了。你那样的脾气，要是坐上那个位置，可不知多么风光。”

“或者十年后重逢，你一见面就告诉我真相，我也可早点带你来找神医。你自知命不久矣，怕我知道了伤心，可你自己伤不伤心？”

“落霞山上风景甚好，我在那里筑一间屋子，住下来陪你好不好？”

“你喜欢桃树，我就在山上种一片桃林，等到花开时，我折下开得最好的那一枝送你。”

段凌低声耳语着，将能说的话都说尽了，然后他握住陆修文的一缕黑发，以掌为刀，使巧劲削了下来。他打开那只绣了一半鸳鸯的香囊，把那缕黑发小心地收了进去。

“阿凌，还没好吗？”陆修言等得太久，开始在外头敲门了。

相处的时光太过短暂，段凌再怎么舍不得，也不得不将陆修文放回棺材里。他看着那人熟睡般的容颜，往日种种如浮光般掠过眼前，瞧着瞧着，视线就模糊了。

他张了张嘴，说了那句陆修文生前一直想听，但又从未听过的话。

“师兄，我心中一直想着你。”

他的眼泪一滴一滴落下来，正落在陆修文的脸上。

热泪一离开眼眶，就变得跟陆修文的尸体一样冰凉了。

被段凌这么一搅和，陆修言又拖了一天，才将陆修文的尸体带回去。幸而是数九寒天，若天气再热一些，他的尸身早已腐坏了。

段凌前日才吐了血，但他不肯留在魏神医家休养，非要随行在侧，亲自送陆修文回落霞山安葬。一路上，他打马跟在灵柩旁边，频频回首张望，仿佛能穿过厚重的棺木，瞧见躺在里头的那个人。

陆修言见了，心中好生忧虑，只怕他相思成疾，闹出什么毛病来。

好在段凌还算平静，不时跟他打听一些落霞山的情况，似乎打定主意要在山上住下来，陪伴陆修文的坟冢。

陆修言好言相劝，道："你尚有父母高堂，难道打算一辈子留在这里？"

段凌平心静气道："我并非家中独子，自然有兄长侍奉爹娘。"

陆修言见他坚持，又想到天长日久，再怎样的坚定的心志也会渐渐消磨，便不再劝了。

两人路上走得极慢，到得入夜时，前不着村后不着店，只能在野外露宿了。

段凌策马与陆修言并行，同他商议露宿之事，最要紧的是怕陆修文的棺木被湿气所侵，所以要寻一个稳妥些的地方。

陆修言自无异议。

两人正说着话，忽见一人一骑转过山道，朝他们迎面而来。马上那骑士穿一身黑衣，帽檐压得甚低，黑夜中看不清长相。

陆修言怕与他撞上了，控着马往旁边侧了侧，两人擦身而过时，那人手中寒芒一闪，竟然射出一枚暗器来，正打在陆修言的马背上。

那马吃痛不过，长长地嘶鸣一声，撒开蹄子狂奔而去。

"修言！"

段凌叫了一声，先是挥鞭抽向偷袭之人，见他落荒而逃，方才策马去追赶陆修言。他所骑的乃是一匹骏马，本身骑术又佳，不多时就追上了。

陆修言那匹马已然发狂，段凌便伸手一抓，正抓住他的背心，将人扯到了自己马上，问："修言，你没事吧？"

"没事。"陆修言惊魂未定，好不容易才坐稳了，道，"刚才那人好生奇怪，萍水相逢，为什么突然对我出手？"

段凌首先想到是劫道的，接着想到是魔教之人，但无论是哪一种，都没道理一上来就惊走陆修言的马，除非……他的目标并非陆修言……

段凌眼眸一沉，想起那人射出暗器之前，曾瞥了陆修文的棺木一眼。

"不好！是调虎离山之计！"

他脸色大变，当即调转马头，按原路冲了回去。马蹄声声，快如风驰电掣，陆修言颠得骨头都快散架了。但这一来一去，已经耽搁了许多时辰，等他们赶回原处时，方才那人早不见了踪影。

陆修文的棺材却被人打开了。

棺盖扔在一旁，上头有不少刀剑的痕迹。

段凌翻身下马，心中却觉莫名的恐惧，竟不敢上前一步。

陆修言也跳下马来，又惊又气，道："那人到底是什么来头，为何动我大哥的棺木？"

他走近几步，看清棺材内的情形后，竟自软倒在地，叫道："大哥！"

段凌浑身一颤，背后生出森森的寒意。

他终于走到那棺材旁边，只朝里面望了一眼，就如坠入了万丈深渊。

棺木内鲜血四溅。

陆修文仍穿着那件黑色衣裳，但他白皙修长的颈子却变得血肉模糊，而他的头颅——已然不翼而飞了。

折枝
文/困倚危楼
图/糖蛋 yuri

师弟

山有木兮木有枝，
心悦君兮君不知。

修文

柒 重逢

六月初三，正是一年中最热的时候。

屋外一丝风也无，连树上的蝉鸣都是有气无力的。

段凌一早就在林中练剑。

他练的是段家的疾风剑法，一套剑招疾如运风，使出来时，仿佛四面八方都是剑影。他的神情淡漠，目光比剑光更为锐利，剑尖所到之处，带起唰唰风响。收招时，他突然手腕一翻，反手将剑掷了出去。

那长剑疾飞出去，“铛”一声钉在他身后的树干上。

只听“啊”的一声，原本躲在树后的青年吓得叫起来，瞧了瞧那晃动不休的剑柄，拍着胸口道：“段大哥，你早就发现我了？”

段凌瞥他一眼，道：“若非如此，那一剑早已刺透你的喉咙了。”

柳逸后怕地缩了缩脖子，嘿然笑道：“段大哥的功夫真是越来越好了。”

段凌抬手擦了擦额上的汗。

他的相貌生得极俊，只是眼神太过凛冽，像一柄出了鞘的剑，叫人不敢逼视。

柳逸暗暗叹气，心想段大哥从前可不是这样的，自从半年前……

“我来之前，先去陆大哥的坟上拜祭过了。”

段凌的下颌微微绷紧，静了一下才说：“嗯，他跟你十分投缘，见了你必然欢喜。”

“可惜我那时跟师父去了洛阳，没见着陆大哥最后一面。”

段凌不愿多提此事，他走过去拔下剑来，道：“进屋里坐吧。”

那屋子是今年新盖的，就在这一片桃林边上，若是在春日里，一开窗就能看见满树桃花。

段凌练剑出了一身汗，因此先换了件衣服，然后给柳逸倒了杯茶，道：“你今日怎么来了？”

“整天关在山上练剑，闷也闷死了，恰好段大哥你住的山谷离得近，我便过来玩几天。”天气太热，柳逸一口气喝完了茶，道，“我来的路上，听闻江湖上又出了一桩案子。”

“哦？”

“这次是金陵王家的二公子。听说他这个人最好风月，出事的那天晚上，他原本是在画舫上寻欢作乐的，不料第二天早上一看，他早已暴毙身亡了。跟先前死掉的人一样，他也被割去了脑袋。”

段凌瞬间捏紧拳头，又缓缓松开来，说：“这自是魔教所为了。”

“是呀，从去年到现在，已陆陆续续死了十几个人了。段大哥，你说这伙魔教妖人，要这么多人的首级做什么？”

段凌沉默不语。

柳逸见他的脸色难看，才想起陆修文虽是病逝的，但他死后不久，尸首也被魔教的人糟蹋了，如今虽已下葬，但墓中的尸体并不齐全。他暗悔自己失言，吭哧吭哧地低头喝茶，没过多久，就将一壶茶喝完了。他便用手打起扇子来，道：“这些魔教妖人真是狡诈，去年盟主在洛阳召开武林大会，为的就是对付他们。没想到大家辛辛苦苦查了半年，连那左护法的影子也没查到。”

段凌终于开口道：“自古邪不胜正，只要他们还在继续害人，总有一日会露出马脚的。”

柳逸知道他一直在追查此事，忍不住问：“段大哥可有什么线索？”

“你说一个一心复仇之人，什么时候仇恨最炽？”

柳逸眨了眨眼睛，一时想不出来。

段凌道：“还记不记得，我们去年是什么时候攻入魔教的？”

“我记得一清二楚，那一天是八月初八……”柳逸说到这里，突然眼睛一亮道，“是魔教教主的忌日！”

“嗯，我虽未见过那左护法，但以他的心性，应当不会一直躲在暗处。到了魔教教主忌日之时，他恐怕会有一番大动作。”

"到时候岂非又有一场恶战？"

段凌哼了一声，低头慢慢擦拭他那柄长剑，嘴角边露出一丝微笑："我正求之不得。"

他的眼底并无笑意，反倒蕴含着浓烈的杀气。

柳逸打了个冷战，总觉得自陆修文死后，段凌就像变了个人似的。

他俩人又闲聊几句，中午一块儿吃了午饭，下午段凌继续练功，柳逸可没这么勤快，自己下山去陆修言家串门子了。

如此过得几日，江湖上传来消息，说是有人发现了魔教余孽的踪迹。

"而且就是在原先的魔教总坛附近。那地方早被一把火烧成白地了，难道又被魔教的人利用起来了？"

段凌沉吟道："从什么地方开始，就在什么地方结束，看来这是那左护法选的决战之处。"

"段大哥怀疑这是个陷阱？"

"是不是陷阱，去了不就知道了？"段凌没有说太多，他只道，"我去收拾一下东西，明日就动身。"

柳逸忙道："我也一起去！"

"你……太危险了。"

"我师父肯定也会去的，半道上跟他会合就好了。"

柳逸师父的本事段凌是知道的，便也不再多言，转身进屋收拾了几件衣服。然后他拎着一壶酒出了门，直走进桃林深处。

这些桃树也是半年前刚栽下的，尽头处有一座新起的坟茔，简单地立了块石碑，到日落时，这里能看见霞光满天的美景。

段凌取出酒壶，将一壶酒尽数倾倒在坟前，自言自语道："我要出一趟门。"

"这次我非去不可，毕竟你的……还在他们手里。"

"不过你放心，最多两个月我就可回来了。"

段凌俯下身，冲那冰冷的墓碑笑了笑，语气温柔至极道："等办成了这件事，我就回来陪着你，我们再也不会分开啦。"

柳逸一个人在街上闲逛。

他在东街买了糖炒栗子，又在西街买了肉包子，中途还围观了一下街头杂耍，最后走得两条腿都酸了。他在街边蹲下来，一边捶腿一边小声抱怨："段大哥，我一个人走了这么久，怎么还没有魔教的人上钩？"

他的身后响起一声冷笑。

然后就见段凌轻飘飘地从屋顶上跳下来，站在他身边道："若这么容易就中计，这伙人也太好对付了。"

他俩人一接到消息就离开了隐居的山谷，日夜兼程地赶路，如今离魔教总坛只有十几日的路程了。这一路上，却听说有不少赶来除魔的正道人士遇上了埋伏。

此事看似是魔教余孽泄露了行踪，实则是对方撒下了一张大网，正等着他们自投罗网。但许多人跟魔教有着血海深仇，甚至连亲人的尸首都被损毁了，他们即使明知有诈，也非去不可。

或许这就是那左护法想要看到的局面吧。

段凌摇头苦笑，心想他自己不正是如此么？

柳逸倒是乐观得多，觉得他们俩人也是魔教的目标，因此提出了由他当诱饵，段凌在暗中保护的计划。可惜他一个人独行许久，始终无人上钩。

段凌拍了拍有些泄气的柳逸的肩膀，道："时候不早了，先回客栈休息吧。"

柳逸仍不甘心道："要不明日再试试？"

"你师父快到了，等他来了再说。"

一提到师父，柳逸顿时没了脾气。

段凌不再藏住身形，同他一起往客栈走去。

这时正值黄昏，天色将暗未暗，段凌走着走着，忽见一人从街角转了过去。这人乌发如墨，面容白皙，虽然只瞥见半张侧脸，但是被落日的光一照，像极了某一个人。

段凌顿觉心头狂跳，他一时忘了身在何处，立刻追了上去。

街上人来人往，十分热闹。

段凌空有一身武功，在这等市井街头却使不出来，很快就被熙攘的人群挡住了视线，直追了两条街也不见那人的踪影。他不得不停下脚步，茫然地环顾四周，眼前掠过一张张陌生的脸孔，与他心中想的那个人没有一丝一毫的相似。

倒是柳逸追了上来，道："段大哥，你怎么了？是不是发现魔教的人了？"

"不是。"段凌摆了摆手，问，"你刚才有没有看见……"

说到一半他又顿住了，只觉嘴里发苦，不知该如何问下去。陆修文早已死了，岂会出现在这里？

"看见什么？"

"没什么，是我认错人了。"

段凌三言两语带了过去，送柳逸回客栈后，自己却并不进去休息，依旧漫无目的地在街上走着。

陆修文是在他的怀中断气的。

他抱着他，从天黑到天亮，感觉怀中的身体由温热变得冰凉。

世上自然没有起死回生之术。

就算别人跟他长得再像，也没有丝毫意义。陆修言难道不像他吗？却也永远替代不了他。

段凌想到这里，被搅乱的心总算平静下来。

但他心中始终有一个疑惑。便是那日他们送陆修文的灵柩回落霞山，却有魔教的人半路暗算，调开了他跟陆修言，将陆修文的首级砍了去。他当时怒急攻心，只当是左护法要惩处陆修文这个魔教叛徒，但后来冷静下来，他才发现一些疑点。一是陆修文早已死去多时，不可能流那么多血；二是他曾经日日抱着陆修文，十分熟悉他的身体，而那少了头颅的尸首……总有些不对劲。

难道有人故意换走了陆修文的尸体？

这又有何目的？

不论真相如何，只有那魔教的左护法能够解答了。

天色转暗，路上的行人渐渐变少了。段凌想得过分专注，不知不觉中，走到了一个僻静之处。

他这半年来勤于练武，所学的魔教功法又进了一层，耳力自是远超常人，只走得几步，就听见身后传来轻微的动静，似有人悄悄地跟在他后面。

段凌眉峰一扬，心想柳逸的计划没有成功，他自己倒被人盯上了。他当下不动声色，装作什么也不知道的样子，继续在街上走了一会儿，然后折回了客栈。

跟踪他的人似乎并不打算对他动手，只在窗外探了探头，便转身离开了。

段凌听着他离去的脚步声，又等了片刻，才打开窗子跳了出去，远远地跟上那人。他轻功既高，隐藏气息的手段自然也是高明，跟踪他的黑衣人根本毫无所觉，他胡乱地在城里绕了几个圈子后，朝城东的一所大宅子奔去。

那宅子外表破败，像是废弃已久，许多年没人住过了。段凌跟着那黑衣人翻墙而入，却见里头造得美轮美奂，亭台楼阁、流水假山自不必提，园子中央还有一处人工开凿出来的湖泊。湖边种满奇花异草，湖心还建了一座亭子，四角飞檐，极是清雅。

段凌藏身树后，见那亭子里挂着盏灯，依稀可见有人在亭中饮酒。

这样热的天气，也只有湖面上有一丝微风了，而那亭子两边竟放了两大块冰块，冒着丝丝寒气，令人一见之下，只觉得暑意顿消。

跟踪段凌的黑衣人并不敢走进亭内，他只跪倒在湖边，朗声道："属下参见左护法。"

段凌心下一惊，暗道，原来这人就是左护法？

亭中那人背对着段凌而坐，因此看不见容貌，但见他的身姿挺拔，手中拿着一只墨玉做的杯子，衬得那只手如玉一般。

那左护法轻轻"嗯"了一声，嗓音嘶哑，听不出是什么年纪。他抬了抬右手，问："事情办得怎么样了？"

黑衣人立刻回道："属下已经打探清楚了，那两人一个姓柳，一个姓段。姓柳的是青山派的弟子，武功平平，不足为惧。姓段的名叫段凌，却是当初杀害右护法之人。"

那左护法听了，登时大笑起来："哈哈，杀得好。"

说罢，他仰头将杯中的酒一饮而尽。

天绝教内派系复杂，左右两位护法向来不和，他会大笑倒也不足为奇。只是他的笑声怪异，听在耳中，未免有些刺耳。

笑过之后，那左护法将手中的杯子一转，以打暗器的手法打出来，正击在湖边的黑衣人身上。

黑衣人应声倒地，噗地吐出一口血来，道："左护法……为何……"

"你办得好差事！"那左护法冷笑道，"我叫你去打探那两个人的底细，你倒好，被人跟上了也不知晓，还将人引到我这里来。嘿，是替我开门迎客吗？"

段凌浑身一震，这才知道自己已经暴露了行踪。在别人的地盘上，再怎么躲躲藏藏也无济于事，他干脆大大方方地站出来，拱手道："在下段凌，夤夜拜访，多有打搅了。"

"原来是段大侠。"那左护法又变了语气，笑说，"来者是客，段大侠不如过来和我共饮一杯？”

段凌自是不肯。

左护法道：“段大侠年纪轻轻，就能手刃我教右护法，我心中是十分佩服的，只可惜……”

他故意叹了口气。

段凌问：“可惜什么？”

“可惜所谓的正道人士，多半是沽名钓誉之辈，有真本事的人反而被埋没了。段大侠若肯投靠我天绝教，那可大不一样了。待我将来光复圣教，坐上教主之位，这左右护法的位置，都可任你挑选。”

段凌料不到他有这样的野心，更想不到他竟会招揽自己，倒是有些哭笑不得道：“多谢阁下抬爱，不过我早已立誓，此生与魔教势不两立。”

他说得斩钉截铁，左护法也不动气，只说：“从前教内确实有不少倒行逆施之辈，但等我当上教主，一切自然不同。”

“你要当教主，现在也可当了。”

“那可不成，我尚未替教主报仇，如何能够服众？”

段凌冷哼道：“既是如此，我更不可能助纣为虐了。”

左护法自斟自饮，给自己倒了杯酒，惋惜道：“我是诚心招揽段大侠的，段大侠一再推拒，真是叫人伤心。”

他以礼相待，段凌也不好直接跟他翻脸，便道：“阁下不必多言了，我今日来此，不过是想向你请教一件事。”

“哦？段大侠尽管问吧。”

段凌喉头微动，将深藏在心底的那个疑惑问出来：“天绝教中……可有让人起死回生的秘术？”

“若我说有，你会不会信？”左护法嗤笑一声，道，“所谓起死回生，不过是痴心妄想而已。”

段凌闭了闭眼睛，说不出是失望还是别的什么，又问：“你们割去这许多人的首级，又是为了什么？”

“这用处可多得很，譬如……剥下那人的脸皮来，制成人皮面具。”

段凌听了这话，脸上倏然变色。

陆修文的首级亦是魔教之人抢走的，若是被这般对待……

他的胸膛剧烈起伏了一下，根本不敢深想下去，足尖轻轻一点，身形几个起落，飞快地向湖心的亭子掠去。

左护法泰然自若，依旧一口一口饮着杯中美酒，等段凌跃至身后时，才将杯子一洒，杯中酒滴灌上了内力，竟像暗器一般射向段凌。真正是摘叶飞花，皆可伤人。

但段凌亦非等闲之辈，他在半空中无法借力，便斜身避了开去，双脚踏在亭柱上，咚咚两声之后，他顺利落到了亭子里。

他伸手就去抓那左护法的肩头。

左护法不闪不避，任他抓个正着，接着肩膀一沉，自然生出反弹之力。

段凌掌心一烫，不觉缩回手来。

左护法趁势回转身来，一掌拍向段凌。

这一掌虽是来势汹汹，但凭段凌的本事，并非避不过去，可是他瞧见那左护法的面容后，整个人如被施了定身术，完全僵在了原地。

只听“嘭”的一声，左护法那一掌正打在段凌的胸口上。

段凌倒退数步，眼睛却仍盯着他看。

他俩人刚才一番打斗，震得亭子里那盏灯也晃动不休，昏暗的光线下，但见那人俊眉修目、容颜俊秀，眼波微微流转，正是已经死去多时的陆修文。

段凌顾不得自己身上的伤，只是怔怔地瞧着他，声音如在梦中：“陆修文，当真是你？”

“怎么？段大侠见过我这张脸？”那人摸了摸自己的脸颊，笑容里带几分邪气，“是你认得的人吗？”

他顿了顿，恍然道：“啊，或许正是从那个人脸上剥下来的。”

段凌心下一沉，眸中杀意陡现，伸手向他脸上抓去。

左护法微微一笑，仰头避了开去，道：“看来段大侠挺喜欢我这张脸呐，待我用得腻了，送给你也无妨。”

说着，他往后疾退数步，修长的手指在桌上按了按。

段凌虽是怒不可遏，但并未失了理智，见他如此作为，料想定有诡计。果然听见“咔”的一声，那桌面竟翻了起来，“唰唰唰”地射出几支利箭来。箭头乌黑发亮，显然是淬了剧毒的。

亭子中不好施展轻功，段凌若是闪躲，恐怕就要落进湖中了，所以他干脆迎了上去，衣袖一振，用掌风震歪了那些毒箭。

“好功夫！”

左护法赞了一声，依旧不与段凌对掌，只从指间射出一枚暗器来，“嗖”的一声，灭掉了亭中挂着的那盏灯。

这夜无星无月，灯光一灭，四周便陷入了无边黑暗。

段凌一时不能适应，稍稍一怔，就听背后风声响起，却是那左护法施计偷袭。段凌身形一矮，回身挥出掌去。

两人的在黑暗中连过数招，正是旗鼓相当，斗得难解难分。段凌的掌法大开大阖，气势逼人，那左护法却最擅奇诡之道，出招刁钻狠辣，小巧腾挪的功夫更胜一筹。

段凌心知在对方的地盘上，拖得越久对自己越不利，索性提起一口气来，跟那左护法对拼了一掌。

两人的内力激荡，震得那桌子也碎裂开来，一掌过后，两人双双后退了一步。

段凌先前已受了内伤，自然没占着什么便宜，奇的是，那左护法似乎也内力不济。他与段凌过招时，招式何等精妙，相比之下，内功却差了许多。按说魔教左护法自是一等一的高手，岂会有这等弱点？

除非……

段凌的心中一凛，蓦地冒出一个猜测，他顾不得自身安危，接连又出了几掌。掌声呼呼作响，却是故意用内力压制对方。

那左护法果然不敢力敌，一退再退，差些从亭子边缘掉下去。

段凌连忙伸手抓住他的胳膊，岂料他轻笑一声，道："段大侠是舍不得这张脸么？"

说罢他顺势一扯，竟将段凌一起拉进了湖中。

水声哗哗。

两人在水中又是一番恶斗，然后一前一后地跃出水面。

段凌浑身都湿透了，头发湿漉漉地淌着水，却连擦也不擦一下，他施展擒拿术扣住了左护法的手，另一只手则扼住了他的喉咙。但他手上并未用劲，反而顺着纤细的颈子慢慢往上，抚上了那张跟陆修文一模一样的面孔。

他的动作十分温柔，惹得那左护法挣扎不已，叫道："你乱摸什么？"

段凌没有出声，只是一点一点地摸过去，一颗心仿佛在热油里翻滚而过，最后他的手指停在那人颊边，心也落回了原处，重新怦怦跳动起来，他道："这不是人皮面具。"

那人一愣："那又如何？"

段凌牢牢地扣着他的手，像拥着一个随时会消散的梦，低声道："你就是陆修文。"

"笑话，陆修文这名字，我连听也不曾听过。"

"那你更不可能是左护法了。"段凌反而笑起来，道，"左护法曾派人追杀我跟陆修文，不会连他是谁都不知道。"

那人静了片刻，说："原来如此。"

他手腕一扭，竟从段凌的手底下挣脱出来，道："既然被你识破，那我也没必要再装下去了。"

段凌急道："陆修文，你不认得我了？"

“认得啊，你是年轻有为的段大侠，我教的右护法，正是死在你的手上。”

段凌听他这样说话，就知道内中必有蹊跷，而那罪魁祸首，自然就是左护法了。他道：“你现在是替左护法办事？”

“哼，区区一个左护法，我还不会放在眼里。”陆修文勾唇而笑，道，“我跟他不过是互相利用，他要替教主报仇，而我则要教主之位。”

“那你为何扮作左护法？”

“段大侠不妨猜一猜？为何我的手下这么轻易就被你发现了？为何你跟在后面也没察觉？他又为何带你来这里？”

段凌心念一转，顿时明白过来道：“你是故意引我来此的！”

“不错不错，段大侠还不算太蠢。”陆修文击了击掌，道，“可惜，跟你同来的那个青山派弟子，这时却落了单。”

柳逸！

难道魔教的目标竟是他？

段凌已中过一次调虎离山之计，这时不敢耽搁，他立刻掉头就走。

走出两步后，却突然回过身来，一掌挥向陆修文。陆修文猝不及防，连忙抬手格挡。段凌这一掌却并未拍实，临到他胸口时又变了招，出手如电，一下点住了他的穴道。

陆修文被他点中了睡穴，连哼都来不及哼一声，便软倒下去。

段凌长长地舒一口气。

他伸臂揽过陆修文的腰，低头凝视那熟悉的容颜，到了此时此刻，方有失而复得的喜悦一点点漫上来。

他已错失过一次了，这一次，无论如何他不会再放开手。

段凌担心独自留在客栈的柳逸，不敢再浪费时间，弯身将昏睡中的陆修文背起来，快步离开了那所宅子。

半夜的街道寂静无声。

段凌健步如飞，感觉背上那人身体温热，能清楚地听见一下一下的心跳声。

他从来不知道，只是这样背着一个人走路，就能令自己如此激动。就像是经历过长久的屏息后，终于吸入了第一口空气，又是欢喜又是疼痛，简直让人落下泪来。

陆修文还活着……

就算他忘了自己又如何？只要他还能说话，还能微笑，还能走路，就已足够了。

段凌赶回客栈后，先将陆修文抱进自己屋里，然后去隔壁柳逸的房间察看情况。这等深夜，柳逸的屋里竟还亮着灯，段凌在外头一望，见那门上映出了两道人影。

莫非柳逸被魔教的人制住了？

段凌不愿打草惊蛇，便没有破门而入，只抬手敲了敲门。

“谁？”屋内有人模糊地问一声。

段凌压低声音道：“店小二，客官要的糕点送来了。”

“我没要糕点啊。”屋内的人一边嘀咕，一边起身开了门。

门只开了一条缝隙，段凌就伸进一只手去，一把扭住了对方的胳膊。

“哎哟！”

那人痛叫起来，竟是一点武功也没有。而原本坐在桌边的柳逸也惊讶地站起来，叫道：“段大哥，你回来了？咦，你抓着魏前辈的手做什么？”

“魏前辈？”

段凌呆了呆，低头仔细一看，见被他抓着的那人两鬓斑白，面有风霜之色，确实是魏神医没错。他当即松了手，奇道：“魏前辈怎么在此？”

柳逸上前道：“这事可巧得很，我傍晚一个人在楼下吃饭，正觉闲着无聊，没想到就遇上了魏前辈。恰好这客栈没有多余的房间了，我就邀魏前辈跟我同住，这会儿我们正秉烛夜谈呢。”

“除此之外，没有别人来过吗？”

“当然没有。”

段凌好生疑惑，难道陆修文又在诈他？以他的性情来说，倒也不是不可能。

柳逸既然平安无事，段凌便暂将此事放在一边，他转头看向魏神医：“魏前辈为何离开了陈家村？”

魏神医揉了揉被他抓疼的手，唉声叹气道：“还不是去年冬天被你们那么一闹，害我泄露了行踪，我那对头找上门来了，我不得不出门避一避风头。”

段凌等人曾被魔教追杀，幸得魏神医收留，还治好了他们的伤。他们在魏家宅子里杀了杜枫，此事若走漏风声，确实会惹来麻烦。

段凌想到这里，忙向魏神医赔礼道歉。

魏神医连连摆手道：“好啦好啦，我正忙着逃命，只要别再跟你们扯上关系，我就谢天谢地了。”

柳逸好奇道：“魏前辈的对头当真这么厉害？”

魏神医双眼一翻，说：“若不厉害，我用得着逃吗？他可比什么天绝教的左护法右护法厉害多了。”

段凌听他提到魔教，不由得想起了睡在隔壁的陆修文，道：“魏前辈可否替我医治一人？”

“什么人？你知道我的规矩，我可不会随随便便治病救人。”

“魏前辈过去一看就知道了，治或不治，自然由您决定，晚辈断然不敢勉强。”

魏神医跟段凌也算有几分交情，想了想道：“那就去看看吧。”

柳逸最爱热闹，也吵着要去。

段凌便引两人进了隔壁的房间。

见到躺在床上的陆修文后，两人皆是大吃一惊。

“陆大哥……唔唔唔……”

柳逸惊得大叫起来，亏得段凌眼疾手快，及时捂住了他的嘴，否则一个客栈的人都要被他吵起来。魏神医倒是沉着得多，他不声不响地走到床前，先是探了探陆修文的鼻息，接着抓起他的手把了把脉，闭上眼睛沉思片刻后，他开口道：“是姓陆的小子没错。”

段凌虽然早已确定了，但听他这样说，仍觉得心中欣喜。

柳逸这时也安静下来，扳开段凌的手，小声道：“陆大哥不是早已死了吗？他的坟还在落霞山上。”

魏神医瞧了瞧段凌，说：“我记得他是除夕那天断的气，初一早上我推门进来，他的身子都已凉了，按说是绝不可能再活过来的，除非……”

“除非什么？”

“除非他练过龟息大法一类的武功。”

段凌道：“他练的是魔教的七绝功。”

“七绝功？”魏神医喃喃道，“这门功夫可歹毒得很，练到第七层时，需得同门相残，吸取别人的功力才能有所精进。”

段凌的眼角一跳。

他跟陆修文一样，也练了这门功夫。

魏神医自然不知其中曲折，接着道：“就算这七绝功有龟息之法，能令人闭气假死，但姓陆的小子早该下葬了，又是谁将他救活的？”

“我和修言带他的灵柩回去时，曾遇上魔教之人，他的尸首被人换走了。”

魏神医颇有些不服气，酸溜溜道：“如此说来，这人的医术倒比我更为高明。”

“若我料得没错，此事应当是左护法暗中所为。”

段凌一边说，一边将今日遇上陆修文的事详细说了一遍。

魏神医听后微微皱眉道：“他非但不认得你，而且也不承认自己是陆修文？嗯，照你的说法，恐怕是他的记忆被人动了手脚。”

柳逸插嘴道：“一个人的记忆也能动手脚么？”

“这有何难？魔教多得是蛊惑人心的妖法，只要先用药物让他失忆，在他迷失神志的情况下，再灌输一段虚假的记忆就行了。”魏神医瞥了柳逸一眼，道，“你若不信，大可以亲自一试。”

柳逸一下躲到段凌身后去，干笑道：“我就不用啦，魏前辈你还是快些医治陆大哥吧。”

段凌也问：“有没有办法让他恢复记忆？”

“这要等姓陆的小子苏醒过来，了解过他的病情后，方可对症下药。”魏神医说到这里，猛地一顿，摇头道，“不对不对，差点上了你们的当了。我是要逃命的人，岂可在此多管闲事？我明天一早就走，治病救人之事，你们还是另请高明吧。”

说着，他抬脚朝屋外走去。

柳逸怎肯让他走脱？立刻追了上去，连声道：“这世上还有哪个神医，及得上魏前辈你？陆大哥能不能恢复记忆，可都要指望你了。”

“嘿，死人都已复活了，区区失忆小事，治不治也无妨。”

“那可不成！陆大哥不认得我也就算了，却不能不认得段大哥。魏前辈，你是自认本领不及那左护法，所以才不敢治么？”

“臭小子，说了激将法对我没用。”

柳逸歪缠的功力也算一绝，魏神医被他吵得没办法，大步逃了出去。

柳逸回头对段凌道：“段大哥放心，我一定让魏前辈帮忙治病，你好好看着陆大哥，可别再让他跑了。”

段凌轻轻颔首，心想，这是自然。

他俩人离开后，屋内又安静下来。段凌在床边坐下，低头望着陆修文。

正是万籁俱寂的时候，寻常人这时早已睡了，段凌却睡意全无，他反而握住了陆修文的手。

他舍不得闭上眼睛。

只怕稍不留神，陆修文又要消失不见了。

就像陆修文死去的那个夜晚一样，他维持着僵硬的姿势，由天黑一直坐到了天亮。当熹微的晨光射进来，照在陆修文脸上时，他的眼皮微微颤动，似乎随时都会清醒过来。

段凌不由得屏住了呼吸。

又等了一会儿，陆修文才慢慢睁开了眼睛。他瞧着陌生的环境，先是现出一点迷茫之色，接着视线落在段凌身上，自然而然地露出微笑。

段凌心中一动，正要开口说话，却见寒光一闪，从陆修文手里射出几枚细如牛毛的银针，朝他的面门直飞过来。段凌将头一歪，那银针擦着他的面颊飞了过去。饶是他武功高强，也避得惊险万分，出了一身冷汗。

陆修文坐起身来，赞道："段大侠真是好身手。"

他还是一副没心没肺的样子。

段凌这才想起他已经不是从前那个陆修文了，他不记得自己，甚至随时可能跟自己刀剑相向。不过这也是理所当然的，左护法费尽心机救活陆修文，总不会是为了让他们重逢的。他改动了陆修文的记忆，必然另有阴谋。

想到这里，段凌便问道："你身上还有多少暗器？"

陆修文懒洋洋道："这可多得很，连我自己也记不清了。"

段凌便伸手到他怀中去找。

陆修文眼波流转，笑眯眯道："段大侠何不将我的衣服脱了？这样找起来更方便一些。"

段凌一下子面红过耳。他料不到陆修文失了记忆，却还是跟以前一样的脾气，他的手停在半空中，真不知该进该退。

陆修文伸手一扯，就把段凌拉了过来，鼻尖慢慢抵上去，问："段大侠将我抓来此处，可是为了我这张脸？那个叫陆修文的……是你的什么人？"

段凌喉间发涩，说："你就是陆修文。"

陆修文挑了挑眉，显然并不信他。

“你不承认自己是陆修文，那你倒是说说，你叫什么名字？”

陆修文眼珠一转，道：“只有我未来的娘子才能知道我的名字。”

段凌被他噎得说不出话来，半晌才道：“我昨夜赶回客栈，却发现柳逸平安无事，他并未遇上魔教的人。”

“哦？那他运气不错。”

“你昨夜说的话，到底是真是假？”

陆修文反问道：“你我正邪不两立，我难道该同你说真话吗？”

陆修文伶牙俐齿，段凌从前就说不过他，如今更是落了下风。不过两人离得这样近，彼此气息相闻，段凌的语气便软下来，摸着他的头发道：“你是失了记忆才会如此，等以后恢复了记忆……”

“我记得一清二楚。”陆修文打断他道，“我是天绝教教主的徒弟，将来自要继承教主之位，与你这正道大侠……正是不死不休的仇敌。”

他的眉眼间神采飞扬，一如十年前那个骄傲无比的少年。

段凌心如刀绞，忽然明白左护法改动了他哪些记忆。

这是一个截然不同的陆修文。他记得天绝教，记得教主，却独独不记得他。他不曾为他赴汤蹈火，更不曾为他废尽武功。

——若是没有遇见段凌，陆修文就该是这般模样。

段凌恍惚了一下，心中忍不住想，或许这样更好。

若是不曾遇见他，陆修文仍是意气风发的少教主，自然不会被废了武功，受尽病痛折磨。

只不过是忘了他而已。

只不过，世上再没有那个想着他的陆修文而已。

段凌的眼角发酸，他使劲儿眨了眨眼睛，听见屋外响起敲门声。原来是柳逸费尽唇舌说服了魏神医，一大早就带他来给陆修文治病了。

陆修文见了生人，丝毫没有觉得不适，他悠然自得地掀被下床，给自己倒了杯茶，还反客为主地招呼大家坐。

柳逸傻乎乎地坐到他身边去了。

段凌怕陆修文又使暗器，一把将人揪了回来，道："先让魏前辈瞧瞧。"

魏神医昨天已经把过脉了，今日便只是观他气色，随意问了一些问题。

陆修文一一作答，言语间滴水不漏。

他说自己从小在天绝教长大，因为根骨奇佳，被教主挑作了徒弟。之后他在教中要风得风、要雨得雨，人人知道他是教主的继任人选。之后天绝教覆灭，教主身死，他一心光复圣教，便与左护法联手，手刃仇敌为教主报仇。

比起仇恨，他对教主之位的野心，似乎更为炽烈。

魏神医想了想，突然问："那么陆修言呢？你连他也不记得了？"

"陆修言是谁？"

"是你弟弟。"

陆修文目光平静道："我没有弟弟。"

段凌听得一怔，他知道陆修文有多在乎这个弟弟，为了他不惜替教主试药，没想到他竟连修言也忘了。

魏神医又跟陆修文说了几句，然后将段凌拉至一旁，悄声道："若我猜得没错，他心中有一个心结。正是被人抓住了这个弱点，他才会受妖法蛊惑。"

"什么心结？"

魏神医意味深长地瞧着段凌，道："他有一个双生兄弟。他跟弟弟面貌相似，即便是最亲近的人，有时也分辨不出他们俩人。"

段凌霎时明白过来。

他想起十年前的那个夜晚，陆修文冒险偷出教主令牌，拼着性命帮他逃出了魔教。

而他竟认错了人。

这便是陆修文的心结。

所以他受了左护法的蛊惑，在虚假的回忆里，成了独一无二的那个人。

段凌朝陆修文的方向望了望，嗓音微哑道："有没有办法……"

"普通的方法怕是不行了。"魏神医叹气道，"我试试银针刺穴的法子，看能否让他恢复记忆。"

"有劳魏前辈了。"

陆修文当然不会乖乖配合，此事倒也不急于一时，段凌先叫小二送了些吃的过来，四个人围着桌子吃了饭。

陆修文虽然失了记忆，但跟柳逸依旧投缘，不到半天，两个人又变得亲亲热热的，陆修文甚至还想游说柳逸加入魔教。但柳逸也非等闲之辈，他反过来叫陆修文改邪归正，到他们青山派去学功夫。

段凌在旁边听着，真有些哭笑不得。

到了下午时，日头愈发好起来。陆修文从前的习惯没变，他取了本书在窗边翻看。段凌见他没什么戒心，便无声无息地走过去，又点了他的睡穴。

陆修文应声而倒。

段凌将他抱回床上，魏神医则取出了他那一套银针。施针时需绝对的安静，段凌跟柳逸不敢打扰，因此都在门外候着。

等待的时间格外漫长。

虽有柳逸在旁插科打诨，段凌依然有些坐立难安。过了大半个时辰，忽听屋里有人大叫了一声。

段凌听出是陆修文的声音，立刻破门而入，快步冲了进去。但见魏神医满头大汗，银针撒了一地，陆修文脸色惨白地躺在床上，双目紧闭着，身体瑟瑟发抖。

段凌忙把他抱进怀里，问："怎么回事？"

魏神医的脸色也不好看，摆手道："不成，他被人下过药，若强行恢复记忆，只怕不是变成疯子，就是变成傻子。"

柳逸也跟了进来，问："那怎么办？"

"只能换些温和的手段了。我开副方子，慢慢化解他体内的药性，你们再多跟他讲讲从前的事，水滴石穿，过得五年、十年，他也就想起来了。"

柳逸骇然道："要这么久？"

"这还是好的，若运气差些，他可能一辈子也恢复不了。"

这时陆修文皱了皱眉，含糊地低喃道："疼……"

"哪里疼？是头疼么？"段凌轻轻拭去他因疼痛而冒出来的冷汗，对魏神医道，"那就算了，一辈子想不起来也无妨。"

柳逸道："可是，陆大哥他……"

"你不知道他从前为我做了多少事。"段凌的目光一直落在陆修文身上，低声道，"往后，换我来对他好吧。"

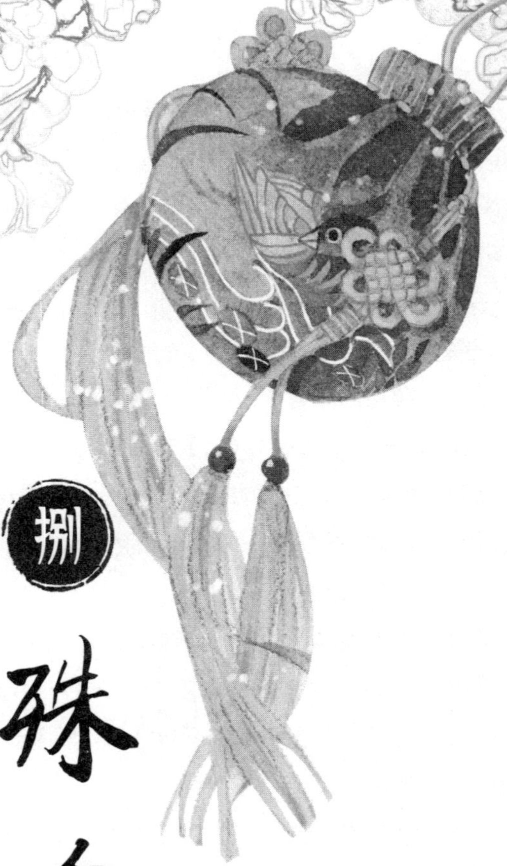

捌

殊途

魏神医那对头恐怕真是厉害得很，他给陆修文开好药方后，连一天也不肯多留，收拾完包袱就匆匆离开了。段凌跟柳逸原本也该赶路的，不过一来是多了个陆修文，二来是柳逸的师父快到了，他们干脆多住几日，等大家会合了再说。

这期间，陆修文虽能自由走动，但是被限制在客栈房间里，段凌跟柳逸轮流看着他，算是形同软禁了。陆修文倒并不介意，他每天被好吃好喝地供着，支使得段凌团团转。

他好像天生就擅长使唤段凌，一会儿说天气太热要冰块，一会儿又说想吃城东的绿豆汤。这样热的天气，段凌跑得一身衣服都湿透了，偏偏陆修文还嫌弃他办事不力，那一副骄横的模样，与十年前一模一样。

段凌难免有些泄气。

从来都是陆修文主动向他示好，他竟不懂得如何讨好陆修文。

倒是柳逸跟陆修文相谈甚欢，一心想介绍师父给他认识，恨不得让陆修文拜在青山派门下，当了他的师弟才好。段凌当然不准，两人还为此互瞪了一眼，差点喝上干醋。

段凌也曾向陆修文打听过左护法的事，但他的口风紧得很，只说那左护法整日戴着面具，连他也没见过那人的真面目。

段凌不知是真是假，便也不再多问了。他谨记着魏神医的吩咐，每日自是汤药不断，这日他将煎好的药端进屋里，却见陆修文半倚在床头，手中把玩着一截枯树枝。

段凌的心头一跳，立刻认出那是何物了。他上前几步，将药碗放在一边，强自镇定道："这东西……你是从哪里找来的？"

陆修文笑着睨他一眼道："不就是你的枕头底下？"

段凌为防陆修文逃走，这几日都与他同床共眠，他枕头下的东西，自然是一翻就翻着了。

"段大侠的喜好真是古怪。"陆修文翻来覆去地瞧着那截枯枝，似乎想瞧出特别之处，他问，“怎么将这玩意儿藏在枕下？”

段凌温言道：“这当中有个故事。”

“看来段大侠是打算给我讲故事了。”陆修文拍了拍身边的床铺，“你坐得近些，免得我听不清楚。”

段凌坐下来道：“此事要从十多年前说起。那一年我刚满九岁，上元节时我同家人出游，被一个黑衣人掳了去。当时我怕极了，一路上又哭又闹，那黑衣人当然不会理我，只对我拳打脚踢，我哭一声就挨一顿打，到最后我便不敢再哭了。如此过得几日，我昏昏沉沉地到了一座山上，那山中机关密布，却原来是别人口中的魔教总坛。与我一起被抓来的，还有不少十岁左右的少年，大家被关在一间狭小的屋子里，那里又黑又冷，谁也不知将来的命运如何。”

陆修文好生奇怪，道：“这魔教自是天绝教了，可是抓这么多人做什么？”

段凌没有回答，只接着道：“到了第三日，那一直关着的门终于开了，从外头走进来一个锦衣华服的少年。我第一眼见他，就觉他生得真是好看。可他的脾气也坏得很，眼睛冷冷一扫，就一鞭子挥了下来。”

段凌说到这里，嘴边微微含笑。

陆修文道：“这人必定是那个陆修文了。”

“是。”段凌大方承认道，“但我一开始怕极了他。他是魔教教主的爱徒，且总是对我非打即骂。”

段凌将那些往事娓娓道来。

陆修文认真听着，时不时插几句话。

说到段凌被抽了一顿鞭子时，陆修文嗤地笑出来，道：“你得罪了右护法的人，他若不抢先打你一顿，右护法定会找机会对付你，到时候你连怎么死的都不知道。”

又说到段凌被那小金蛇咬了，疼了三天三夜，陆修文更是惊讶不已道：

“那小金蛇可是不可多得之物，定是有人精心养着的，你被咬上一口，等于白白增了数年功力。嘿，这人把心思浪费在你的身上，真是暴殄天物。”

段凌呆了一瞬，怔然道：“我从前不知，如今才明白了。”

他脸上的表情实在是难以形容。

陆修文这样铁石心肠的人，见了也不禁动容，道：“这人对你一番苦心，你只要未曾辜负了他的心意，那也不算什么了。”

段凌苦笑不已。

可他偏偏就是辜负了。

故事再说下去，便不可避免地讲到了十年前。

陆修文练的也是七绝功，当然明白其中的道理：“原来教主抓你们回来，是为了助他练功。嗯，这法子倒好得很。不过被吸了功力的人，多半是活不成了，你是怎么活下来的？”

“有人偷了教主令牌给我。”

“是那人偷的？”

“是……”

“嗯，拿着教主令牌的人，必是有重任在身，看守之人确实会放你离开。不过教主事后追究起来，必定是雷霆震怒。他后来怎么样了？”

“他被教主废了武功。”

陆修文“呵”地笑了一声，眼中满是嘲讽之意，他道：“真是愚不可及。”

段凌被那目光刺了一下，问：“若换作你的话，又当如何？”

陆修文道：“我当然不会救你，任你被教主吸干了功力才好，你是死是活，与我何干？”

段凌点点头，望着他道：“若他也同你一般……那就好了。”

陆修文忽觉心中不快，他将手中的枯枝扔到段凌身上，道：“你讲的故事太过无趣，我不听啦。”

段凌抱着那截枯枝，道："我还未说到这东西的来历。"

"不过是枯树枝罢了，随处可见，也没什么稀罕的。"

陆修文说着翻身下床，到隔壁去找柳逸了。

段凌平日总跟在他身边，这时他却没追上去，只轻轻地抚摸手中干枯的枝丫，自己把故事说完了。

他说："这是去年秋天的时候，我在自家院子里折下来的。他那时只剩下半年的性命了，等不到来年的桃花绽放，便让我折下这树枝送他。"

他静了一会儿，又说："我跟他相识多年，竟只送过他这一样东西。"

段凌说完后，抬手按了按眼角，将那丑陋的、干枯的树枝重新放回枕头底下，然后才去隔壁找陆修文。

陆修文跟柳逸十分要好，两人这么一会儿工夫，已经约好了去哪里游山玩水。

"听说扬州的狮子头最是有名，一定要去尝上一尝。"

段凌不得不出声提醒道："在此之前，我们要先去魔教对付左护法。"

"啊……"柳逸大失所望，但他很快振作起来道，"那就打完了再去？"

段凌只是哼了一声。

陆修文倒是拍了拍他的肩膀，道："放心，就算将来兵戎相向，我也会饶你性命的。"

柳逸实在好骗，只这么一句话就让他高兴起来，到了下午，他又得了一个惊喜。

原来是他的师父提前到了。

柳逸的师父相貌清癯、不苟言笑，因内力深厚，瞧来不过三十多岁的年纪。与他同来的，却是一个五十开外的富态男子，身上穿金戴银，手中捏着两枚金胆，一副商人打扮。

段凌认得此人，知道他正是武林盟主林天福，上次围剿魔教就是他带的头。如今那左护法兴风作浪，弄得江湖上人心惶惶，他自然不能坐视不理。

柳逸跟林天福也相熟，他好奇道："林盟主怎么跟我师父一起来了？"

林天福转动着手中金胆，笑道："正好有事跟傅兄弟商量，我就同他一道来了。"

柳逸的师父"嗯"了一声，连一个字也不肯多讲。

众人叫小二送了茶来，围着桌子说起魔教之事。段凌怀疑此番魔教之人泄露行踪，乃是左护法布下的陷阱，林天福亦很赞同。

"不过那魔头既然下了战帖，咱们就不得不接下，否则任凭他们为非作歹，只会惹来更多的血腥杀戮。"

"嗯，连魔教教主都已身死，一个左护法有什么好怕的？"

"不过魔教妖人诡计多端，要提防他们暗箭伤人。"

大家说了半天，还是决定去魔教总坛一探究竟。

陆修文身份特殊，他一直待在屋里没有出来。段凌犹豫着如何提起他才好，柳逸倒是爽快，直接说他是被魔教的妖法控制了，如今在自己的劝说下，正打算改邪归正、弃暗投明。

林天福并非迂腐之辈，得知陆修文已被段凌封住了几处大穴，便也没放在心上。

他们赶了几天的路，皆是风尘仆仆，因此天一黑就早早歇下了。柳逸憋了一肚子的话要说，自是拉了师父同住，林天福则要了旁边的一间上房。

段凌琢磨着一桩心事，也回了自己的房间。

陆修文点了灯，正在灯下看书，他抬头瞥了段凌一眼，道："段大侠怎么愁眉不展的，可是有什么烦心事？"

段凌没有说话，只是盯着他看。

"看来此事与我有关了。"陆修文指了指自己，道，"让我来猜一猜吧。我刚才在门口看了一眼，今日来的这两个人，步子甚轻，目中精光湛然，想必都是武林高手。其中一个是小柳的师父，另一个的身份肯定也不简单。你们关起门来说了这么久的话，定是在商议如何对付左护法了。嗯，你们明日就要接着赶路了，但是该不该带我一起走，却令你为难了，是不是？”

的确，此去魔教总坛还有十多天的路程，若是带陆修文一起上路，只怕半路制不住他，若是让陆修文留下，又该将他安置在何处？

段凌不由得皱起眉来。

陆修文伸指在他的眉心一点，道：“其实此事容易得很，我既然落在你的手中，自然是任你处置了。你只要……”

他一边说，一边凑近段凌，道：“你只要一剑杀了我，不就好了？”

段凌一把捉住陆修文的手，道：“你别胡说。”

“正邪不两立，段大侠为什么留我性命？因为我这张脸吗？”陆修文说话之时，脸孔与段凌贴得极近，却又偏偏差了那么一些距离，反而勾得人心头发痒。

段凌强压下体内窜起来的热意，对陆修文道：“时候不早了，你该休息了。”

陆修文弯起眼睛，笑说：“段大侠也一起睡？”

“我还有事，先去外面转一圈。”

说罢，他转身就走。

但他刚迈出步子，就有一双手从后面环上来，圈住了他的腰。

段凌轻咳一声，道：“放手。”

陆修文当然不肯放，手指在他的腰间碰着一样东西，拽起来一看，却是一只香囊。他随意瞧了一眼，问：“怎么只绣了一只鸳鸯？”

段凌愣了愣，神色有些晦暗。

陆修文顿时意会道：“是那个人送你的？”

段凌没有出声，算是默认了。

陆修文“唔”了一声，皱眉道：“我不爱闻这个味道，先扔在一边吧。”

“不行。”段凌握住他的手道，“我答应过师兄，除非我死了，否则不会取下这香囊。”

陆修文便没再理会那只香囊，只放柔声音道："段大哥……"

段凌的身体僵了僵。

"我猜错了吗？那人不是这样叫你的？"陆修文想了想，又换了个叫法，唤他道，"阿凌。"

段凌浑身一颤，仿佛被这声音抽走了力气，心中悸动不已。

陆修文不由一笑，他轻轻将头靠在他背上，低声地叫："阿凌，阿凌……"

天亮之前，正是一天中最黑暗的时刻。

陆修文在这黑夜里睁开了眼睛。

段凌正在他的身边熟睡。

他静静地望了一眼，掀开被子走下床来，悄无声息地穿上衣服，从地上捡起束发的簪子，然后轻轻一转——原来那玉簪竟是空心的，里头藏着一柄薄如蝉翼的短剑，剑刃上寒光凛冽，一看就知道削铁如泥。

陆修文满意地笑笑，将那短剑握在手中，推开房门走了出去。

客栈的走道里亦是寂静无声。

陆修文白天就看好了地形，因此他毫无迟疑，一个房间一个房间地走过去，心中默数：一、二、三……

数到三的时候，他在一扇房门前停了下来。

他屏息听了一会儿屋里的动静，手中的短剑伸到门缝里一钩，房门静悄悄地打开了。屋里只有一点月亮照进来的微光，依稀可见床上躺着一个人。

陆修文一步一步地走过去，走到床边时，忽然觉得不对，他没有听到床上那人的呼吸声！他右手一扬，短剑如一道寒芒般朝床上刺去，只听"噗"的一声，却是扎进了被子里，毫无血肉之感。

陆修文立刻知道中计，他的面上微微变色，回头一看，却见一道熟悉的身影已经站在了门外。

“段大侠。”陆修文转了转手中的短剑，很快镇定下来，笑说，“这么巧，你也睡不着出来赏月？”

段凌慢慢地向他走近，因光线昏暗，瞧不清他脸上的表情，他道：“我即便是赏月，也不会赏到林盟主的房间里来。”

“咦？原来这是林盟主的房间？”陆修文故作惊讶道，“可是我瞧屋里怎么空无一人呢？”

段凌冷然道：“那是因为我识破了你的诡计，叫小二给林盟主换了房间。”

“什么时候？”

“就是你我……之后，我出去端水的时候。”

陆修文的面上笑容不变，问：“你是怎么猜出来……我要刺杀林盟主的？”

“我太了解你的性情了，你从来不做无用之事，你这么轻易就被我抓住了，又安安分分地在客栈待了几日，一次也没想过逃跑，必然是另有目的的。我一开始猜不透，后来见林盟主与柳逸的师父同来，你又特意派人查过我跟柳逸的底细，我便猜到你的目标是谁了。你前几日对我不冷不热，今夜却突然示好，更加深了我心中的怀疑。”

“原来如此。”陆修文状似惋惜地叹了口气，道，“不错，我跟左护法打了个赌，看谁能取下武林盟主的项上人头。我年前受过重伤，功力大有折损，要杀他可不大容易。但如果我假装被你所擒，提前住进他下榻的客栈，让他去了戒心，动起手来自是方便得多。可惜我功败垂成，看来是我输啦。”

段凌冷哼道：“林盟主何等武功，便是那左护法也动不了他。”

“你若不是叫人替换了房间，而是提前告诉他我要行刺的事，我这时已经着了道了。"

"若是如此，死的人就是你了。"

陆修文不禁一笑道："我就知道段大侠舍不得我死。"

说到那个死字时，他手中的短剑一挥，却是抢先对段凌动了手。

段凌并未佩剑，靠一双肉掌同他过了几招，惊讶道："你的武功已经恢复了？"

陆修文好笑道："不然我怎么敢来刺杀林盟主？"

"你明明被我封住了穴道，是怎么解开的？"

"这个可不能让你知道，你自己慢慢猜吧。"

说话间，两人又过了数招，从床边一直打到了窗口。

上次在湖心的亭子里，两人打得难分胜负，这次却是段凌占了上风。陆修文虽然招数精妙、轻灵诡谲，但吃亏在内力不济，时间一长，就有些支持不住了。

段凌看准时机，一掌拍向他的肩头，待陆修文闪避之时，他伸手揽住了他的腰。

陆修文低呼一声，被这么一抓一带，刚好撞进他怀里。

段凌心跳得甚急，问："你我……之事，也在你的计划之内么？"

"当然不是，"陆修文低笑道，"不过是顺其自然而已。"

他说着抬起头，双目望向段凌。

段凌正要说话，外面就传来了脚步声。毕竟客栈里还住着两位武林前辈，他们闹出这么大的动静，不可能没人听见。

没过多久，就见门外多了几道人影。柳逸的声音最响，问："段大哥，出什么事了？"

林天福则道："段贤侄，可是魔教妖人作乱？"

陆修文不理他们，只是抓过段凌的手，在他手背上重重咬了一口，直把他咬出血来。陆修文尝到血腥的味道，才低笑一声，趁段凌怔愣之际，身形一扭，从他怀里挣脱出来，足尖轻轻一蹬，跃上了一旁的窗户。

原来他自知不敌众人联手，是打算趁乱离开了。

“段大侠，咱们后会有期。”陆修文衣袂翻飞，在夜色中，透出一点妖异之色，“下次再见，我可不会手下留情了。”

说着，他把手掌横放在颈边，飞快地一划，做了个割下他首级的动作。

接着往后一退，大笑着跳下了窗子。

段凌追了几步，探身往窗外一看，只见陆修文身姿轻盈，短短几个起落，就已消失在了茫茫黑夜中。

段凌自知轻功及不上他，便也没有再追。他刚才被陆修文咬伤了手背，这时才觉微微刺痛起来，说不出是何滋味。

柳逸等人一拥而入，见了屋内情形，皆是一头雾水。林天福瞧了瞧凌乱的床铺，倒是有些猜测，不过他老于世故，并不说出口来。柳逸的师父一言不发。只有柳逸一个劲地问出了什么事，他的陆大哥怎么不见了？

段凌望着窗外一点点亮起来的天色，道：“他受了魔教妖术的蛊惑，已经离开客栈了。”

“啊？那段大哥你还不快去追？”

段凌瞧了瞧手上的伤口，道：“等去了魔教总坛，我们自然还会相见。”

只是到了那时，不知又是何等局面？

“不错。”林天福道，“我们本就说好了今日启程的，现在天才刚亮，还可以再休息一会儿，等吃过早饭就上路吧。”

他的眼光老辣，早看出段凌跟陆修文关系匪浅，但如今正值多事之秋，段凌武功又高，没必要这时跟他翻脸，所以他出来打了个圆场，将此事轻轻带过了。

林盟主都发话了，柳逸也没什么好说的，他嘀咕着跟师父回房了。

段凌仍站在原处，望着空无一人的窗外。

林天福走上来拍了拍他的肩，劝慰了几句，便也回去了。

但只过了一盏茶的工夫，林天福又将众人叫了过来。原来他回房一看，见桌上多了封信，却是那魔教左护法送来的。信上寥寥数语，措辞客气，邀林天福等人八月初八去天绝教赴宴。

宴无好宴，更何况八月初八，不正是魔教教主的祭日？看来那左护法为了替教主复仇，是打算将他们一网打尽了。

段凌等人自然不惧，将信件传阅一遍后，他们连早饭也没吃，就收拾好东西赶路了。

因为陆修文提到的那个赌注，段凌心中警惕，怕路上有人对林天福不利，所以他一直小心防备着。不料这一路都是顺顺当当，不曾遇上魔教的人。

魔教总坛设在一处险要的山峰上，因地处荒僻，没人知道那山叫什么名字，久而久之，也有人叫它天绝山。

段凌等人日夜兼程，过得十几日，便到了天绝山的山脚下。这时已是八月初了，暑气渐消，有不少江湖人士先到了，只是未得盟主号令，不敢贸然进山。

林盟主先与众人寒暄一番，接着就取出了左护法的信来。大家看过之后，自是议论纷纷。

有人说这魔教护法太过嚣张，应当立刻杀进山去，端了他们的老巢。也有人说既然对方将日子定在八月初八，那定是有所准备，不如提早一天过去，杀他个措手不及。还有人说不如多等几天，挫一挫敌人的锐气，过了中秋再进山。

聚集在此的，多半是江湖上有头有脸的人物，一时间众说纷纭，谁也说服不了谁。

林盟主静静地听着，目光在众人脸上一一扫过，他手中的两枚金胆一撞，只听“铮”的一声，金石之音响彻云霄，竟将议论声盖了下去。

众人听了这声响，心弦都是一震，不由得安静下来，谁也不敢作声了。

林盟主手段圆滑，先是露了一手功夫震慑众人，随后又摆出一副和气的笑容，道："魔教妖人为祸武林，咱们迟早要与之一战的。早一日晚一日，其实都无分别。依我看来，干脆就八月初八那日进山，免得叫魔教的人看轻了我们，以为我等是贪生怕死之辈，大家以为如何？"

林天福当了多年的武林盟主，向来威严甚重，去年攻打魔教就是由他带的头，他说的话，大伙无不信服。何况行走江湖的人，最看中的就是名声二字，岂肯被人当作缩头乌龟？那些亲朋好友为魔教所害的人，更是义愤填膺，恨不得明日就是八月初八，好进山去拼杀一番。

日子忽忽而过。

众人在山脚下安营扎寨，不过数日的工夫，就到了初八这天。

段凌是起得最早的那一个。

天还未亮，他就已经练完了一套剑法。他这几天沉默寡言，谁也不知道他在想些什么，但到了出发时，他却是走在最前面的。论起对魔教的了解，再也没有一个人及得上他，去年攻打魔教时，他也是一路走在前面。只不过那时他一心想着救出陆修言，而这时他心里的那个人，却换作了陆修文。

天绝山虽然陡峭，但大伙都是身怀武艺之人，一路上山倒也轻松，并未遇上什么阻碍。日正当午时，大家便已到了山顶。

魔教总坛原本就建在此处，气势也算恢宏，但去年被一把火烧成了白地，如今只剩下些断壁残垣，阴森森的颇为吓人。

众人见此地并无修缮过的痕迹，倒是奇怪左护法会藏身何处，找了一圈之后，忽然有人叫道："这里有字！"

大伙拥过去一看，却见一处山壁上血淋淋地写着一行字：正道小人葬身之地！

字迹笔锋遒劲，自有一种潇洒气度，只是每个字都是用鲜血写就，瞧着好不瘆人。且又用上了恶毒的诅咒，叫人心生寒意。

当场有人动了肝火，啐了一口，骂道："魔教妖人，惯会妖言惑众！"

他说着走上前来，一掌打在那写了字的山壁上。

轰——

只听得一声巨响，那山壁竟被他一掌震裂了，碎石纷纷落下，露出一个黑乎乎的山洞来。

众人不由哗然。

那出掌之人也是惊愕，想不到自己随意打出的一掌竟有如此威力，他低头看了看自己的手，却是“啊”的一声惊呼起来。原来他的手掌沾了那山壁上的血，这时已变得一片乌黑，显然是中了剧毒了。

果然，那人很快捧着手掌惨叫起来，叫声痛彻心扉，令人毛骨悚然。

众人中也多有精通医术之辈，忙划破他的手掌放出毒血，不料毒血流出后，疼痛虽然消减，却变成了一种奇痒，直痒到人的骨头缝里去。那人虽是一条汉子，却也经不住这痛痒折磨，竟摔在地上打起滚来。

旁人没有办法，只好向林盟主求救。

林盟主倒是镇定，他捻须道：“斩去他的右手吧，免得毒气攻心，反而救不成了。”

性命攸关的时刻，当然是救人要紧，大家也顾不得他会不会变成残废了。刚有人拔出剑来，就听那汉子又是一声凄厉的惨叫，口中吐出白沫来，在地上狠狠地抽搐两下，就再也不动了。

有人俯下身探了探他的鼻息，摇头道：“已经断气了。”

林盟主神色凝重道：“好厉害的毒药，好歹毒的手段。”

山壁一震即碎，必是那左护法安排好的，而他早料到有人会被山壁上的字激怒，所以事先涂上毒药，不费一兵一卒就杀了一人。此时正是烈日当空，但人人只觉得心头冰凉。他们是为了铲除魔教而来，然而尚未遇上敌人，就先折损了一人。

那突然出现的山洞展露着狰狞面目，里头深不见底，不知还要吞噬多少人的性命。

林盟主并不急着进去，他低头沉思了片刻，转身问段凌道："段贤侄可曾进过这山洞？"

"不曾。"段凌想了想，道，"不过我听说魔教依山而建，在山腹中挖了许多密道，除了教主的心腹，谁也不知道这些密道通往何处。"

去年那场恶战，魔教教主自恃武功，并未用到这些密道，而如今这个左护法，显然是更为狡谲之人。

林盟主道："如此说来，那左护法定是在里头等着我们了。"

众人听了这话，马上又议论开了。

"难道要进到山洞里去？"

"这是人家的地盘，也不知还有多少陷阱？"

"若等咱们都进去了，魔教的人再把山洞一封，咱们岂不是要闷死在里面？"

林盟主抬了抬手，示意大家安静下来，道："当然不是大伙都进去。我看不如兵分两路，一部分人跟我进去一探究竟，剩下的人在外留守，如何？"

众人面面相觑道："那……谁进去呢？"

段凌第一个出声道："我。"

柳逸就在他旁边，也忙着说："我我我。"

之后又陆续有人站了出来，多半是艺高胆大，有两手硬功夫的，或是与魔教有血海深仇的。

其余的人则在洞口守着。

众人进洞之后，只觉一阵寒气袭来，竟比外头冷了许多。段凌最熟悉魔教的机关暗器，所以拿了火把走在最前头，林盟主居中策应，另有一位高手在后压阵。

他们一路走，一路在岩壁上留下记号，以防走迷了路。本来进得洞来，林盟主最担心的就是洞内千回百转，越走越深，最后被困在其中。没想到这一路走来，却并不见什么岔道，走了小半个时辰后，前方就出现了一丝微光。

众人精神一振，纷纷做好了大战一场的准备。

越往前走，道路就越是宽敞，随后只见眼前一亮，却是到了一处像是大厅的地方。里面四个角上点着长明灯，照得四周明晃晃的，厅堂里摆了十几张石桌，桌上酒菜俱全。

那左护法在信中说邀他们赴宴，没想到还真备下了酒席。菜肴虽非山珍海味，但也尽是些鸡鸭鱼肉，当中的一道菜用一只巨大的银盘装着，上头盖了盖子，瞧不出是什么东西。

众人记着前车之鉴，倒不敢用手去碰那银盘，却有人禁不住好奇，拿剑尖挑开了盘上的盖子。

只听“当啷”一响，那盖子应声而落，随之响起的，则是一声骇人的惊叫。原来那银盘中所盛的，竟是一颗人头！

这人头用特殊的手法硝制过，仍保持着生前形貌，怒目圆睁，好不吓人。

人群中起了一阵骚动，接着就有人扑了出来，撕心裂肺地喊了一声二哥。

旁边有人窃窃私语道：“是王家的二公子。”

这叫喊声如同炸开了一锅沸水，不断有人用剑挑开桌上的银盘，十几颗人头一一展现在众人眼前，却正是被魔教杀害后割走首级的那些人。

在场的人当中，不乏这些人的亲朋好友，他们原是为了复仇而来，不料亲友的头颅竟成了盘中餐，被人以这种手段端上桌来。

一时间，痛骂声与哭喊声不绝于耳。

段凌见不少人都捧起了盘中的头颅，心中顿觉不妙，叫道：“别碰那些首级！快，快放下！”

林盟主亦觉不对，问：“首级上可是有毒？”

段凌道：“这些首级故意用银盘装着，就是为了造成无毒的假象，恐怕……”

话还没说完，就听一人大喊起来：“虫！有虫子！”

一种暗红色的小虫从那些头颅的七窍中飞出来，朝人群中散去。这虫子成百上千，不知凡几，离得稍微近一些的人，身上霎时爬满了密密麻麻的虫子！

那些小虫如一蓬红云，黑压压地肆虐开来。

柳逸看得一阵恶心，问：“段大哥，这些虫是不是有毒？”

段凌苦笑道：“若是无毒，岂会被魔教用在这里？这些小虫以人的尸体为食，一旦被咬中，就会觉得奇痒无比，最后活活抓挠自己而死。”

那些被小虫缠上的人似乎颇为痛苦，嘴里发出“啊啊”的叫喊，拼命地在脸上手上抓挠。抓着抓着，小虫逐渐坠落，但那些人毫无所觉，仍旧抓个不停，原本爬满小虫的皮肤上鲜血直流，有的人甚至把脸都抓烂了。

余下的人见了，无不心惊胆寒。

林盟主见此情景，知道是救不成了，他当机立断道：“快！赶紧离开这里！”

大厅的尽头处另有一个出口，慌乱中众人也顾不得这许多，都朝出口跑去。至于跑得慢些，被那些小虫咬上的，无一不是血流满面，且都是被自己抓成这样的。

柳逸心中不忍，不敢回头再看，拼命地往前跑去，出了大厅之后，又是一条狭长的甬道。火把早不知丢去了哪里，跑着跑着，前头的人忽然大叫了一声。

“怎么回事？”

“有机关！”

“是毒箭……呃……”

敢进这山洞一探的，都是一等一的武功高手，原本不会这么容易中箭。只是刚进山洞时一路无事，接着又在大厅中受了那毒虫的惊吓，大伙一时慌不择路，反而中了机关，不少人竟丧生在这小小的毒箭下。

而且越是往前，陷阱就越多，一轮一轮地层出不穷，令人疲于应付。所幸那些小虫飞得极慢，倒是没有追上来。

也不知过了多久，甬道渐渐开阔起来，眼前终于又出现了一扇门。

众人不敢莽撞，小心翼翼地推门而入。只见这次的房间比先前的大厅小上许多，而且布置得极为古怪，白惨惨的如同灵堂一般，正中央摆着一排灵位。大家凑近了一看，那灵位上却未刻名字。

“奇怪，这是要祭奠何人的？”柳逸一时好奇，数了数灵位的数量，数着数着，他的脸色却变了，说，“林盟主，总共有十七个灵位。”

“怎么？”

“我们进到这间屋子的人……也刚好是十七个。”

柳逸的话一说完，众人都安静了下来，一时鸦雀无声。

他们这一路上折损了不少人，此刻不多不少，刚好还剩下十七个。难道这些灵位是替他们准备的？

人人心头都有这个猜测，但是谁也不敢说出口来。

最后还是柳逸道：“那左护法莫非有未卜先知的本事，知道我们会有多少人进来？”

“当然不是。”段凌冷笑一声，道，“这地方必是另有玄机，左护法在暗中观察着我们的一举一动，所以才能提前布置好灵位。”

众人闻言，四下找寻了一番，却什么也没有发现。而且这屋子只有入口，并无出口。

林盟主双眉紧蹙，叹息道：“是我大意了，没想到那左护法割下别人的首级，还有这等用处，这之后的种种机关陷阱，更是一环紧扣一环，看来他早在半年之前，就已经开始布局了。”

柳逸走过去道：“那左护法用心险恶，着了他的道也是正常，但只要我们齐心协力，定然是邪不胜正。”

他说完后，侧耳倾听了一会儿，问："段大哥，你有没有听见什么声音？"

"什么？"

"好像、好像有人在吹笛子。"

段凌的耳力自然比他更好，他仔细听了听，却摇头道："没有，我什么也没听见。"

"咦？那我怎么……"

柳逸眨了眨眼睛，眼底渐露迷茫之色，眼神由原本的清澈明亮转为黯淡无神。

段凌见他如此神情，心中忽觉不对，再一看林盟主就站在他旁边，登时冒出一个念头来，叫道："林盟主，小心！"

但是已经迟了。

为了防备魔教之人，柳逸一直将剑握在手中，这时只见他出手迅捷无比，挥剑朝林盟主刺去。

林盟主做梦也料不到柳逸竟会偷袭他，他虽凭着本能往旁边闪避，却还是被他一剑刺中了胸口。

玖 同归

林盟主毕竟是武学大家，在这生死关头，竟是反应奇快，他用两根手指牢牢地夹住了剑刃。剑尖虽已刺入他胸口，但任凭柳逸如何用力，也无法再往前半寸了。

这时段凌也已飞身而至，横掌为刀，一下劈向柳逸的后颈。

柳逸本身的武功不高，并无反抗之力，他闷哼一声后，当即软倒在地。他师父就在附近，连忙将他抱了起来。

段凌则去查看林盟主的伤势。只见林盟主面如金纸，胸口有一大片血迹，那长剑已没入了他的胸膛。

段凌见他伤势甚重，也不敢贸然拔出剑来，只好先点住他胸前的几处穴道，才小心翼翼地拔出了剑，问："林盟主，你怎么样？"

林盟主缓过劲儿来，虚弱道："还好，并未伤及要害。"

段凌的身上带有金创药，便取出来撒在他的伤口上。那伤口颇为狰狞，若是再深一些，便可要了林盟主的性命。饶是他功力深厚，逃过一劫，但这伤没有几个月是养不好的，他暂时没有应战之力了。

他们这边闹成这样，其他人自是瞧见了，大家顿时吵嚷起来。

"怎么回事？盟主受伤了？"

"有魔教的奸细？"

"不对！是有人中了魔教妖法，突然发狂了！"

他们身处阴森森的灵堂，又对着一排灵位，情绪本就紧张，听了这话后，更是如临大敌，紧紧地握着手中兵刃，生怕并肩作战的朋友翻脸无情，暗中偷袭自己。

正在这时，忽听轰隆一声，入口的那扇石门缓缓地合上了，随后四个角上的长明灯也依次熄灭，四周陷入了一片黑暗。

这屋子并无其他出口，石门一关，就等于被困其中了，而突如其来的黑暗，更是让那紧绷的弦彻底断了。

不知是谁"啊"地大叫了一声，声音凄厉道："糟了，又有人被妖法控制了！”

接着就是一阵兵刃相交之声。

黑暗中难辨敌我，大家都是先下手为强，保住自己的性命要紧。

眼看情形越来越混乱，很快就要失控了，而唯一能主持局面的林盟主又重伤垂危，段凌不得不站起身来，沉声喝道：“都住手！”

他这一声大喝用上了上乘内功，直如舌绽春雷，震得人心头发颤。

江湖上以武为尊，段凌露了这一手后，果然震慑住了群雄，众人不由得停下了打斗。

段凌学林盟主当日的手段，见众人安静下来，便又换了种口气，道：“大家别中了魔教的诡计，确实有人受了妖法蛊惑，但并非人人都是敌人。咱们越是自乱阵脚，魔教越是有机可乘。”

他说话和和气气的，但一字一句，都像在每个人耳边响起一般，清晰至极。就算有人不服，也知他武功极高，不敢轻易反对了。

段凌顿了顿，又道：“谁带了火折子？快将火把点起来。”

众人这才回过神，七手八脚地翻找起来。

火光很快亮起，驱散了浓浓的黑暗。大家看清身旁之人的脸孔后，先前疑神疑鬼的念头也消散了不少。

段凌道：“大家确认一下，看除了柳逸之外，还有没有人迷失了心智。”

这十几个人多半是相熟的，此时大家聚在火光下，一圈看下来，竟人人神志清醒，没有第二个被魔教控制的人。

“咦？那刚才那一声是谁喊的？”

“对啊，老子就是听见有人喊了，才动刀子的。”

段凌示意大伙少安毋躁，道：“方才一片漆黑，是咱们自己人喊的，还是魔教的人喊的，有谁分得清楚吗？”

“是啊，肯定是魔教的人冒充的！”

“老子就说那声音怎么不对劲，分明是从外头传进来的。”

“那左护法是想让我们自相残杀！”

想到那人的险恶用心，众人无不打了个冷战。

有人忍不住问：“段大侠，柳少侠究竟是怎么被控制的？”

这也正是段凌心中的疑惑。

他俯身看了看柳逸的情形，又翻开他的眼皮瞧了瞧，见他的眼底有一条淡淡的黑线，随即明白过来，道：“他是中蛊了。”

“蛊？难道是那红色的飞虫？”

“不会，蛊术相当复杂，不可能这么快就迷惑住一个人的心智，除非……”

“除非什么？”

段凌没有作答，但他心念飞转，很快就有了答案。

“除非，柳逸早在进这个山洞之前，就已经中了蛊。”段凌环顾暗沉沉的四周，仿佛能看见那个藏身在暗处的人，他一字一字道，“我说得对不对？天绝教左护法？”

他顿了一下，微微扯动嘴角道：“或者，我该称呼你为魏神医？”

“哈哈哈——”

段凌的话音刚落，就有一阵笑声响了起来。这声音怪异至极，像是由地底下传来的，令人不寒而栗。

然后只听“哗啦”一声响，摆放灵位的那排架子倒了下来，现出藏在后面的一道暗门。

有人轻轻推开了那扇门。

众人屏息以待。

微弱的火光下，那个叫无数江湖人士胆寒的魔教左护法，就这么一步步地走到他们的面前来。他穿一身墨色的衫子，脸上覆着一张乌黑面具，将脸孔遮得严严实实，谁也看不见他的容貌。但他仅是负手而立，双目四下一扫，就自有一种逼人的气势。

段凌道："魏前辈，没想到这么快又见面了。"

那左护法"嗯"了一声，他缓缓摘下脸上的面具。他三十来岁的年纪，相貌十分普通，只是两鬓斑白，大有风霜之色，正是曾经与段凌等人交好的魏神医。

"果然是你！"段凌冷冷道，"魏前辈，你那对头追着你了吗？"

左护法笑了一下道："我那对头早已死啦。"

他瞧了瞧在场的众人，道："今日是八月初八，嗯，他死的那天……也正巧是八月初八。"

段凌登时恍悟道："原来那个人是魔教教主！"

左护法似乎不愿多提此事，转而问道："你是如何猜出我的身份的？"

"首先当然是因为柳逸，这一路上，最有可能对他下毒的人就是你了。回想起来，你那天夜里突然出现在我们投宿的客栈中，实在是太过巧合了。"

"没办法，我跟陆修文打了个赌，赌谁能取下武林盟主的项上人头？他有他的办法，我自然也有我的手段。"

他这一招确实厉害，若非段凌出声提醒，林盟主这时已命丧黄泉了。

段凌听他提起陆修文，便道："陆修文死而复生之事，也是我怀疑你的原因之一。当时我们在你家中求医，你对他的病情了若指掌，知道他何时断气，也知道我们何时送他的灵柩离开，要派人抢走他的尸首，可不是轻而易举么？甚至就连他的死……或许也是你暗中动的手脚。"

左护法既不承认也不否认，只道："我记得段大侠当时可伤心得很。"

段凌捏了一下拳头，问："真正的魏神医在哪里？"

"这世上本就没有魏神医这个人。"

"什么？"

"你不是向江湖上的朋友打听名医么？我调换了你那朋友写给你的信，故意捏造出一个魏神医，引你们到陈家村来找我。"

段凌浑身一震，想不到他这么早以前就已落入左护法的彀中了，他问：“杜枫也是你派来的？”

“当然。那追魂香的药引，就是我在你们来求医时下的。”

“既然如此，后来陆修文杀杜枫时，你为何没有出手相助？”

左护法的脸上无甚表情，反问道：“他连一个废了武功的陆修文也敌不过，这等废物，留之何用？”

左护法性情狠毒，这倒确实像他的作风，不过段凌的心中仍有疑惑：“杜枫死后，你为何没有对我们动手？又为什么先让陆修文假死，再将他复活？”

“这其中自有缘故，你却不必知道了。”左护法的目光在众人的脸上扫过，像看着一群已死之人，他道，“反正……你们今日都要死了。”

说着，他击了击手掌。

那合上的石门立刻又开了，从外头进来十多个黑衣劲装的男子，人人手持利刃，显然是左护法的手下。

左护法的手慢慢抬起，又轻轻落下，道：“一个也不必留。”

那群黑衣人听令就冲杀进来。

众人在山洞里转悠了半天，连敌人的影子也没见着，早憋着一口气了，这时大家也发出一声喊，同他们拼杀起来。

段凌则毫不犹豫地拔出剑来，朝那左护法斩去。

左护法并不与他交手，他的双手一直负在身后，一边闪避他的剑招，一边往后退去。

段凌剑光如电，招招紧逼，问：“陆修文在哪里？”

“放心，你很快就能见到他了。”左护法笑了笑，他的眼底并无笑意，反似蕴含着寒冰，“当日攻打天绝教，段大侠立的功劳可不小，所以我早已想好一个最适合你的死法了。就让你死在陆修文的手上，你看如何？”

说到这里，左护法终于出了一掌。

段凌心头一凛，这才发现不知不觉间，他已追着左护法到了那扇暗门边。左护法掌力将至，段凌为了躲开，不得不撞向那扇门。左护法顺势一推，便将段凌推进了门内。

那门上装有机括，只听“喀”的一声，门便又重重地关上了，任凭段凌如何使劲，门也是纹丝不动。

门后另有一条密道，黑漆漆的也不知通往何处。段凌立着听了一会儿，除了门外的厮杀声之外，那密道的尽头也传来一些动静。

他想起左护法说的那番话，只考虑了片刻，就抬脚朝那密道深处走去。

因为没带火把，段凌只能摸索着往前，他一路走得极慢。幸好这密道也不甚长，段凌走了没多久，就又摸到了一扇石门。

段凌推门而入，只朝里头望了一眼，整个人就怔住了。

门后是一间斗室，四个角上悬着夜明珠，散发着幽微的光芒。

室内没什么摆设，只石桌上有一张古琴，一个年轻男子坐在桌边，正漫不经心地拨弄琴弦。他见段凌走近，便抬起头来笑了笑，唤道：“阿凌。”

玄衣乌发，更加映得他容颜如玉。

段凌仿佛回到了一年之前，他走进魔教总坛的那间石室，见到了阔别多年的陆修文。

没想到山洞中的这条路，竟也能通往同一个地方。

段凌一阵恍惚，却见陆修文朝他招了招手。

段凌情不自禁地走过去，道：“陆修文？”

“是我。”陆修文眉目含情，低笑道，“阿凌，你不知我有多想你。”

段凌的心怦怦直跳，一把将他抱住了，问：“师兄，你恢复记忆了？”

陆修文笑说：“我怎么可能忘了阿凌你？”

段凌紧紧抱了他一会儿，才想起正事，道：“你知不知道，原来那魏神医就是左护法！”

“是吗？”陆修文也是一愣，道，“左护法一向戴着面具，我也不曾见过他的真面目。”

“林盟主受了伤，柳逸又中了蛊毒，现在他们正被左护法的手下围攻，我们快去帮忙。”

段凌说着松开了手，陆修文却道：“阿凌，难得有此机会，你不想跟我单独相处一会儿吗？”

“我……”

陆修文伸出手，轻轻碰了碰段凌的手，道：“上回被我咬伤的地方已经愈合了？疼吗？”

段凌只是摇头。

陆修文不由得笑起来：“那我就再咬一次。”

他嘴里这么说着，却只是轻轻握住了段凌的手。

段凌只觉得心荡神驰。

正在这时，陆修文的另一只手却摸到了他的腰间。段凌猛地捉住那只手，问：“你做什么？”

陆修文指着他腰间的香囊道：“我不爱闻这味道。”

“这是你送我的香囊。”

“是吗？”陆修文目光流转，哄他道，“我下回再送你一个更好的。”

段凌终于心生怀疑道：“陆修文，你究竟有没有恢复记忆？”

陆修文眉峰一挑，仍是笑吟吟的模样，反问道：“我是不是你的陆修文，真有这么重要吗？段大侠？”

段凌听得这声称呼，一颗心顿时沉了下去，他道：“你又骗我。”

“我还以为……段大侠就是喜欢被我骗。”

陆修文的双手攀上段凌的肩，似乎想来抱他，段凌正欲转头避开，却觉肩头一麻，他被陆修文点住了穴道。

“陆修文，你……”

“段大侠动不动就点我的穴道，我也点回来一次，算是礼尚往来了。”陆修文与他靠得极近，还是用那亲昵的语气说道，“你刚才若不揭穿我，可不必这么麻烦啦。”

“你到底想干什么？”

“段大侠忘记我说过的话了？这次再见，我可不会手下留情了。”

段凌动弹不得，只能紧紧地盯着陆修文道：“你要杀我？”

“原本我是舍不得的，不过谁叫段大侠你也练了七绝功呢？我年前折损了不少功力，恐怕斗不过那左护法，所以……只好拿你来补一补了。”

陆修文伸手抬起段凌的下巴，目光在他脸上转了一圈，啧啧赞叹道：“段大侠生得真是好看，就这么杀了你，未免太过可惜了。不过……谁叫你不肯为我所用呢？”

段凌闭目不语，暗中催动体内真气，试图冲开被陆修文封住的穴道。那天陆修文自行解开了穴道，段凌的心中颇为在意，他苦思了几天后，总算发现了一些端倪，应该是跟他们所练的七绝功有关。他跟陆修文属同门，点穴手法本就相似，正好可以一试。

没过多久，段凌就觉陆修文的手指落在他的眼皮上，道：“段大侠这是打算闭目等死了？我不是跟你那个陆修文长得一样吗？你不再睁开来看我一眼么？”

任凭他如何撩拨，段凌只是不言不语，专心于解开穴道。

陆修文有些扫兴，道：“罢了，我这便给你个痛快。”

说着，他的手掌按在了段凌的胸口上。

他只消内力一吐，就可取了段凌的性命，不料段凌竟在这当口冲开了穴道。只是他强行解穴，经脉不畅，暂时只有一只右手能动。他毫不迟疑，霍然睁开眼睛，趁陆修文不备，一把扣住了他的脉门。

陆修文虽然吃惊，却也反应极快，立刻反手一拧，出掌还击。

“段大侠这是将我的法子学了去？不错，不错。”他说到最后两个字时，语气变得狠厉起来，出招更是杀气凛凛。

他俩人贴得太近，多数功夫施展不开，只能对拼掌力。陆修文内力不足，比段凌差着一些，很快就落了下风。

眼看段凌就要将他擒下了，陆修文忽然回眸望他一眼，低叫道：“阿凌！”

段凌心绪一乱，出招就慢了半分。

陆修文趁势往后一仰，取过石桌上的古琴来，当作兵器向段凌掷去。

这一掷用上了重手法，段凌吃亏在只有一只手臂能动，根本无从躲避，他被那古琴撞中胸口，一下摔在了地上。

“咳咳……”

他因受了内伤，嘴角淌下一丝血来，半边身体仍旧僵麻着，虽竭尽全力，却怎么也站不起来了。

陆修文喘了口气，居高临下地看着他，道：“我本想让段大侠死得痛快些，你既然这样不识趣，那可别怪我不客气了。”

他弯下身，用手指沾了一些段凌唇边的血，然后慢慢地抹在自己的嘴唇上，叹息似的耳语道：“其实，我还真有点舍不得你，不过谁叫你心里想着别人呢？”

他说到这里，勾起嘴角笑了笑，红唇染血，动人心魄道：“我得不到的东西，不如亲手毁了。”

段凌瞧着他道：“我心里想着的那个人……就是你。”

陆修文却不信他，他的手指一路滑下去，捏住了他腰间佩着的香囊道：“段大侠上次说，除非你死了，否则绝不会取下这香囊，唔，现在可以扔了吧？”

段凌一惊，挣扎道：“别碰！”

陆修文自然不会听他的，他的手一扯，便将那香囊扯了下来，钩在指尖晃了晃。他似乎相当厌恶这香囊的味道，只是凑得近些，就皱起了眉头来，使劲儿揉了揉眉心。

段凌徒劳地伸出手，道：“还给我……”

“段大侠都自身难保了，还这么宝贝这香囊，我倒要瞧瞧，里头藏了什么东西？”

陆修文将香囊打开来一看，首先入眼的，便是一缕青丝。

香囊是段凌心中的那人送的，这一束头发，不用猜也知道是谁的。

陆修文忽生怒气，转眼一看，见桌上放着香炉，便走过去打开炉盖，把香囊和点着的火折子一起扔了进去。

香囊遇火即燃，滋滋地烧起来，原本淡淡的香气瞬间变得浓烈无比，整间石室都充斥着一股异香。

段凌的眼睛一下就红了。

他记得陆修文那时双目已经失明，却还是一样一样地挑拣香料，亲手将香囊佩在他身上。

他答应过他的，这香囊片刻也不会离身。

可是现在……

段凌的脚动不了，他便用右手支撑着身体，一点一点地朝桌边爬过去。

爬到一半时，有一只脚踏住了他的手。

段凌抬起头，看见陆修文俊秀的脸孔。

这是他深深藏在心底的那个人。

但是他却再也记不起他来。

段凌的心中一阵剧痛，眼看着那香囊渐渐被火舌吞噬，嘴里喃喃道：“师兄……师兄……”

他的声音越来越低，眼神里有一种说不出的绝望。

陆修文仍踏着他的手，问：“你还有什么话要说么？”

段凌已知难逃一死，正如左护法所说的，他要他死在陆修文的手上。他闭了闭眼睛，道：“你日后若是想起来……”

他突然顿了一下，最后望了陆修文一眼，声音低哑，却温柔得难以形容，他道："不，但愿你顺利当上教主，永远也不要想起我来。"

陆修文冷笑道："这就是你的遗言？真是无趣。"

说罢，他捡起段凌的那柄长剑，右手一扬，剑光落下……

左护法一推开石室的门，就闻到一股血腥味。他看见段凌倒在地上，胸口一片殷红的血迹，已经没了气息。陆修文坐在石桌旁，正用衣袖擦拭一柄长剑。那是段凌的佩剑，剑刃上还留着一滴血珠，陆修文神色如常，慢慢、慢慢地将这一抹红色拭去了。

是他亲手杀了段凌……

左护法见到这一幕，心中涌起一阵快意，就像他得知教主身死的消息时一样。

他走过去问："段凌死了？"

"是。"

"你吸干了他的功力？"

"当然。"

陆修文将那柄长剑擦得寒光凛凛，站起来道："听说今日来了不少正道人士？我刚吸完功力，正好去活动一下筋骨。"

"不必着急。"左护法道，"你先跟我切磋一下。"

陆修文挑眉道："你确定？我如今可比你强得多了。"

左护法笑了笑，笑容极为古怪，道："如此……正合我意。"

陆修文的脸上骤然变色，道："好呀，原来你在打我的主意，不过你可未必敌得过我。"

"试一试不就知道了？"

左护法说着，从怀中取出一支碧绿的玉笛，放在嘴边吹了一下。

并无笛声响起。

但陆修文仿佛听见了什么声音，整个人定在了原地，就如柳逸那般，他的眼神逐渐变得空洞起来。

左护法收起笛子，对表情木然的陆修文道："我若没有制住你的手段，怎么敢让你活过来？你一醒来，我就对你下了蚀心蛊，此后只要我一吹笛子，无论何时何地，你都要听我的号令。"

说罢，左护法抓起陆修文的一只手，用自己手指的少商穴抵住他的脉门。这是魔教吸人功力的法门，接着只要引导陆修文的内力注入自己体内，他就可功力大增了。

左护法仿佛回忆起了某些往事，他的眼底有微光闪动，自言自语道："我等这一日，已经等得太久了。"

他的语气是说不出的寂寥。

然后他定了定神，正打算动手吸取陆修文的功力，却见剑光一闪，陆修文另一只手上握着的那柄长剑往上一挑，剑尖正抵住了他的咽喉。

左护法始料未及，朝陆修文脸上一望，却见他的目光清澈，嘴角带着一丝微笑。

他顿时明白过来道："你……未受蛊虫控制？"

"若非如此，岂不是已被你吸干内力了？"陆修文抖了抖手中的长剑，道，"左护法还是快些放开我的手吧，否则我怕一不小心，会在你身上刺一个窟窿。"

左护法缓缓松开手道："看来你已经恢复记忆了。"

"这是自然。"

"我的蚀心蛊应当不会出错，你是如何清醒过来的？"

"蚀心蛊虽能控制人的心神，但是却有一个缺点，就是蛊虫害怕某种草药的气味。那草药因此得名，叫作蚀心草。"

"蚀心草确实能驱走蛊虫，可是这草药十分难得，你在不知道自己中蛊的情况下，根本接触不到。”

陆修文衣袖一振，从袖中滑落一物，在左护法的眼前晃了晃。

那东西被火烧过，有些难以辨认，左护法仔细瞧了瞧，才道：“这是……香囊？”

“对，就是我当初在魏家时做的那个香囊。”

“但我记得这香囊……”

“这香囊是你替我买来的，连香料也是你帮我准备的，我在你的眼皮子底下制出这香囊，又用香料掩盖住蚀心草的味道，你自然不会有丝毫怀疑，不是么？”

“你那蚀心草是从哪里来的？”

陆修文道：“你既然精通蛊毒，那药铺里必定会有蚀心草，我对柳逸描述了一下这草药的形状气味，他果然一找就找着了。”

“原来如此。”左护法眯了眯眼睛，道，“是我疏忽了，没想到你这么早之前就已经谋划好了一切。不过你当时以为自己命不久矣，怎么会想到做这香囊的？”

“因为我早就知道，魏神医你就是左护法。”陆修文想了想，又改口道，“不对，按理说，我应当叫你师叔才对。”

左护法瞳眸一缩，眼中杀意骤现道：“你说什么？”

“难道不是吗？”陆修文笑了笑，慢悠悠道，“你练的也是本门的七绝功，而且跟我一样，早在十多年前……就已被教主废了武功。”

左护法脸上的肌肉微微颤动，原本毫无表情的脸孔，这时却变得扭曲起来，像是被触动了最隐秘的心事。但他很快控制住了自己的情绪，道：“这是许多年前的事了，以你的年纪，应当不会知晓这些。”

“我原本确实不知，只是为了医治自己的病，我翻阅教中古籍的时候，偶然翻到了一本书。那书是一位医术高明的前辈所著，上头记载了不少疑难杂症的治法，其中有一种方法，正可以治我的病。只是这法子十分凶险，须得置之死地而后生，待人断气之后再行施救，一不小心可就真的死了。连那位前辈也仅是推测而已，并未真正证实过。而且他想出这个怪异的法子，并不是为了治病救人，而是为了让自己恢复武功。”陆修文瞧了左护法一眼，道，“由此我才得知，除了我之外，还有一个人被教主吸走了功力，却侥幸留下了性命。”

左护法轻轻地“啊”了一声，道：“原来那本书竟是落在了你的手里。”

“后来我住在魏家治病，在书房里看见你的笔迹，竟与那书上的一模一样。”

“那你自是对我的身份起疑了？”

“嗯，我思来想去，教中也没有你这么一号人物，除了那个从不露出真面目的左护法。我再前后一想，就猜到杜枫其实是你找来的。人人都道天绝教的左护法智计双绝、本领高强，可是谁料得到，你其实根本没有武功。”

左护法听了这话，不禁哈哈大笑起来。陆修文的长剑正抵在他的喉间，只需往前一送，就可要了他的性命，但他却视若无睹，道：“我从前的功夫，可并不比你差。只是七绝功这门功夫，一开始精进极快，等练到第七层时却再难突破，必须同门相残，吸取别人的功力才行。”

陆修文猜测道：“你同教主相争，最后却落败了？”

左护法冷笑一声，道：“我跟他从小一起长大，连我们两人的武功亦在伯仲之间，有时是他赢了我，有时是我赢了他。后来争夺教主之位，若真是成王败寇，我也是服气的，谁知……他竟然骗了我。”

他说到这里时，紧紧地咬住牙关，眼底流露出刻骨的恨意。

陆修文瞧着他霜白的鬓发，心想多年之前，必是有一段惊心动魄的故事。

他这么一恍神，却是变故陡生。刚才还咬牙切齿的左护法，忽然神色一凛，用掌风震歪了剑尖，一掌向他的头顶拍来。

这一掌乃是杀招，眼看就要落在陆修文的身上，陆修文却是气定神闲，泰然自若。他甚至还弯起眼睛，朝左护法的身后笑了笑。

身后？！

左护法蓦地停住动作。

他感到胸口一阵剧痛，低头一看，只见一截剑尖明晃晃地露在外面。

有人一剑刺穿了他的胸膛。

这石室里总共只得三个人，左护法没有回头，只是叫出了那个人的名字：“段凌……”

段凌长身玉立，全然不像受伤的样子，道：“我还没死，看来令左护法失望了。”

陆修文将手中的剑一扔，说：“师弟你怎么这么迟才动手？我举剑举得手都酸了。”

段凌拔出剑来，快步走到他的身边去。

左护法顿时血流如注。段凌那一剑刺得太正，并未伤到他的要害，他一时便还未死，慢慢后退几步，靠在那石桌上，道：“原来你没有杀段凌。”

“我师弟若是死了，我岂会跟你说这么多废话？早已将你碎尸万段了。”

“他胸口的伤……”

“不过是划破手掌，涂了些血在衣服上。我早在动手之前，就已经恢复了神志。”陆修文道，“那香囊的香气太淡，无法立刻见效，不过蛊虫害怕蚀心草的气味，中蛊之人只要一闻到这个味道，就会心生厌恶，千方百计地毁掉香囊。而一旦香囊损毁，香气自会四散开来，助我解开蛊毒。所以我才叫师弟日日将这香囊佩戴在身上，片刻也不能离身。”

“你为了护他周全，当真是费尽了心机。”

“我那时可快要死了，自然要将一切安排妥当。”陆修文的眉眼一扬，眸光湛然，一字一字道，“谁也休想伤我师弟，即便是我自己——那也不行。”

段凌的心中一动，悄悄地握住了陆修文的手。

左护法的目光在他们俩身上转了一圈，问："你早知道我会救活你？"

"只是有此猜测而已。"陆修文道，"被教主吸走功力的人，武学根基尽毁，从此成为废人一个，就算想重新练武，也是绝不可能了。而你苦心孤诣多年，就是想重筑根基、恢复武功，可惜你想出来的那个法子实在太过凶险了，一不小心，可就真的命丧黄泉了，所以你始终不敢轻易尝试。"

左护法道："嗯，这些都是我写在那本书上的。"

"后来你在陈家村遇上我们，原本是想叫杜枫杀了我们的，可是杜枫死后，你却改了主意。这一来是因为我师弟武功高强，你找不到机会下手，二来则是发现我的情形跟你一样，正好可以拿我试上一试，来验证你那法子能否成功。若是成了，你自能恢复武功，若是不成，也不过是死了我这个无关紧要的人。"

"若是我根本不打算救你，或是我虽然救了，却未能成功呢？"

"那我就真的死啦。"陆修文眨了眨眼睛，说，"可我赌你会救。"

"哦？"

"你执念甚深，一心想着恢复武功，难得有这么一个机会摆在眼前，你怎么可能放过？至于成或不成，却要看天意了。"

"哈哈哈！"左护法大笑起来，"难怪你早知我的身份，却一直没有揭穿，原来你也是为了赌这万分之一的生机。"

陆修文望了段凌一眼，道："这世上有我至亲之人，我当然舍不得死了，自是要赌上一赌的。"

"这以后的一切，也都在你的计划之内？"

"你若当真救活了我，总不会这么浪费，立刻又把我杀了吧？我料想你会想办法控制我的心神，让我为你所用，等我没了用处，你再吸走我的功力。魔教控制人的手段一共只有那么几种，不是用蛊就是用毒，柳逸既然能在你的药房里发现蚀心草，那你必然是用蛊了。"陆修文低头看了看自己的手掌，然后缓缓握了起来，"身在天绝教中，走一步就要看十步。就算只有万分之一的可能，也要准备好万全之策，不是吗？”

一切尽在他的掌握之中。

左护法长叹一声道：“我自以为算无遗策，没想到还是你棋高一着。”

陆修文笑眯眯道：“师叔过誉了。”

左护法口吐鲜血，只说了这一会儿话，衣襟已经被血染红，他眼见是活不成了。

段凌横剑道：“你作恶多端，害了多少无辜之人的性命，如今是时候偿还了。”

左护法并不理他，只是对陆修文道：“你这师弟可迂腐得很啊。你们现在虽是生死相许，但过得五年、十年，两人的七绝功都练到第七层时，又当如何？我可真想亲眼瞧瞧。”

他说完嘿嘿一笑，又道：“我今日虽然落败，但只凭你们两人，可别想取我首级。”

说罢，他伸手在石桌底下一按。

原来这石桌也藏有机关，只听“嘭”的一声，旁边那石床一下翻转过来，露出一个黑洞洞的入口。左护法蜷身一滚，就滚进了床底下，床板马上又重新合上了。

等段凌追过去时，已是来不及了，他只能用剑柄敲了敲床板，问：“这里也有密道？”

“嗯，若我没记错的话，这密道应当是通往……”

“通往何处？”

“历代教主的陵墓。”

段凌一怔，他没想到竟是这么一处地方。左护法是知道自己将死，所以去墓中等死么？或者……是去见那个人？

段凌想了想，道：“他伤重至此，倒是没必要再追了。”

“嗯。”

“不知外头打得怎么样了，我们出去看看。”

“好。”

陆修文平日总爱跟段凌唱反调，这时他变得百依百顺的，倒叫段凌不习惯了。他念头一转，问：“你可是想着左护法刚才说的话？”

陆修文道：“教主跟左护法，原本也是师兄弟。”

“那又如何？我们跟他们可不一样。我们又不必争那教主之位，待七绝功练到第七层时，不练也就是了。何况……”段凌抓起陆修文的手紧紧握着，道，“你失忆之时，有句话我不知说了多少遍，如今正可以说给你听。”

“什么话？”

“师兄，你是我心里最重要的那个人。”

陆修文立时微笑起来，他的眼底灿然生辉，目不转睛地瞧着段凌。

段凌被他看得面上发烫，幸得石室内光线微弱，也瞧不出什么。他轻咳一声，道：“我们赶紧出去吧……”

话音未落，就觉一阵山摇地动，脚下的地面剧烈地震动起来。

段凌几乎站立不稳，问：“怎么回事？”

陆修文蹙眉道：“是左护法动了陵墓内的机关，这山腹中的密道快要崩塌了。”

“快走！”

段凌片刻也不迟疑，他抓起陆修文的手就往外冲去。

一路上，果然不断有石块坠落下来。

好在他俩人的轻功都不弱，他们迅速奔过密道，开了外头那扇石门一看，见一场恶战已近尾声，敌我双方各有损伤。柳逸的师父剑法高明，而左护法的手下却没有特别出众的人物，所以柳逸跟林盟主倒是性命无忧。

众人会合后，段凌简单说了一下左护法触动机关的事，大家也来不及多说什么，一股脑儿朝出口涌去。左护法的手下虽然悍不畏死，在这种情况下也乱了心神，跟着四散逃命了。

没想到才跑出去没多远，就有人嚷道：“不好了，前头的路被山石堵住了！”

众人上前一看，只见山壁塌了一半，巨大的石块将密道堵得严严实实，连条缝隙也不见。在场的众人虽然都是武林高手，但见了这等情形，亦是束手无策了。

地面震动得越来越厉害，头顶上的乱石纷纷坠落，眼看就要葬身于此，不少人的情绪都有些失控，叫骂声不绝于耳。

段凌倒是镇定得很，他同陆修文十指相扣，低声道：“能跟你死在一处，我也算不枉此生了。”

陆修文拍了拍他的手，好笑道：“我还没跟师弟好好亲近过，怎么舍得死了？师弟忘了吗？我们先前待的那间石室，还有另外一条路。”

“对。”段凌这才想起来，“另一条路是通往魔教总坛的。”

“嗯，我们快从原路回去。”

段凌点点头，忙招呼大伙儿赶紧跟上。

众人自然不敢耽搁，跟着段凌他们回到先前那处灵堂，再由那扇暗门进了密道。

在这生死关头，每个人都是步履如飞，但大家心头也忍不住想，万一这条路也不通该怎么办？

段凌走在最前面，将这个念头问了出来。

陆修文仅是一笑道：“当然还有别的路。”

幸好这条路比先前的好走许多，虽也有碎石落下，却并未挡住道路。众人的身上多半有伤，不过互相搀扶，走得倒也不慢。

也不知过了多久，黑暗中终于出现了一缕微光。

段凌上前两步，将头顶上的石板一掀，一跃出了密道。外头一片断壁残垣，正是已被一把火烧毁的魔教总坛。

其他人也都陆续出了密道。每个人都是蓬头垢面，样子狼狈不堪，但是大家想到历经一番生死，此刻总算逃出生天了，又不由得相对大笑起来。

陆修文略通医术，他给林盟主包扎了一下伤口，又翻开柳逸的眼皮看了看，道："他中的也是蛊毒，不过跟蚀心蛊稍有差别，听到笛声才会受控制，并不会失去记忆。等下了山后，我再想办法帮他解毒。"

大家在山顶上休息了一会儿，与守在山洞外的那一路人马合在一处后，匆匆下了山。

到了山脚下，仍能感觉到山体在微微震颤。

陆修文回首一望，见山顶上烟尘滚滚，似乎半座山峰也要倾塌下来。

他不禁低语道："我自幼在这山上长大。"

段凌道："我在落霞山上种了桃花，从今往后，自然有我陪在你身边。"

陆修文垂眸而笑，没再多说什么，他与段凌共乘一骑，扬鞭而去。

一切看似真相大白。

但陆修文心底始终有一个疑问。

一年前的这个时候，左护法尚未恢复武功，他究竟是如何在众多高手的眼皮底下，夺走教主的头颅的？是左护法的手下吗？还是……

随着天绝教的彻底覆灭，这也成了永远的秘密。

拾

归隐

扬州自古乃是风月之地。

段凌在最好的酒楼里叫了一桌酒席，让陆修文和柳逸一尝闻名遐迩的狮子头。因为正是秋季，螃蟹膏肥肉美，便又叫了两篓子蟹，配着桂花酒吃喝，别有一番风味。

那日离开天绝山后，陆修文立即解开了柳逸身上的蛊毒。柳逸醒来得知自己被左护法控制，一剑误伤了林盟主，自是好生愧疚，同师父一起送林盟主回了洛阳。段凌和陆修文两人则策马而行，回那山谷向陆修言报平安。陆修言见兄长死而复生，惊得半天说不出话来，之后还丢脸地哭了一回。

陆修文十分满意段凌种的那些桃花，只因先前与柳逸有过约定，两人便一路游山玩水，辗转来了扬州。

柳逸吃螃蟹吃得满嘴油膏，他用手背随意抹了抹，问陆修文道："陆大哥，你说魏神医……不，应该是那左护法，他当真死了吗？"

柳逸天生好脾气，跟谁都容易打成一团，当初他跟魏神医的关系也不错。后来得知自己被他利用，心中也未生怨恨，反而因魏神医的死唏嘘了一番。

段凌埋头吃蟹，道："那左护法被我当胸刺了一剑，又进了地底的陵墓，自是必死无疑了。"

"是啊。"陆修文也点头道，"除非……"

"除非什么？"

"除非那墓里还有别人，且那人救了他。"

柳逸奇道："陵墓里不都是死人吗？"

陆修文的瞳眸黑亮，笑道："所以左护法定是死了。"

柳逸总觉得他话中有话，只是还待再问，段凌已先瞪了他一眼道："吃螃蟹就吃螃蟹，你哪里来这么多废话？"

柳逸缩了缩脖子，小声嘀咕道："段大哥怎么越来越凶了……"

陆修文忙打了个圆场，问："小柳，林盟主的伤怎么样了？"

“已经痊愈啦。只是林盟主这次受伤过重，折损了不少功力，需得好好休养一阵儿。”柳逸看了看段凌，对陆修文耳语道，“我瞧林盟主十分看重段大哥，夸了他好几次，说他是难得一见的青年才俊，日后必成大器。”

“是吗？”陆修文神色淡淡，一副“我家师弟当然样样都好，别人随便怎么夸都不为过”的神气，就算段凌明日当上了武林盟主，恐怕他也不会惊讶。

柳逸颇觉无趣，又跟陆修文聊了些风月之事，他故意不理段凌。

段凌毫不在意，继续低头吃东西，还替陆修文剥了一只蟹。

“陆大哥，以后你们便在落霞山上隐居了吗？”

“嗯，山上的风景不错。”

“可是，行走江湖要有趣得多了。”

“我这身份不适合在江湖上露面。”

“怎么会？你从前虽是魔教的人，但早已弃暗投明了。听说那天山洞崩塌，多亏了陆大哥你才把大家带出来。”

“那都是师弟的功劳，我可什么也没干。”

柳逸听他左一口师弟、右一口师弟，颇有些不以为然，他压低声音道：“段大哥整日冷冰冰的，一点意思也没有。陆大哥，你究竟看中了他哪一点？”

他们两人说话的声音虽轻，但段凌何等耳力，自是听得一清二楚。他装着专心剥蟹，但耳朵却竖了起来，仔细听他们说话。

陆修文眼波一转，伸出一根手指来摇了摇道：“首先，我家师弟生得很好看。”

“唔。”柳逸点头道，“段大哥确实相貌英俊。听说有不少女子倾心于他，可惜他不近女色，一个也瞧不上。”

“其次，我家师弟生得很好看。”

“咦？”柳逸的表情变得有点古怪。

“最后。”陆修文笑吟吟道，“我家师弟还是生得很好看。”

柳逸彻底无话可说了。

这时却听“啪”的一声，段凌手中的酒杯忽然碎裂开来，酒液顺着他的指缝滴滴答答地淌下来。

“段、段大哥，你的酒杯……”

段凌将那碎了的杯子一扔，眼睛紧盯着陆修文看，然后重重地哼了一声。

柳逸吓了一跳，后知后觉地意识到，他莫非……闯祸了？

之后段凌就没怎么说话了。

柳逸心惊胆战，就怕他们俩因此吵起来，甚至跑去外面大打一架，从此相忘于江湖，再不相见。那他岂不是成了罪魁祸首了？

柳逸独自在那里担心得要命，陆修文却是若无其事，一个人吃得不亦乐乎，等到酒酣饭饱，三人从酒楼里出来时，夜色已经很深了。

他们住的客栈离得不远，便一路走了回去，照旧是段凌和陆修文住一间房，柳逸则住在隔壁。

一进房门，陆修文就扯住了段凌的胳膊，问：“师弟是生气了吗？怎么不跟我说话？”

段凌哼哼了两声。

陆修文伸手戳一戳他的脸颊，道：“我说你相貌生得好看，你不高兴了？”

段凌一把捉住他的手，黑着一张俊脸问：“你从前处处护着我，甚至为我不顾性命，难道只是为了我的脸吗？”

陆修文听得大笑起来道：“我同小柳说笑而已，师弟怎么就当真了？嗯，师弟你确实是容色过人，但我岂是如此轻浮之人？”

段凌瞪他一眼，心想，你不就是这等人吗？但他没有说出口来，只道：“我对你的心意……早已说过多少遍了，你可一次也没说过。”

陆修文“咦”了一声，惊讶道：“没有么？”

“哼，你只管装疯卖傻吧。”

段凌说完，扭头就走。

陆修文的心意如何，段凌自是最清楚不过，但他却从未当面说过，如今更是说什么只看中他的脸……

段凌摸了摸自己的脸，心中颇不是滋味。他心中气闷，便没再理会陆修文，洗漱一番后，自己先上了床，将被子一卷，面朝里睡下了。

过得一会儿，屋内的灯就熄了，段凌感觉有人爬上床来，伸出一只手轻轻地搭上他的肩，叫道：“师弟……”

“今日天气这么冷，师弟是要我一个人睡么？”

“是我错了还不成？我以后不再跟小柳说笑了。”

“师弟真是好狠的心，是要我看得见吃不着么？”

任凭陆修文百般纠缠，段凌就是不声不响，后来被他缠得没办法，干脆低喝一声：“你再吵下去，我就踢你下床了。”

这一下正戳中陆修文的软肋，他委屈地眨一眨眼睛，果然不敢再出声了。

一夜无话。

第二天早上起来，段凌发现另半边床空荡荡的，早已不见了陆修文的踪影。他也没放在心上，只当陆修文是去隔壁找柳逸了，吃过早饭后过去一看，柳逸却说不曾见过陆修文。

自从陆修文恢复记忆后，他们俩一直形影不离，少有分开的时候。大清早的，他一个人去了哪里？难道是因为他昨夜闹了脾气，陆修文负气离开了？

虽然段凌知道陆修文不是这种性情，却还是忍不住担心起来。

他在附近找了一圈后，又回到客栈的房间里，却见桌上多了一张信笺。信上是陆修文的字迹，叫他夜里去河边的画舫找他。段凌好生疑惑，不知陆修文又在捣什么鬼，但他既然这么说了，段凌也只好耐着性子等到晚上。

夜里的扬州城最是繁华。河边的画舫也多，多是一些达官贵人游湖赏月，船中隐隐传来丝竹之声。段凌寻了好一阵子，才寻到陆修文租下的那一艘船。他上去一看，见陆修文已备下了一桌酒菜，正靠在栏边自斟自饮。

陆修文见了他，便招一招手道："师弟，过来坐。"

段凌只好坐到他身边去，问："你约我来这儿做什么？"

陆修文皓腕如玉，笑吟吟地举起酒杯来，道："我昨日说错话惹恼了师弟，今日自罚三杯，算是向师弟你赔罪了。"

说罢他果然仰起头来，将杯中的酒一饮而尽。

段凌见他喝得这么急，忙伸手拦道："你身体才刚好，也不怕喝醉了酒？"

陆修文含笑睨了他一眼，道："怕什么？反正有师弟在此，我就算醉了也不打紧。"

他边说边将剩下的两杯酒也喝了。

他的酒量甚佳，只喝这么几杯自然算不得什么，却故意装出醉眼蒙胧的样子，偏过头轻轻地靠在段凌肩上。段凌与他相处日久，早知他是装模作样，却没有揭穿他，只闷不吭声地任他靠着。

陆修文在段凌的耳边道："师弟可消气了？若是觉得不够，也可换个法子罚我，比如……"

他低声说了几个字，段凌听过之后，登时面红过耳，斥道："光天化日之下，你说什么胡话？"

陆修文听得大笑起来道："天早就黑了，何况这画舫内只有你我俩人，有什么话说不得？还是说，师弟你不想……"

段凌被他噎了一下，心中虽然气陆修文轻狂，却又说不出拒绝的话，只能哼了一声算是回答。

"阿凌，我是不是从未对你说过？"陆修文沉沉一笑，眸中带着几分醉意，更多的却是难描难画的柔情，他低声道，“我的心意……自然也是与你一样。”

秋去冬来，很快又是年关将近。

跟柳逸游山玩水虽然快活，但这一年的除夕，陆修文还是想同弟弟一起过。段凌自然也是陪他，因此腊月一到，两人就马不停蹄地赶了回去。

回到落霞山时正是腊月廿十，便是山林间也有了些过年的喜气，段凌将两人住的小屋整修一番，早早贴上了窗花。去年这个时候，新年每近一日，陆修文的生机就减少一分，段凌回想起那段日子，仍觉得心有余悸。

到了除夕那天，段凌和陆修文一早就下了山，到陆修言家吃团圆饭。陆修言早备好了各种野味，叫陆夫人烧了一桌子菜出来，大家热热闹闹地吃了一顿。陆辰过完年又大了一岁，倒比去年活泼得多，段凌送了柄小宝剑给他，乐得他整夜都握在手里，恨不得当场拜段凌做师父。

吃过饭后，三个大男人又围在一起喝了点酒。

陆修言酒量最差，不多时就醉了，他拍着段凌的肩膀，颠来倒去地说了好些话。总结起来只得一个意思，就是要段凌好好对待陆修文，若是敢欺负自家兄长，他的拳头可不是吃素的。

段凌苦笑不已，心想陆修文不来欺负他，就已谢天谢地了。

他俩人喝得差不多了，就自回山上去守岁了。到了午夜时，段凌去外头放了一串鞭炮，在隆隆的炮响声中，辞去旧岁，迎来新年。

段凌放完了鞭炮，又回屋送了陆修文一样东西。

陆修文接过来一看，却是一只香囊。与他从前送给段凌的不同，这香囊上绣了一双鸳鸯，亲亲热热地在水面上做伴，形影不离。

陆修文瞧得怔了怔。

段凌道："上回那个香囊被火烧坏了，所以我重新做了一个。"

陆修文摸了摸那两只鸳鸯，见绣工颇为精巧，忍不住问："这是找谁绣出来的？"

段凌道："我又不认得什么女子，自是让弟妹帮的忙。"

陆修文微微惊讶道："咦？你称呼辰儿他娘什么？"

段凌被他这么一问，有些不大自在道："我叫她弟妹，难道不对么？"

"对对对，正当如此才对。"陆修文笑得眉眼弯弯，叫他道，"好师弟。"

因是新年，段凌没有理会陆修文的调侃，只是耳根却烧得通红，也不知是因为醉酒，还是别的什么缘故。

陆修文道："师弟送了我香囊，我却还未送你压岁钱呢。"

他今日确实什么也没准备，但只想了一想，就已有了主意，他伸手一扯自己的发带，满头乌发散落下来。他本就相貌俊秀，在这样的夜里，被烛火一照，更是别有一种动人之处。

段凌瞧得呆了呆，不知他是何意，疑惑道："你这是干什么？"

陆修文竖起一根手指来抵在唇上，道："师弟只管看着就好。"

说罢，他抓起自己的一缕头发，分成左右两束，手指上下翻飞，只一会儿工夫，就将那青丝打成了一个结。

段凌仔细瞧着，倒像是平安结的样子。

屋里没有剪子，陆修文四下找了一圈，干脆取过段凌的佩剑来，把那一束头发削了下来。而后他把头发塞进香囊里，问："师弟可喜欢这样东西？"

段凌还没来得及作答，陆修文已倾身向前，将那香囊佩在了段凌的腰上，在烛火下他展颜一笑，道："愿这平安结保得师弟平安，年年岁岁，共此佳节。"

"师兄……"

段凌虽有许多话说，一时却不知如何开口。

“好师弟。”陆修文捏一把他的俊脸，笑说，“压岁钱都发完了，我们也该上床休息了吧？”

段凌没作声，只低头吹熄了桌上的蜡烛。

新年一过，接着就是元宵，元宵过了，便有了一些初春的暖意。这年春天来得甚早，段凌种的那些桃树早早抽了枝、发了芽，只待开出桃花来。

段凌本想好好陪着陆修文喝酒赏花，可惜花还未开，他就先收到了林盟主的飞鸽传书。原来是江湖上的两大门派起了纷争，林盟主重伤初愈，没精力居中调解，就叫段凌前去帮忙。段凌本不想理会江湖之事，但想到陆修文身份特殊，多得林盟主帮他遮掩，倒是欠了他一个人情。考虑再三后，他还是决定出一趟门。

陆修文倒不在意，只叫他路上小心，早去早回。段凌一一应下了，简单收拾了一下东西就动了身。

陆修文一个人留在落霞山上，日子过得很是惬意。他有时去山下找陆修言闲话，有时则干脆在桃林里待上一日。段凌为了方便他赏花，前不久刚在林中置了一张石桌。陆修文便执一壶酒，在桌上摆下棋盘，也像魏神医那样，自己跟自己对弈。

他下棋只图一乐，并不在乎输赢，常常一下就是一整日。

这日午后，微风徐徐，陆修文正低头钻研棋局，忽听得叶子沙沙作响，是有人在林中走过的声音。来人轻功不弱，连一点脚步声都听不到。

陆修文却是头也不抬一下，只抛了抛手中棋子，道：“既然来了，就不必藏着了，出来吧。”

话音刚落，就见人影一闪，一个黑衣人从树后走了出来。那人一见到陆修文，便拜倒下去，道：“属下参见教主。”

陆修文"嗯"了一声，瞧也不瞧他一眼，只淡淡地道："轻功练得不错。"

那人抱拳道："教主谬赞了。"

陆修文问："事情办得怎么样了？"

"谨遵教主吩咐，已将左护法的手下收拢起来。只是有些人颇为顽固，不肯归顺教主。"

"不错。"陆修文击了击掌，道，"天绝教也只剩下这么些人了，愿意归顺于我的，日后自然会有他们的一席之地，至于不愿意的……"

他的眸光一凛，手中的黑子轻轻地落在棋盘上："他们既然一心效忠左护法，那便让他们相从于地下，到地府继续尽忠吧。"

他的语气淡淡的，杀伐决断，尽在这谈笑之间。

那黑衣人也无异议，立刻道："属下遵命。"

他顿了一下，随后又说："天绝教刚覆灭不久，教主就另立新教，若被那些正道人士知道，属下恐怕……我教会成为众矢之的……"

"那就韬光养晦，别让人知道不就好了？"他刚下完黑棋，马上又换执白棋，慢慢转动手中的棋子，"这世道就如棋局一般，有黑即有白，有阴即有阳，没有了天绝教，自然还会有天魔教、天灭教，所谓除魔卫道，永远也是除之不尽的。既然如此，何不由我将这股势力握在手中？"

他说着，白子落下，登时又扭转了棋盘上的局面。

那黑衣人道："教主英明！"

陆修文仅是一笑，摆了摆手道："你且退下吧。以后若无要紧事，就不必过来找我了。"

"是。"那黑衣人应了一声，身形往后一闪，很快就消失在了林子里。

春风吹得人微微沉醉。

林中寂静无声，与平日并无不同。

陆修文面含微笑，低头注视着棋盘，继续下那一盘未曾下完的棋，仿佛什么也没有发生过。

日头渐渐偏西，陆修文有些困倦，不知不觉间，竟趴在石桌上睡着了。

等他醒来时，已是暮色四合了。他揉了揉酸涩的双眼，发现自己的身上披着件衣裳。他见那是段凌出门时穿的衣服，不禁心中一喜，起身叫道："师弟？"

林中空无一人。

陆修文沿着小路走回去，果然见屋外炊烟袅袅，茫茫暮色中，段凌挽起两只袖子，已经在生火做饭了。陆修文上前道："师弟什么时候回来的？"

"刚回来不久，见你在林中睡得正熟，就没有吵醒你。"段凌瞥他一眼，道，"你夜里没有好好休息吗？怎么趴在桌上也能睡着？"

陆修文道："师弟不在，我自然是孤枕难眠。"

段凌早习惯了他的胡言乱语，只哼了一声，没有理他。

陆修文也不介意，他披着段凌的那件衣服，在旁边看他做饭。

段凌的手艺甚好，这原是在魔教时练出来的，他自己厌恶得很，后来因着陆修文爱吃，他忙活起来倒是甘之如饴了。

陆修文在一旁问道："林盟主那件事可办成了？"

"当然。那两大门派之间本就没有深仇大恨，只不过是一点小误会罢了，我两边说和一番，这误会也就解开了。"

"只是辛苦师弟四处奔波了。"

"也是还林盟主一个人情，以后可不必理会了。"

陆修文心想，只怕那林盟主甚是器重你，将来要你坐武林盟主的位子。他嘴上却并不说出来，只道："我估摸着桃花这几日就要开了，还当你赶不回来了。"

段凌深深地望他一眼，道："我答应了你的事，就一定会做到。"

陆修文见他的鞋上染着尘土，知道他定是日夜兼程地赶回来，心中甚是欢喜。

两人多日未见，自是各自思念，絮絮地说了半夜的话，陆修文实在困得不行了，才半眯着眼睛道："师弟，等过几日桃花开了，我们一道去林中赏花。"

段凌握着他的手道："好。"

床头的窗子未关，到半夜时，微风送来一阵似有若无的香气。

第二天天还没亮，段凌就醒了。

他这些日子一直比陆修文醒得早。醒来后却只支着头靠在床边，凝神细看陆修文的睡颜。他等着天渐渐亮起来，等着第一缕微光从窗外照进来，等着陆修文睁开眼睛，迷糊地喊他师弟。

这是他一天中最欢喜的时刻。

但这日却是不同的。

天色刚亮，段凌就翻身下了床，轻手轻脚地穿上衣服，推开门走了出去。

屋外有一条小路通往桃林，段凌沿着这条路走过去，在林子深处寻到了一株桃树。这株树上长满了小巧玲珑的花苞，而最顶上的那一枝，已经开出了艳丽无双的桃花。

这是开得最早的一枝桃花。

段凌站在树底下，静静地欣赏了一会儿，像是欣赏一幅绝世的画。然后他足尖一踏，飞身跃上枝头，将这刚刚绽放的、仍带着清晨露珠的桃花折了下来。

他拿在手中瞧了瞧，脸上露出一点笑容，仍从原路走了回去。

清晨的阳光已照进屋里，而陆修文还未醒过来。

段凌走到床边，眼睛望着陆修文，温柔无比地吻了吻枝头的桃花。然后他俯下身，轻轻地将那枝条放在了陆修文的枕边。

人面桃花。

番外

前尘

那一日是上元节。

段凌始终记得城东的那盏走马灯。灯面上画了栩栩如生的花鸟人物，蜡烛一点，整盏灯就缓缓地转动起来，那些花花绿绿的小人儿变得愈加活灵活现。他看得入了迷，不知不觉地挤进人群中，等回过神来时，已经松开了父亲的手。

他一个人走在茫茫夜色中，没过多久，就有一道高大的黑影拦住了他的去路。

接下来的一切如同噩梦。

他被一个陌生男子掳走，离开了家乡青州城，去往不知名的远方。他那年刚满九岁，已经开始习武了，一路上他哭闹不休。那男子十分凶恶，对他非打即骂，几回下来，他终于不敢再哭了。如此过了大半个月，道路渐渐崎岖起来，最后他被带上了一座又高又险的山峰。

段凌后来才知道，这山名叫天绝山，是江湖上人称魔教的天绝教的总坛。跟他一道被掳来的，还有十几个差不多年纪的男孩，他们被关在一间漆黑狭小的屋子里，每日的饭食都是从窗口丢进来的，人人担惊受怕，啜泣声不绝于耳。

也不知过了多久，有一日，那扇紧闭着的屋门忽然开了。

久违的阳光从外头照进来。

段凌一时不能适应，不由得抬手挡了挡眼睛，然后就见一个少年踏着金色的光芒走进屋来。

那少年一身玄衣，身上未佩戴任何饰物，只一头乌发用金冠束着，愈发衬得容颜如玉。他的年纪只比段凌略大两岁，却是神色骄矜，举手投足间，自有一种高高在上的气势。

那两个凶神恶煞的看守，在他面前却是俯首帖耳，一口一个“公子”地叫着。

那少年眼风一扫，目光在众人身上掠过，问：“这些就是师父要的人？”

“是。”

“右护法吹嘘说抓来的个个都是练武之材，我瞧着也不过如此。”

那看守立刻奉承道：“说到习武的天分，又有谁及得上公子您呢？”

“是是是，教主时常说，日后继承他衣钵的人，非公子您莫属。”

少年的嘴角微弯，似笑非笑道：“这等话，师父又岂会随意对旁人说？”

他话音未落，就听“哇”的一声，原来是一个年龄尚小的男孩，因受不住害怕哭了出来。

那少年突然被人打断，脸色立刻就沉了下去，他慢慢地取下别在腰间的鞭子，道：“如此不懂规矩，就算被师父收做了徒弟，日后也难免闯出祸来。嗯，既然被我撞见了，我就先替师父教训教训吧。”

说着，他高高扬起了手中的鞭子。

段凌是习过武的，看出这少年身怀内力，这一鞭子打下去，普通人肯定受不住。他也不知怎么头脑一热，就冲过去挡在了前面。

那少年“咦”了一声，挑高眉毛瞧了瞧段凌，手上的力道却分毫未减，重重地一鞭打了下来。

段凌的脾气也倔，他的手指都在发抖了，却硬撑着没有逃开。

那少年小小年纪，鞭法竟已练到了收发随心的地步，鞭尾快打到段凌的脸上时，突然他手腕一转，鞭子硬生生地从他耳边擦了过去。

鞭子“啪”的一声落在地上，留下一道深深的印痕。这一鞭用足了劲力，若是打在段凌脸上，只怕他当场就要破了相。

段凌吓出一身冷汗。

那少年反倒嘻嘻地笑起来，问：“你叫什么名字？”

段凌只是瞪视着他，没有作声。

“哼，好倔的脾气。”

那少年手腕一扬，又待再次挥鞭，却听外头有人喊道：“大哥。”

那嗓音温和，直如春风一般。

少年听了，脸上终于露出真正的笑意，回头道："弟弟，你怎么来了？"

"今日天气不错，我想下山去买琴谱，大哥陪我一起去吧。"

说话间，又走进来一个白衣少年。

他跟先前那使鞭子的少年一般高矮，一般相貌，两个人站在一处，正如面对面照镜子一样。

段凌一看就知俩人是一对双生兄弟，只是他们的外貌虽然相似，气质却是大相径庭。一个是一身戾气，另一个却温文尔雅，令人一见就心生好感。

那弟弟道："大哥正在忙吗？"

"没有，我来瞧瞧师父新收的徒弟。现在已经见过了，这便陪你下山。"

"怎么教主要收这么多弟子？"

那哥哥笑了一下，意味深长道："师父自然有他的用意。"

说着，他又瞧了段凌一眼，说："小子，我的名字是陆修文，你可要记清楚了。"

他仰了仰下巴，在这一天的阳光下，骄傲得不可一世，他道："从今往后，你就是我的师弟了。"

当陆修文的师弟绝对是一种折磨。

跟段凌一道被掳来的人里，最终只有七个人成为魔教教主的徒弟，而其他人去了哪里，段凌始终都不知道。至于他们七人，虽然名为教主之徒，却只被传授了内功心法，且被逼着每日修习，若有人敢偷懒，动辄就是一顿打骂。

而段凌由于那日得罪了陆修文，日子就更不好过了。陆修文以师兄自居，动不动就使唤段凌办事，若是办得差了，自然少不了被他折腾一番。

不过一段日子下来，段凌倒是知道了陆修文的弟弟名叫陆修言，兄弟俩父母双亡，从小就在天绝教中长大。陆修文的武学天分极高，乃是魔教教主的爱徒，陆修言却丝毫不懂武功，平日更喜欢弹琴下棋、吟诗作画。

陆修言生性和善，有时见段凌被欺负得狠了，常会替他求情。因此在魔教中，段凌就只有陆修言一个朋友。

这日段凌跟陆修言约好了下棋，他因为要练功，到得稍微迟了些，远远就看见陆修言已经坐在亭子里了。

陆修言爱穿白衣，这日他也是穿了一袭纯白的衫子，见段凌来了，便抬头笑道："阿凌，你来迟了。"

段凌道："对不住，我今日……"

话说到一半他就顿住了，总觉得眼前的陆修言有些古怪。

他仍穿着惯穿的白衣，薄唇含笑，手中捻着一枚棋子细细把玩，见段凌的话只说了一半，便瞥他一眼道："怎么？可是今日功夫练得不好，被教主责罚了？"

他的神情语气都与平常一般无二，唯独眼神……那眼底似藏着钩子，目光一转，就像挠在人的心尖上。

陆修言绝不会有这样的眼神。

段凌心念一动，忽然伸手去夺他手中的棋子。他自然而然地出手还击，与段凌连过数招，并轻易将段凌制住了。

段凌的一只胳膊被他扭在背后，回头道："你果然不是修言。"

陆修文这才知道已被识破，他哈哈笑道："师弟是如何认出我的？"

一边说，一边松开了段凌的胳膊。

段凌对他又恨又怕，倒是不敢不答，道："你跟修言本就是两个不同的人，除了相貌生得一样，再无其他相似之处，只不过是换了身衣服，我岂会认不出来？"

陆修文听了这话，面上的笑容倏然隐去，他盯着段凌看了一会儿，道：

“师弟当真觉得，我跟修言截然不同？”

“那是自然。”

“不论何时何地，你都能认得出我？”

段凌觉他问得古怪，且被他这样瞧着，心中大不自在，便没有再理会他，自己转身去找修言了。

他走出去老远，还听见陆修文自言自语道：“有趣，真是有趣。”

从此以后，陆修文愈发喜欢戏弄段凌了。

他总爱换陆修言的衣裳，扮作弟弟的样子来找段凌，无论神态语气，他都模仿得惟妙惟肖。但是无一例外，他每次都会被段凌识破。

陆修文颇觉失望，下次又会假扮得更为用心。这对他而言，就像是一种新奇的游戏，而段凌却是不胜其扰，恨不得见了陆修文就绕道走。

陆修文深受教主宠信，平日里骄横跋扈、心狠手辣，教内许多人都怕他。

段凌也是一样。

他对陆修文有种说不出的恐惧。

他始终记得那一日，紧闭的屋门突然打开，陆修文一步步地从外面走进来，眼角眉梢俱含着笑意，神采飞扬，容颜如玉。

这样的人一旦刻进心里，要想将他忘记，除了将一颗心硬生生剜去，再无他法。

段凌名义上是教主的徒弟，在教中却并没有什么地位，他平日里行事虽然处处小心，却还是惹上了麻烦，同右护法的手下起了争执。

此事闹得颇大，两个人大打出手，差点连教主也惊动了。

陆修文当时正陪着教主处理教务，听得消息，急匆匆地赶了过来。他也不问事情的来龙去脉，只是目光在段凌的脸上扫过，冷笑道："师弟真是好大的胆子，连右护法的人也敢得罪？还不赶紧赔礼道歉？"

段凌梗着脖子不说话。

陆修文历练了几年，愈加喜怒不形于色了，他取下腰间的鞭子来，道："既然师弟这么不知轻重，那我这当师兄的，少不得教训你一番。"

说罢，他深深地望了段凌一眼，而后手腕扬起，狠狠的一鞭落下。

陆修文随身的鞭子是特别鞣制过的，打在身上立刻就见血了，直疼进骨头缝里，段凌却紧咬着牙关没有出声。

陆修文见状，抿了抿嘴唇，又是唰唰唰几鞭打在他身上。

段凌虽练了几年武功，但毕竟根基尚浅，一顿鞭子下来，身体支撑不住，不由自主地倒在了地上。

陆修文并不收手，他的一套鞭法出神入化，专挑人身上最痛的地方打。段凌硬撑着没有求饶，不一会儿就被打得鲜血淋漓，疼得在地上打滚。

那右护法早已来了，见陆修文当真下了狠手，方走上来劝道："罢了罢了，再打下去，他可真要断气了。"

陆修文慢慢地收了鞭子，瞧也不瞧段凌一眼，笑道："不过是个不识好歹的臭小子，死了也就死了。"

"到底是教主的弟子，若真闹出了人命，你我都交代不过去。"

陆修文这才一挥手，道："把人带下去吧。不必给他医治了，正是要他痛上几天才好。"

"是。"

自然有教众领命而去，将段凌送回了房间。

因了陆修文的吩咐，谁也不敢给他治伤，段凌一个人躺在床上，只觉伤口处火辣辣地疼，血还在往外淌着，只怕不多时他就要死了。

他在魔教蹉跎数载，如今也不过是十来岁的少年，想到自己就快死了，心中自是说不出的害怕。再想到陆修文鞭打他时，脸上犹自挂着笑容，那痛苦竟似又深了一层。

段凌抬起胳膊盖住眼睛，正想着就这样疼死算了，却听有人推门而入，叫他道："阿凌。"

段凌睁开眼睛，见了来人熟悉的面容，不由得又惊又喜道："修言，你怎么来了？"

"我听说你出了事，当然要来瞧瞧。"陆修言几步走到床前，见了段凌遍体鳞伤的样子，心中大为不忍道，"可惜我知道得晚了，否则还可劝一劝大哥。"

段凌摇头道："你肯来看我，我心中已是感激不尽了。"

陆修言道："阿凌，我大哥他……"

段凌听他提到陆修文，立刻打断道："你们两兄弟情深，我不愿在你面前说他的坏话，你……你也别再提起他了。"

陆修言见他如此，只得压下了话头，从怀里取出一瓶伤药，道："你伤得不轻，我先替你上药吧。"

段凌嘴上不说，心中却想，在这天绝教中，只有修言一个人待他好。

陆修言拿来的伤药极为管用，抹到身上后，段凌只觉得伤处一片冰凉，原先灼烧般的痛楚减轻了许多，不知不觉间，他竟这么睡了过去。

陆修言轻手轻脚地上完药，又仔细给段凌包扎好伤口，才转身出了门。这时天色已暗，他却并不回自己的房间，反而去了隔壁陆修文的屋子。

陆修文的屋里有一只石瓮，瓮里养着一条小金蛇。那蛇小巧玲珑，浑身金灿灿的颜色，双目间有一条红线，端的是剧毒无比。陆修文每日用各种珍奇药材喂养着，养了两三年之久，才将它养到手指粗细。

陆修言进来时，陆修文正在喂那小金蛇，背对着他问："师弟怎么样了？"

"我已经给他上过药了，他现在睡着了。"陆修言将那瓶药放在桌上，道，"既是你的伤药，你怎么不亲自送去？"

“我刚当众打了他一顿，又悄悄去送伤药，岂不是让人知道我是在做戏了？”

“我知道大哥是为了护着阿凌，你若不当众责罚他，只怕右护法日后会暗中报复，不过你下手也太重了些。”

陆修文笑道：“我自有分寸。不过是些皮肉伤，伤不到筋骨的。”

自家大哥的本事陆修言是知晓的，便也不再多说，他走过去瞧了瞧那小金蛇，道：“这蛇倒是快要养成了。”

“不错。”陆修文不知想到了什么，他眼中微微含笑，说，“不知师弟怕不怕蛇？改日叫小蛇去咬他一口。”

他说得轻巧，陆修言听了，却是大吃一惊。他精通药理，知道这小金蛇是何等稀罕之物，陆修文又精心喂养着，待到养成之时，给它咬上一口，毒液入体，便可平添数年功力。

寻常人自己受用还来不及，岂会白白送给别人？

陆修言道：“这小金蛇花了大哥许多心血……”

陆修文浑然不在意，道：“我自己养的蛇，爱让它咬谁就咬谁。”

陆修言回想起之前的种种，忍不住道：“大哥对阿凌……好像特别上心。”

“有么？我不过是觉得他比旁人有趣而已。你不知道，有好几次我扮成你的样子去找他，都被他认出来了。”

陆修言心中一动，说：“我记得大哥说过，将来喜欢的那个人，定要将你看作是独一无二的。”

“的确如此。”

陆修言想到段凌对大哥的态度，隐隐觉得不安道：“要是那个人并不喜欢你呢？”

陆修文怔了怔，随即大笑起来。

他当时何等自负，眉峰一扬，断然道：“那我就打断那人的腿，用链子将那人锁起来，叫那人不得不喜欢我。”

一晃又是数年。

段凌在魔教忍辱偷生，终于也长到了十六岁的年纪。当年跟他一起被教主收为徒弟的人，每隔一年都会少掉一个，到如今只剩下两个人了。

段凌料想其中必有玄机。当年魔教的人掳了他们回来，总不会只是让他们当教主的弟子这么简单。他在魔教多年，也学会了一些心机手段，他暗地里多方打听，才知那教主练的乃是一门邪派功夫，练到第七层后便再无寸进，需得吸取同门之人的功力才能有所突破。那教主抓了人来当他的徒弟，逼着他们练那邪门武功，就是为了吸他们的功力。

段凌探听到了真相，自然不肯坐以待毙，只是魔教总坛建在山顶上，上山下山只得一条路，又有重重关卡守着，段凌想尽了办法，也寻不到逃出去的机会。

他每日提心吊胆，只怕哪天会轮到自己头上。

这天夜里，段凌睡得正熟，却忽然被人重重地推了一把。

他睁眼一看，只见月色茫茫，面前之人的脸孔在黑暗中有些模糊。那人只穿了一件单衣，赤着双足，连头发都来不及束起，抓着他的手道："教主明日就要拿你练功了，快跟我走！"

段凌一个激灵，忙从床上跳了起来，胡乱穿上衣服，跟着他出了门。

山间弥漫着薄薄的雾气。

段凌奔跑间呵出的热气，将那薄雾吹散了一些，他刚刚被叫醒，仍有些茫然无措，他只知道要想活命，今夜非逃不可。

一切都是慌乱而急迫的，唯有前方那人握着他的手，温暖有力。

不知跑了多久，那人突然停下脚步，转过头来望着段凌。

“再往前就有人看守了，你一个人走吧。”

段凌惊讶道：“你不跟我一起走？”

那人摇摇头，将一块乌黑的令牌塞进段凌怀里。或许是跑得太急的缘故，他的嗓音比平时更为低沉一些：“教主圣令只有一块，若两个人走，当场就会被人识破。”

“但你偷了教主的令牌给我，万一……”

“无妨，我自有脱身之法。”那人推了段凌一把，催促道，“来不及了，快走！”

段凌捉着他的手不肯放，问：“为什么冒险救我？”

月光静静地照在那人的脸上，他明眸善睐，一如画中之人。他并未回答这个问题，只是握了握段凌的手，冲他微微一笑。

陆修文重重地推了段凌一把，转身就走。

他步履飞快，并不回头去看段凌，跑出几步后，远远地听见段凌在身后喊：“修言，我定会回来救你的！”

陆修文的脚下踉跄一下，仿佛被人当胸射了一箭，猛地跌倒在地上。他武功何等了得，竟然平地摔了一跤，痛得站也站不起来。

段凌喊的是陆修言的名字……

他将他误认成了别人。

原来，这世上并没有人将他当作独一无二的存在。

陆修文真想闭上眼睛不再醒来，但是不行，他刚偷了教主令牌，放走了段凌，还有许多事要等他善后。

他深吸一口气，慢慢地从地上站起来，继续往前走去。他先前走得太匆忙，连鞋子也来不及穿，这时方觉硌得脚生疼。他自知血流了一地，却并不低头去看，只独自走在这茫茫的夜色中。

没过多久，他就悄悄地回了自己屋里。陆修言睡得不熟，早已醒了过来，追问他出了什么事，陆修文只是虚弱地笑了笑，一句话也没有说。

没过多久，屋外就响起了一阵脚步声。

是右护法带头来抓他的。

陆修文跟右护法向来不和，对方当然不会给他留情面，开口就道："教主圣令被盗，特命我来捉拿叛徒。"

明晃晃的火把照得人有些眼花。

陆修文眯了眯眼睛，背脊挺得笔直道："我是不是叛徒，要教主说了才算。"

右护法一扬手，道："带他去见教主。"

教主圣令被盗，在天绝教中自是一桩大事，更何况被陆修文放走的，又是教主要拿来练功的段凌，教主知道后大发雷霆，弄得教中人人自危。

陆修文反倒是最平静的一个。

他被人押着进了正殿，跪倒在冰冷的石砖上，视线所及之处，是一双黑底金边的靴子。

陆修文等了一会儿，才听见教主的声音响起来道："你可知道，本座明日要用那姓段的小子练功？"

"知道。"

"那你还放他逃走？"

陆修文抬起头来，看向那高坐在教主宝座上的人，冷静道："师父要练功的话，眼前不是还有一人吗？"

教主瞧了他一眼，不禁大笑起来道："本座从前倒不知道，你竟蠢到这般地步。你为那个傻小子丢了性命，当真值得吗？"

陆修文想到段凌临走前的那声修言，心中蓦地一痛，却道："他是我的师弟，我自然要护他周全。"

教主听了这话，眼神微微一动，说："嘿，在这天绝教中，可没有什么师兄师弟，只有成王败寇。本座当年只收你一个徒弟，其他弟子都拿来练功，就是怕你不小心动了真心。没想到，你还是令本座失望了。"

他沉吟片刻，道："本座再给你一次机会，只要你现在去将那姓段的小子抓回来，本座就既往不咎，饶你一条性命，你看如何？"

陆修文没有出声，他只是跪着不动。

"执迷不悟。"

教主冷笑一声，起身走到陆修文身前，慢慢地抬起手掌。

陆修文知道被吸走内力的人都是什么下场，他并非不觉得害怕，只是……

他闭了闭眼睛，在心底轻轻地念那个名字。

阿凌。

番外

旧欢

剑光凛冽。

魏无忧一剑刺去，正中那人的肩头。他点到即止，剑尖一挑，便又回剑入鞘，他面无表情道："师兄，是我赢了。"

谢欢输了比试，却仍是一派温文模样，道："恭喜师弟功力大进，你的七绝功已练到第五层了吧？"

魏无忧微微颔首，说："我先回房了。"

他生性冷淡，不爱与人结交，便是跟从小一起长大的师兄也不亲近。且在这天绝教中，并无什么情分可讲，越是同门之间，越注定了要自相残杀。只因他们修炼的七绝功，乃是一门邪派功夫，一开始精进极快，等练到第七层时却再难突破，非得吸取同门的功力，方能更进一层。

魏无忧独居在一个小院里，环境颇为清幽。他自幼痴迷武学，每日除了吃饭睡觉，多数时候都在练功。练完功后，他便换了身衣服坐在窗边，慢慢地擦拭自己的佩剑。

魏无忧心无旁骛，另一个人却是截然相反。

到傍晚时，谢欢来敲了敲魏无忧的窗子，在外头喊道："师弟，我今日去了一趟山下，带回许多新奇玩意儿，你要不要出来瞧瞧？"

魏无忧并不理会。

谢欢锲而不舍，继续在外面喊："师弟……"

魏无忧没有办法，只得开了半扇窗子，对外头那含笑的青年道："我要休息了，明日还要早起练功，师兄也早点睡吧。"

"练功，练功，你每日只知道练功，难道不觉得累吗？"

"不会，我很喜欢练功。"魏无忧低头盯着手中的剑，道，"何况再过不久，就是师父定下的大比之期了，到时只有胜出的人能继承教主之位，另一个人……"

另一个人被吸走功力，便是不死也成了废人。

谢欢笑了笑，说："成王败寇，自有天命。无论是我赢还是师弟赢，那都好得很。”

他俩人的武功不相上下，谁输谁赢，实难预料。魏无忧不愿多提此事，正要当着谢欢的面关上窗子，却听“咚”的一声，谢欢从外头扔进来一样东西。

魏无忧低头一看，却是一颗琉璃珠子，滴溜溜地在地上打着转。琉璃珠本身是透明的颜色，只是在霞光的映照下，折射出绚烂的光彩。

这珠子在山下也是稀罕之物，也不知谢欢是从何处寻来的。

魏无忧静静地望了一眼，没有弯身去捡，他仍旧擦着自己的佩剑。

天色很快暗了下来。

魏无忧草草地吃过晚饭，脱了外衣上床休息。他平时睡得甚早，不一会儿就能入眠，这日却不知为何走了困，怎么也睡不着。

月光从外面照进来，淡银色的光辉洒在那枚琉璃珠子上，反射出一点幽微的光。

魏无忧仿佛被这光晃着了眼睛，他抬起手来挡了挡，过了片刻，他又缓缓地放下手，皱起眉来盯着那颗珠子看。

然后是深深的叹息。

魏无忧终于翻身下床，伸手将琉璃珠捡了起来。他屋里放着一口木箱，他平时并不轻易打开，这时却摸索着开了箱子。

月色下，只见那箱中放了许多乱七八糟的东西，有值钱的有不值钱的，甚至还有一片干枯了的树叶。

魏无忧瞧了瞧箱子里的东西，脸上还是毫无表情，只是握着琉璃珠的那只手，忽然捏成了拳头。过了许久许久，他才一点点松开手，将那颗琉璃珠也放进了箱子里。

而后，他像什么也没发生过似的，重重地合上了箱子。

魏无忧跟谢欢被教主派去寻一味草药。

由于师兄弟两人注定有一场决斗，教主多年来一直有意给他们制造竞争的机会，这次寻草药也是一样。

魏无忧行事一板一眼，找得十分认真，谢欢却并不上心，一路上只顾着逗魏无忧说话。

“师弟，我上回送你的珠子，你喜不喜欢？”

“下次跟我一起下山吧，我带你去尝尝各地的美食。”

“师弟整天板着脸，就不能笑一笑吗？”

往往谢欢说上十句，魏无忧才会答上一声，且只是一个嗯字就算应付过了。谢欢早摸清了他的脾气，倒是毫不在意，一个人也能说说笑笑。

两人走了半日，到一处山崖边上时，总算发现了教主交代的那株草药。魏无忧自恃武功，并不招呼谢欢，自己奔过去采了草药，正要回转身来时，却听谢欢叫道：“师弟，小心！”

魏无忧听见“嘶嘶”的声响，这才看到崖边躲着一条暗金色的毒蛇，正吐着信子朝他咬来。凭魏无忧的身手，要避开实是轻而易举，但他此刻站在崖边，稍一躲闪，就会跌落山崖。

或者……干脆让毒蛇咬上一口？

魏无忧心念未定，就见一剑飞来，将那毒蛇钉死在了岩石上。

出手的自然是谢欢。

他眼中难掩焦急之色，冲过来问：“师弟，你没事吧？”

魏无忧摇了摇头。

谢欢这才松了口气，摆出师兄的架子来，责备道：“你刚才太不小心了，万一掉下山崖怎么办？就算只被毒蛇咬上一口，也够你吃些苦头了。你功夫练得虽好，行事却太过莽撞……”

谢欢说了一大堆话，魏无忧却一句也没听进去，只是盯着他的脸看，问：“为什么救我？”

“什么？”

“很快就要比武了，无论我是跌下山崖还是被毒蛇咬伤，对你都只有好处没有坏处，为什么……要救我？”

“师弟……”

“你我之间，只有一个人能活下来，不是该斗得你死我活才对吗？为什么要待我好？”

谢欢笑了笑，温言道：“因为你是我的师弟啊。”

他握住魏无忧的手腕，将他拉离山崖边，道：“我还记得第一次见你，天冷得都快下雪了，你被师父带上山来，浑身穿得雪白，一张脸却冻得红扑扑的。我当时忍不住想，这个就是我的师弟啦，我以后一定要好好保护他。”

魏无忧的声音有些发颤道：“天绝教中，只有弱肉强食，没有……”

“没有同门情谊。师父向来是这么说的，你也大可以这么想，不过……”谢欢的唇畔含笑，语气是说不出的温柔，“不过我要待你好，你却拦不住我。”

魏无忧被他噎了一下，不知说什么才好。

谢欢却也不再多言，只道：“草药已经寻着了，咱们回去吧。”

他一边走，一边又说：“其实我方才想过，若你当真不小心掉下了山崖，而我为了救你也跟着掉了下去，那也好得很。”

魏无忧难得与他斗嘴，道：“那我们两人可都死了，有什么好的？”

谢欢瞧着他道：“跟师弟你死在一处，总好过将来刀剑相向。”

魏无忧的心中微动，不由得别开脸去。

他的目光落在一旁的花丛中，恰见一只蝴蝶栖在花上，翅膀是十分罕见的蓝色。他忍不住多看了一眼，谢欢便道：“师弟喜欢这蝴蝶么？我去捉来给你。”

说着足尖一点，他施展轻功去抓那蝴蝶。

他的武功练得极高，别说抓一只蝴蝶了，就是抓上百只也是手到擒来。

但不知什么缘故，这一下他却抓了个空，让那蝴蝶从他指尖飞了过去。他在半空借不到力，很快落回了地上，瞧了瞧空无一物的手掌，自己也觉得尴尬。

魏无忧则看得笑起来道："若是让师兄来救我，果然只能两人一起跌下山崖了。"

谢欢眨了眨眼睛，也跟着笑了，说："师弟，你笑起来真是好看。"

明日就是比武之期。

这天从早上就开始下雨，到了夜里时，雨下得愈发大了，瓢泼似的落下来。

魏无忧照例很早就上床休息，睡到半夜时，除了雨落屋檐的声音，还听见另一种声响。他耳力极佳，一下就认出那是谁的声音。他在床上迟疑了片刻，终于还是起身开了窗户。

站在窗外的人果然是谢欢。

他没有打伞，浑身都被雨淋湿了，雨水顺着他的头发一滴一滴地淌下来，样子甚是狼狈。但他脸上的笑容不变，见了魏无忧就喊："师弟。"

魏无忧的眼皮轻轻跳了一下。

自从那天寻了草药回来，他就处处躲着谢欢，没想到今日还是见着了。他深吸一口气，冷淡道："明日就要比武了，师兄不好好休息，来我这里干什么？"

"没什么。"谢欢道，"我就是想看你一眼。"

魏无忧的手指按在窗上，因为太过用力，连指尖都微微泛白了，他道："现在已经见过了，你可以走了。"

雨依然下个不停。

谢欢的眼睛也像是湿漉漉的，看着他道："师弟，你将手伸出来。"

明日就要比武了，他与谢欢，只有一个人能胜出。

魏无忧知道自己应该立刻关上窗子，但是他的手却不受控制地伸了过去。

谢欢大喜，将自己的手覆上去，然后松开了一直紧握着的拳头。

一只蝴蝶落在了魏无忧的掌心里，翅膀是一种十分罕见的蓝色，正是他们那天看到的那只。

魏无忧这才明白谢欢为什么会浑身淋得湿透，又为什么会半夜出现在窗外。

“你去抓蝴蝶了？”

“嗯，这家伙狡猾得很，我寻了好几天才寻到。”

“为什么？”

“师弟那天笑了。”谢欢五指一扣，彻底握住了魏无忧的手道，“我想见你再笑一次。”

魏无忧知道自己相貌普通，笑起来并不好看。可是却有一个人，冒着大雨去捉一只蝴蝶，只是为了见他一笑。

他压抑许久的那些情绪，终于在这一刻再也掩饰不住。

他低声道：“明日……”

谢欢道：“今日还没过完，师弟为何总想着明日？”

魏无忧没再作声，他只是走过去开了房门。

“师弟……”

“师兄的衣裳都湿了，进来换一件吧。”

他说着去找替换的衣服，但谢欢已一把握住了他的手，叫他道：“师弟。”

魏无忧哆嗦了一下，手一松，那只蝴蝶就从他的掌心里飞出来，晃晃悠悠地在屋子里盘旋。

谢欢的目光像蝴蝶一样落在他身上。整个晚上，谢欢一遍遍地叫他的名字。

无忧，无忧。

魏无忧第一次觉得，自己的名字这样动听。

这个夜晚漆黑而又漫长。

魏无忧打从心底希望，第二天永不会来。

第二天的阳光好得出奇。

殷红的血珠顺着剑尖淌下来，被这阳光一照，竟现出一点妖异之色。

魏无忧的胸口中了一剑，汩汩地往外冒着血，连衣襟也被染红了。但他丝毫也不觉得疼，只是眯起眼睛，望着那柄刺伤他的剑。

剑刃冰凉。

握着剑的那个人，却是笑如春风。

“师弟，这一次……赢的人是我。”

魏无忧动了动嘴唇，一句话也说不出来。他手脚发软，便是方才比武之时，也只使出了三成的功力。他知道自己是中了毒了，但是在何时何地？

他抬手按住胸前的伤口，问：“是那只蝴蝶么？”

谢欢笑得温文尔雅道：“你总算还不是太蠢。不错，毒正是下在那只蝴蝶身上。”

“只是为了赢过我？”

“师弟不知道什么叫为达目的，不择手段吗？”谢欢抖了抖剑尖，血珠落了一地，“你武功练得虽好，可惜对人情世故一窍不通，一点心机手段也没有，怎么当教主统御圣教？我身为你的师兄，自然该教导你一番才是。”

“既然如此，那你为什么救我？”

“师弟还没想明白吗？”谢欢倾身过来，在他耳边道，“你当时若是死了，等我的七绝功练到第七层时，要找谁来吸取功力？不过师弟放心，我会留你一条性命的。待你将来废了武功，对我再无威胁时，我也可以让你坐上左右护法之位。”

魏无忧到了这时，方觉胸口钻心似的疼起来。

谢欢道：“师弟还有什么不明白的吗？”

能问什么呢？

问他是否有过真心？

问他昨夜为何这样温柔？

魏无忧闭了一下眼睛，说：“没有了。”

他转开视线，抬头看向空荡荡的天际，眼神也是一样空茫道：“多谢……师兄教诲……”

魏无忧开启机关，一头撞进了密道。这密道通往历代教主的陵墓，多年不曾打开，因此格外的阴冷潮湿。

魏无忧受了重伤，他的嘴角不断地渗出血来，他自知药石罔效，再过不久就要死了，却只凭一口气撑着，跌跌撞撞地往前走去。

他自当年废了武功，多年来潜心钻研，一直在寻找恢复功力的法子。后来虽然被他找着了，却是功亏一篑，他终究没能坐上教主之位。

他记得谢欢常说命由天定，果真不假。

他不知在黑暗中走了多久，眼前才终于现出了一丝微光——那是一座巨大的陵墓，四个角上点了长明灯，当中摆着一口口乌黑的棺材。

魏无忧径直朝其中的一口棺材走去。

他吐出嘴里的血沫子，用仅剩的力气推开了棺盖。谢欢练功走火入魔，已于一年前身死，死后不知被谁割去了头颅，此刻躺在棺木中的，是一具无头的尸首。

魏无忧低头看向那已经腐坏的尸体，看着看着，他忽然大笑起来："师兄是不是觉得奇怪？你的七绝功已经练到了第九层，怎么还会走火入魔？哈，其实……是我在你用的药材里动了手脚。"

他笑过之后，右手一撑，翻身躺进了棺材里。

谢欢的头颅早就不见了，魏无忧却仿佛看见了当年站在窗外微笑的那个人。他的脸上露出一抹温柔的神色，低声叫道："师兄。"

"我毕生最遗憾的事，就是没能亲手杀了你。"他扯动嘴角，自言自语道，"不过我也时常在想，若是那一日，我当真跌下山崖就好了。"

跟谢欢死在一处，好过后来刀剑相向。

不过，现在也不算太迟。

魏无忧伸出手，缓缓合上了棺盖。

一片漆黑。

番外

比武

桌上放着一碗豆花。

桌边坐着两个杀气腾腾的男人。

他们两人各自占据桌子一角，神色冰冷的互相瞪视着，谁也不肯相让。眼看着那碗豆花就快放凉了，陆修文终于一拍桌子，问：“你到底吃不吃？”

自陆修文死而复生之后，段凌几乎事事都顺着他，这时却将头一扭，说：“不吃！”

陆修文把那碗豆花推到段凌面前，说：“不过是一碗咸豆花而已，又不是穿肠毒药。”

“豆花当然要吃甜的，咸的怎么咽得下去？”段凌说着，又将那只碗推了回去。

他俩人隐居山林之后，一直过着神仙般的日子，没想到这天早上，竟为了吃咸豆花还是甜豆花的事争执起来，而且互不相让。

最后陆修文起身道：“道不同不相为谋，既然师弟执意要吃甜的，那我只好……”

“只好什么？”

“只好跟你一决胜负了。”

“什么？”

“师弟跟我比试一场，若是我赢了，那以后什么事都得听我的。”

段凌听得怔了怔，道：“只为了一碗豆花，有这个必要么？”

“当然有。”

陆修文将手一挥，起身回了房间。没过多久他又走了出来，将手中一样东西扔暗器似的扔了过来。段凌抬手接过了，打开来一看，竟是一张战帖。

寒风凛冽。

天阴沉沉的似要落下雪来，风像刀子一般吹在脸上，刮得脸颊生疼。

段凌与面前之人对峙许久，一直在寻找动手的机会。

他知道对方也是一样。他俩都是武学高手，知道谁先露出破绽，谁就落了下风，因此谁都不肯轻举妄动。

边上围观的人也是屏气凝神，静待一场大战来临。

半年之前，林盟主自觉精力不济，卸下了武林盟主的重担，却将盟主之位传给了段凌。原本以段凌的年纪，是难以当此重任的，不过他出身名门，父亲是一派掌门，他自己又勤于习武，是年轻一辈中难得一见的高手，再加上当年剿灭魔教时立下大功，不少江湖人士都受过他的人情，所以竟是支持的人多、反对的人少，最后顺顺当当地坐上了盟主之位。

这些年来，江湖上风云再起，天绝教刚覆灭不久，便又出来一个幽冥教。教中人行事诡秘，人人皆戴面具，不过几年工夫，就已将势力坐大，隐隐有统领黑道之势了。比之当年的天绝教，竟是有过之而无不及。

虽说这幽冥教尚未有伤天害理之举，但毕竟正邪不两立，正道人士对此忌惮已久，也不知是谁出了一计，说是让武林盟主与那魔教教主比试一场，也好压一压魔教的气焰。

段凌起先并不答应，但不知那幽冥教的教主从哪里听到风声，主动给段凌下了战帖，约定输了的人要隐居三年，不得过问江湖之事。

对方如此挑衅，段凌若不应战，岂非丢了武林盟主的脸面？因此只得应承下来，俩人约在腊月初一这天，在洛阳城外比武。

此事在江湖上传得沸沸扬扬，到了初一这天，不知多少人赶来观战，将洛阳城外的树林围得满满当当。

正道人多势众，那魔教教主却也忒大胆，竟孤身一人前来赴约。他穿了件玄色衫子，脸上覆着面具，瞧不出年纪相貌，只一身轻功却是登峰造极，双足踏在林间枝头，那树枝连晃也不晃一下。

段凌见他如约而至，便上前几步，拱手为礼道：“阁下果然来了。”

那教主长笑一声，说："我既下了战帖，岂会随意爽约？嗯，段盟主可别忘了你我之间的约定。"

段凌缓缓抽出腰间宝剑，道："谁胜谁负，要比过才知道。"

那教主但笑不语，足尖一点，轻飘飘地落到了地上。他手中并无兵器，却是要凭一双肉掌与段凌比试。

两人对峙良久，周围的人等得正心急，忽听一人叫道："下雪了！"

这等天气下雪也是寻常，不过既然有人喊了一嗓子，其他人自免不了抬头瞧瞧。

也就是在这一刻，那教主终于动了。他身形迅捷无比，一出手就直取段凌的要害。段凌早有准备，立刻挥剑还击，转瞬之间，两人就已过了数招。

段凌内力深厚，剑法大开大阖、举重若轻，那教主则胜在轻功绝顶，一招一式皆是轻灵奇诡，与段凌正斗了个旗鼓相当。

一时间只见剑光重重，仿佛四面八方都是这俩人的影子，直看得人眼花缭乱。

斗到酣处，段凌故意卖了个破绽，那教主一掌打来，恰被他制住了手腕，道："阁下若再不使出真本事，可要输给我了。"

那教主微微一笑，道："既是如此，我便让段盟主开开眼界。"

说罢，手腕一扭，从段凌手中挣脱开去，接着就听"唰"的一声，竟从腰间抽出了一柄软剑。

这剑看似轻巧，剑刃却锋利无比，迎上段凌的宝剑，正有以柔克刚之效。

两人斗得难解难分，双剑相交，不时发出"叮叮当当"的声响。那教主仗着轻功卓绝，纵身跃上了枝头，段凌立刻飞身而上，紧追不舍。不知不觉间，两人你追我赶，将一众看客甩得远远的，愈发往树林深处去了。

段凌追了片刻，忽然提了一口气，几步冲到那教主前头，回身刺了一剑，这一剑看起来平平无奇，却暗藏着数招后路，叫人避无可避。

那教主果然避不开去，被段凌的剑尖抵住了喉咙。

段凌看着他道："是阁下输了。"

那教主目光如水，微笑道："那可未必。"

说着，手中软剑一挥，砍在了一旁的树上。

只听"嗤"的一声，却是触动了某处的机关，只见一张大网从天而降，正好将段凌罩在其中。段凌见这网不似寻常之物，倒也不急着脱身，只道："原来阁下早就设好了陷阱等着我。"

那教主眨了眨眼睛，道："兵不厌诈。段盟主倒是说说，这场比武究竟谁输谁赢？"

段凌叹了口气，手中长剑往上一挑，便挑开了那人的面具，道："算了你赢了，还不成么？"

那人的面具落在地上，露出一张俊美的脸孔，眼眸含笑，却正是段凌的师兄陆修文。他笑嘻嘻道："师弟可还记得跟我的约定？这次比武若是我赢了，以后什么事都得听我的。"

段凌皱眉道："别的事都可由你做主，只有那一件事——"

"我求的就是那一件事。"

"陆修文！"

"看来师弟是不愿意了？嗯，那也不要紧。"陆修文抬头看了看天上飘落的雪花，道，"我看今日这天热得很，师弟穿得这么多，不知是不是嫌热？"

说着，手中软剑在段凌胸前比画了一下，忽然"嗤"的一声刺破了他的衣襟。

段凌面色一变，道："你这是做什么？"

陆修文的那柄剑继续在他胸前游走着，道："咱们离开这么久，那些正道人士该追过来了吧？若是被他们瞧见……段盟主衣衫不整的被困在这里，你说会不会让武林盟颜面扫地？以后你们这些名门正派，在江湖上可再也抬不起头来了。”

“你……”段凌怒道，“下流无耻！”

陆修文只把这话当作夸奖，说：“我可是幽冥教的教主，邪派之人，可不正该如此么？”

段凌无可奈何，耳听得不远处有脚步声传来，还真怕陆修文干出什么事来，只好低声叫道：“师兄……”

陆修文听得高兴，说：“好师弟，再多叫几声。”

“师兄，你究竟想怎么样？”

“师弟倒是说说，以后早上吃哪种豆花？”

段凌瞪了他半天，终于咬牙切齿地吐出几个字来：“咸的。”

陆修文这才满意，右手一扬，也不知触动了哪里的机关，撤去了困住段凌的那张网。他伸手替段凌整了整衣衫，道：“师弟，我们这就走吧。”

段凌问：“去哪里？”

“比武都已分出了胜负，还能去哪里？”陆修文笑了笑，说，“当然是回落霞山接着隐居。”

“那段盟主与那魔头大战了三天三夜，始终不分胜负，端的是飞沙走石、精彩绝伦。最后两人精疲力竭，双双倒在地上，叫道：‘不打了，不打了，就此打平罢。’，这一场旷古绝今的比武，这才有了结果……”

说书人说得唾沫横飞，旁边听书的人也是听得津津有味，有一人插嘴道：“既然段盟主与那魔头打成了平手，之前的约定可怎么算？”

说书人呷了一口茶，道：“段盟主果是信人，说到既有前约，那他便退隐江湖一年，一年之内绝不过问江湖之事。那魔教教主与他大战一场，倒是生出了钦佩之心，也答应这一年内不再为非作歹。至于一年后如何，则又要比过一场了。”

众人听了，无不赞叹。

又有好事者问：“也不知段盟主在何处隐居？”

说书人捻了捻胡子，哈哈笑道：“客官有所不知，段盟主是咱们青州人，他老家正在这青州城内。段盟主为江湖之事奔波，到了这个年纪还未娶妻，如今他家里人正在给他张罗亲事呢。”

众人议论纷纷，都说不知哪家的姑娘能嫁得段盟主为妻。

唯有坐在靠窗角落的一个年轻人，差点将嘴里的一口茶喷出来。他瞧来二十七八岁的年纪，身姿修长、相貌英俊，虽是一身文士打扮，却难掩勃勃英气。

这年轻人正是说书人口中的武林盟主段凌。

当日的那场比武，他不慎中了陆修文的诡计，被迫承认自己输了，明面上是按约定退隐江湖，实际上……唉，不提也罢，天天吃咸豆花的滋味可不好受。恰好此时接到家中的飞鸽传书，说是他那五弟快要成亲了，他这做兄长的当然得赶回来喝杯喜酒，陆修文闲着没事，便也跟着一起来了。

谁知到了青州才知道，他们两人比武的事早已传遍了大江南北，更离谱的是，家中明明是给他弟弟张罗亲事，却被误传成了是他要成亲。

陆修文就在旁边坐着，自然也听见了说书人这一番说辞，笑吟吟地瞥了段凌一眼，道：“我都不知段盟主快要成亲了，恭喜恭喜。不知能否请我喝一杯喜酒？”

“陆修文！”段凌气道，“你明知、明知我的心意，又何必拿我取笑？”

陆修文知道自家师弟脸皮薄，便没再多说下去，只正色道：“好了好了，既然喝不成段盟主的喜酒，那咱们就去喝一杯你五弟的喜酒罢。”

走出茶馆之时，陆修文还特意丢了块银子给那说书人。

段家在青州也算是世家大族，宅子就建在城东，段凌和陆修文一路行去，不多时就到了。远远望去，见大门口张灯结彩，果然是一副操办喜事的样子。门口的仆人认得段凌，见了他就叫道："二少爷，你可回来了！"

又转头道："快去禀报老爷，二少爷回来了！"

自有人进去通传。

只片刻工夫，段凌就见一个三十来岁的男子大步从内院走出来，笑着招呼道："二弟。"

段凌迎上去道："大哥。"

段凌的大哥道："二弟的脚程可真快，我虽送了信过去，却怕你赶不及回来喝喜酒。"

段凌道："五弟成亲，我这当哥哥的岂能错过？自是日夜兼程地赶回来的。"

段凌说着，又将在茶馆里听到的事提了一下，他大哥听了也是惊讶："这些说书人惯会胡说八道，没影子的事也能说得绘声绘色。不过你五弟都成亲了，你这做兄长的却还孑然一身，也难怪别人误会了。阿凌啊……"

眼见大哥要开始长篇大论，段凌忙道："我先去拜见父亲！"

段凌的父亲五十来岁，因是习武之人，精神十分健旺，只是说了没两句话，便也提到了成家立业的事，被段凌转开话题敷衍了过去。

段凌向家人介绍起陆修文时，自然不能说他就是那个叫人闻风丧胆的魔教教主，只说他是自己游历江湖时结识的朋友，两人意气相投，已结为了异姓兄弟。

陆修文相貌生得好，在外人面前又是一副风度翩翩的样子，倒是挺能唬人的。段凌的几个兄弟都是江湖汉子，待他颇为热情。

两人晚上就在段府住了下来。只是明天就是成亲的日子了，众人忙着操办喜事，连段凌也被拖去帮忙了。他第二天更是起了个大早，陪着五弟去高府迎亲。段凌的五弟与那高家小姐乃是青梅竹马，自幼就定了亲的，如今终于娶到了心上人，五弟一路上都是喜气洋洋的。段凌见了，自也替他欢喜。

这一日就这么热热闹闹地过去了。到晚上吃酒的时候，段凌跟他大哥坐在一处，自然免不了又被追问成亲的事，他插科打诨地混了过去，一转头却发现原本坐在身旁的陆修文不见了。

人生地不熟的，他能跑去哪里？

段凌忙找了个借口脱身，四下里一找，最后竟在新房的屋顶上寻到了陆修文。他又是好气又是好笑，借着夜色遮掩，施展轻功跃上了屋顶，走过去道："师兄，你怎么跑这儿来了？"

陆修文笑眯眯道："我是来闹洞房的。"

段凌的脸顿时黑了。

陆修文这才改口道："说笑的，我不过是找个地方喝酒而已。"

"在哪儿喝酒不行？偏偏要在这里？"

陆修文没有答话，只是望着廊下拥着新郎官进洞房的人群，道："今日真是热闹。"

"当然，是我五弟成亲。"

陆修文轻声道："你五弟这样……很好。"

段凌听出他话中之意，轻轻握住他手道："我们现在这样……也很好。"

陆修文在月色下微微一笑。

他晃了晃手中酒壶，说："师弟陪我喝上几杯。"

段凌这才发现陆修文特意拿了两个酒杯出来，这是早就打算找他喝酒了。陆修文要做的事，任凭谁也拦他不住，段凌只好乖乖坐下来陪他喝酒。

陆修文满满地斟了两杯酒，将其中一杯递给段凌。

下面锣鼓喧天，一对新人在洞房内饮下了合卺酒。

陆修文嘴角含笑，同段凌碰了碰杯，然后仰起头来，将杯中的酒一饮而尽。

陆教主的修炼手册

困倚危楼 著

世界知识出版社

番外

十年

剑风飒飒。

月色之下，那一柄长剑如一条长蛇，在一片银辉中舞动着，将飘落下来的树叶一削为二。

“好！”在一旁看段凌练剑的柳逸拍了拍手掌，叫道，“段大哥的剑法真是精妙！”

段凌只是一笑，利落地斩下最后一片树叶，然后收剑回鞘。

柳逸感慨道：“我跟段大哥也没差着几岁，不知何时才能练成你这样的剑法。”

段凌道：“你们青山派的剑法闻名江湖，你再多练上两年，自然不会比我差。”

柳逸吐了吐舌头，道：“我可不像段大哥你这般刻苦，白天黑夜都在练剑。”

他瞧了瞧天色，道：“都这么晚了，段大哥怎么还没睡？”

“明日就要围攻魔教了，我有些睡不着，出来走一走。”

“走着走着就练起剑来了？我认识你这么久，就没有哪一日见你不练剑的。”

段凌如此勤学苦练，自然有他的缘故，只是不便对柳逸细说，便笑了一笑，道：“你呢？怎么一个人在此？”

“明日围攻魔教，必然会有一场恶战，我那些师兄们说不知能不能活着回来，索性及时行乐，跑去青楼喝花酒了。”

段凌听得哭笑不得，却听柳逸问：“说来也怪，上回大伙一块去喝花酒，我瞧伺候段大哥的那两个花娘十分美貌，你怎么连碰也没碰她们一下？”

段凌板起脸道：“这等烟花之地，去喝一杯酒也就罢了，岂可放浪形骸、任意胡为？”

柳逸小声嘀咕道:“师兄们私底下都说段大哥练的是童子功，所以不近女色，看来是有些道理。”

“你说什么？”

“没什么，我是说，段大哥的年纪也不小了，怎么还未成亲？”

段凌静了一会儿，抬头看了看月色，方道:“我已经有了心上人，除他之外，不会再娶旁人。”

“真的？段大哥的心上人是哪家姑娘？”

“他……”

段凌只说了一个字就不再说下去了，轻轻叹一口气，说:“时候不早了，你快回去睡吧。”

“啊？可是……”

“明日还有一场恶战，你不回去养精蓄锐？”

柳逸心中不大情愿，但想到明天围攻魔教的事，确实不敢任性妄为，只好乖乖转回了房去。

段凌虽然劝走了柳逸，自己却是毫无睡意，又在院子里走了一圈。

天绝教为恶江湖，明日就要被正道人士围剿了，今夜必定有许多人不能成眠。但段凌的心情却与别人不同。别人都是想着如何剿灭魔教，他却一心想着救人。

十多年前，他仍是个少年的时候，曾被魔教的人掳走，被迫拜那教主为主。后来教主要拿他练功，有一人冒着性命危险救了他出来。

他始终记得那一夜，那人盗了教主令牌出来，在月色下对着他微微一笑。

从那一刻起，段凌心上就住进了一个人。

他发誓要将那人救出魔教，没想到一别就是十年。这十年里，他一直苦练武艺，为的就是早日杀回魔教。

月亮渐渐西移，天色一点点亮了起来，段凌一夜未睡，却仍是精神奕奕。正道人士杀上魔教时，他一直走在最前头。他与魔教的人厮杀缠斗，衣襟上沾满了血，身上也受了两处伤，却是丝毫不为所动。离魔教的总坛越近，他心中就越是激荡。

十年了，他终于践约而来，不知那人现在如何了？

喊杀声震天。

陆修文独自坐在狭小的密室里，丝毫不为所动。

他一身武功早已被废了多年，就算外头闹得天翻地覆了，也与他没有半分关系。他珍藏得有一壶好酒，这时便取了出来，慢慢往杯中倒满了，再慢慢送到嘴边。

他这些年来替教主试药，剧毒积聚在五脏六腑，身体早已差得很了，其实是不宜饮酒的。不过今日实在特殊，喝上一杯也是无妨。

陆修文唇边露出一丝笑意，仰面将杯中的酒一饮而尽。他一下喝得太急，之后果然咳嗽了起来，腹中阵阵绞痛，连额角也渗出了汗。

是剧毒又发作了。

这样的疼痛他忍受了许多年，早已习以为常，只稍稍握紧拳头，静待痛楚过去。

外头的喊杀声渐渐平息下去，只剩下一些零星的打斗声。陆修文嘴角微扬，知道大局已定。

他在天绝教中虽没了权势，但是多年苦心经营，多少还是有些人手的。

所以他早就得到消息，知晓这次正道人士不遗余力，旨在一举歼灭魔教。而领头之人除了正道的盟主，还有……他心心念念的那个人。

虽然隔了十年之久，但那人终究应约而来。

剧毒带来的疼痛一点点褪去，反而是酒劲上来了，陆修文靠在桌边，叹息似的低喃道："师弟……"

他估算了一下时辰，知道这密室被人发现是迟早的事，因此勉强打起精神，起身换了一身衣裳。接着又打散头发，用一顶金冠重新束发。

他中毒已深，又常年关在这小小的密室中，早就到了油尽灯枯的地步，只是想到将与那人重逢，还是希望自己瞧起来好看一些。

不多时，密室外就响起了一阵脚步声。也不知是谁发现了密道，先下来探路了。

陆修文整了整衣衫，重新坐回了桌边。桌上摆着一张古琴，是他弟弟陆修言的旧物，可惜他不通音律，自修言离开后，已经许久无人奏琴了。

陆修文的手指按在琴弦上，随意拨弄几下，耳听着那脚步声越来越近。

说来也是好笑，整整十年他都等过来了，这短短的几步路，竟叫他等得心焦。

而后那一扇厚重的石门终于被人推开了。

陆修文按住琴弦，微微抬起头来，见进来的是一个蓝衣青年，腰佩长剑，相貌俊朗，眉目间自有一股英气。

陆修文心头一跳，仿佛被人轻轻拨动了心中的那一根弦。

隔了这么多年，他仍是一眼就认出了他。

陆修文不由得笑了笑，开口道："阿凌，你终于来了。"

番外

秋千

段凌同陆修文隐居下来不久，就收了陆辰为徒。本来他对收徒一事并无兴致，只是他们住的落霞山离陆修言一家不远，陆辰这孩子跟他特别投缘，整天嚷嚷着要拜他为师，段凌平日多得陆家夫妇的照顾，实在推脱不得，只好收下了这个徒弟。

段凌练的虽是魔教的天绝功，不过他本身出身名门正派，父亲更是一派掌门，对正道的武功心法也是了如指掌，因此教起陆辰武功来，还算得心应手。

陆辰生得白白净净的，相貌更像他娘，没想到在武学上竟颇有天分，这一点倒似足了陆修文这个伯父。段凌教了他一套入门剑法，他用一柄木头小剑练着，没几日就舞得像模像样了。

段凌见他如此，教得也更起劲，一大一小整天在桃花林里练剑，差点把陆修文也冷落了。陆修文闲着没事，就搬了把椅子在旁看着，时不时指点陆辰几句。

这日陆辰照旧一早就上山来跟段凌学武，只是练剑时频频走神，一套剑法还没练完，已经错了好几处了。

段凌瞧出陆辰心不在焉，但他并非那等严厉的师父，当场并不点破，等到陆辰练完了剑，才叫他过来问起此事。陆辰绷着一张小脸，一开始还不肯说，后来段凌哄了又哄，他才吞吞吐吐地道出原委。

原来他昨日去隔壁村子找青梅竹马的小花玩，小花家里新做了一架秋千，荡起来又高又稳，他玩得十分尽兴，到晚上都不肯回家了。今天早上也是念念不忘，所以练剑时有些走神。

段凌知道他年纪还小，贪玩些也是常事，便摸了摸他的头，让他回家去了。

到了下午的时候，段凌在树林里转了一圈，选了棵树砍下树枝来，又用自己的佩剑削去树皮，打磨成合适的长短。

陆修文见了，便上前道："师弟可要我帮忙？"

"你知道我要做什么？"

"这有什么难猜的？"陆修文笑着睨他一眼，道，"我家师弟最是心软了，你听了辰儿那一番话，定是打算做一架秋千送他了。"

段凌给他说中心事，有些不好意思起来，说："我毕竟是他师父。"

"嗯，你这个做师父的，倒是比我这个做伯父的更加宠他了。"

陆修文的语气半真半假，也听不出是不是在吃味。段凌却是个老实人，立刻解释道："你这般聪明，难道猜不出我为何宠他？你我既然决定厮守一生，就注定不会有自己的孩子了，辰儿是你侄子，亦是与你血脉相连的人，所以我才……"

他这番话虽然没有说完，但只这么几句，已足够表明心迹了。

陆修文不禁一笑，握住段凌的手道："师弟不能娶妻生子，可会觉得后悔？"

"当然不会。"

"是么？可我有时候想到此事，多少有些儿遗憾。"

段凌料不到他会这么说，忙问："遗憾什么？"

陆修文笑眯眯地靠过来，嘴唇几乎贴上段凌的耳朵，压低了嗓音道："若师弟有个孩子……嗯，最好是生个女儿，眼睛又大，肤色又白，长得就如师弟你这般，那可不知多好。"

段凌听得耳朵发烫，脸上一下热了起来，骂道："你说得什么胡话？"

"开个玩笑。"陆修文在段凌面上亲了一口，段凌拿他这脾气毫无办法，干脆不再理会陆修文，专心致志地做起秋千来。陆修文叫了几声师弟他也不理，只好收起了取笑的心思，在一旁给他打打下手。

两人忙活了一个下午，总算是在天黑前做好了秋千。

段凌的木活做得一般，好在有陆修文帮忙，做出来的秋千还算结实，又正好架在两棵桃树之间，桃花随着春风轻轻摇动，倒是别有风致。

陆修文瞧得喜欢，自己坐到秋千上荡了两下，又招呼段凌道："师弟，来帮我推秋千。"

"多大年纪了，还玩这个。"

段凌嘴上虽这么说，但还是走过去推了两下。那秋千高高的荡起来，陆修文坐在上头笑声不断，段凌见他如此，倒也觉得有些好玩。

陆修文玩得够了，才叫段凌停了下来，回头看着他道："师弟，我突然想到了另一种玩法。"

"什么？"

陆修文勾了勾手指。

段凌附耳过去，陆修文便在他耳边低声说了一句话。段凌听了之后，登时面红耳赤，气道："你又发什么疯？"

陆修文轻轻荡了两下，道："放心，这秋千结实得很，没这么容易坏的。"

"不是秋千的问题！光天化日之下，岂可、岂可……"

陆修文眼睛一亮："那等天黑就行了？"

"当然也不行！"

"师弟……"陆修文故意拖长了声音，捉着段凌的手放在自己脸颊边，道，"我想你了。"

段凌明知他是在做戏，但偏偏最吃他这一套，挣扎道："不行，这秋千是做给辰儿的，怎么能……"

陆修文凑过来亲吻他的唇，含糊道："那就重做一架秋千。"

段凌还在硬撑着。

“师弟……”陆修文眼尾微微挑起，眸中似泛着水光，段凌脑海里紧绷着的那根弦霎时断了。他深吸一口气，狠狠吻住了陆修文。

一阵风过，那秋千使劲晃了晃，树上的花瓣纷纷坠落下来。

番外

断守

陆修文近来有些古怪。

段凌与他同床共枕，很快就发觉不对了。先是两人说话的时候，陆修文偶尔会走一下神，再是两人相处的时候，那种亲密劲也不似从前了，甚至有一回段凌半夜醒来，发现陆修文没有入睡，正坐在床头望着窗外沉思，一副心事重重的样子。

段凌见他如此，起先猜想是那魔教出了什么状况。自天绝教覆灭之后，陆修文自己又创立了一个幽冥教，且雄心勃勃地当起了教主来。他一开始还瞒着段凌，后来干脆连瞒也不瞒了，只说当教主是他的生平志向，他是非当不可的。段凌彼时已接替林盟主坐上了武林盟主之位，却是拿他毫无办法，只好由得他去了。

好在陆修文虽掌控了邪道势力，却并不干什么伤天害理之事，几年下来，两人一直相安无事。如今陆修文举止有异，莫非是江湖上又要再起风波了？

这念头在段凌心里转了几天，还没问出口来，陆修文已先提出跟他分房睡了。

段凌听后自是大吃一惊。自打他俩互相表明了心迹，还没有哪天是分房睡的，即便是他跟陆修文闹别扭的时候，也从未将人踢下床去，没想到陆修文竟……

段凌心头五味杂陈，马上知道此事与魔教无关了，那么就是因他年岁渐长，容色不及从前了？

色衰而爱驰，这道理段凌不是不懂，他只是没料到陆修文是这般看重美色的人。

不不不，陆修文最爱的，可不就是他的美色吗？

段凌越想越是气恼，当夜跟陆修文分房睡之后，自己一个人对着镜子照了许久。隔天陆辰来找他习武，他还忍不住问了句："你师父我生得好不好看？"

陆辰一下就被他问傻了，结巴了半天才说"师师师师父当然好看，比、比隔壁村子的小花好看多了。"

小花是跟陆辰青梅竹马的小姑娘，段凌自悔失言，也不再为难自己这徒弟了，摆了摆手让他走了。

不过到了夜里吃过饭后，陆修文急着要回房时，段凌可没这么容易放他走。他也不玩什么心眼，就直接堵住了陆修文的路，问："原本住得好好的，为何突然要分房睡？"

陆修文怔了一怔，但很快掩饰住了情绪，道："我不是说了吗？近来天气太热，我一个人睡着凉快些。"

"如今方是初春。"

"是吗？那等入了夏只怕更热。"

"陆修文！"段凌不愿跟他打太极，一把拽住他的手道，"你是不是有事瞒着我？"

陆修文眼神一动，却还是道："没有。"

边说边挣开段凌的手。

段凌自不肯放，反而使劲一扯，将他扯进了自己怀里。

两个人都安静了片刻。

过得一会儿，段凌慢慢将头靠过去，在他耳边问："师兄，你我在一起也有数年了，你是不是……对我心生厌倦了？"

"师弟说得什么话？"陆修文失笑道，"我对你心意如何，你难道还不知道？"

陆修文从前为了他，连一身武功都废了，还差点在鬼门关上走了一圈，他心意如何，段凌自然是最清楚不过的。只不过他如今举止有异，难免叫人多心。

段凌盯着陆修文看了会儿，突然捏住他下巴，低头吻了下去。

陆修文平日在此事上最是主动，这时却避了一避，将头偏过一边。段凌的亲吻落了个空，心中愈发觉得不对劲，正想扳回他的头来，陆修文却在他怀里挣扎起来，道："师弟，松手。"

段凌自不肯放。

两人纠缠间，陆修文抬手推了段凌一掌。

这一掌力气之大，远出段凌意料，他被打得倒退数步，气血一阵翻腾。他靠着墙角歇了一会儿，勉强压下心中的惊异之情，道："许久没跟师兄过招，师兄的功夫又精进不少。"

陆修文原本想来扶他，后来却顿了一顿，将双手负到了身后，凉凉道："习武之事便如逆水行舟，不进则退。师弟不在武学上下功夫，自然敌不过我。"

论起武功天分，段凌自知远远不及陆修文，但听他这番话，却像是另有深意。只是陆修文并不多言，只深深看了段凌一眼，转身回了房间。

段凌一个人在屋外立了许久，待气息平复下来，才独自转回了房中。他已确定陆修文必是有事隐瞒，但又不像是变心的样子，究竟是什么事……让他故意疏远自己?

段凌习惯了跟陆修文睡在一处，这时倒有些孤枕难眠了。好不容易睡着之后，却做了许多乱七八糟的梦，最后梦见多年之前，在天绝教的那处密道里，那左护法临死之前，曾大笑着说了一句话。

段凌当时并未放在心上，这时回想起来，却觉得毛骨悚然，猛地从梦中惊醒过来。

天绝功……第七层……

陆修文的功夫比他好得多，莫非已经……？

段凌拭了拭额上冷汗，后半夜自然是睡不着了，好不容易熬到天亮，他立刻起身去陆修文的门口等着。

等了许久，那屋里才有动静。陆修文开门出来，被他堵了个正着，怔了怔道："师弟，你怎么起得这么早。"

段凌并不答话，直接出手取他要害。

陆修文虽然吃惊，但身体自然而然地做出反应，瞬间与他过了数招。段凌出手毫不留情，每一招都是气势凌厉，却被陆修文轻松化解了，显然是他的功夫更胜一筹了。

末了，段凌一掌拍向陆修文的胸口，陆修文立刻举掌相对，两人正面拼了一掌。

结果自是段凌败下阵来。他强撑着没有后退，但体内真气已乱，嘴角更是溢出了一丝血痕。

陆修文自知出手太重，连忙叫了一声师弟，却只上前一步就停住了，像是不敢碰着段凌。

段凌已知一切如他所料，抬手抹去唇边血渍，平静道："我的天绝功已练到了第六层，师兄远胜于我，想是快要突破第七层了吧？"

他二人修习的天绝功乃是一门邪派武功，一开始进步极快，但越到后面越是艰难。等练到第七层时，必须吸取别人的功力化为己用，才能再有突破。而且这个别人也有讲究，定要练同一门功夫的人才行，因此天绝教中多有同门间互相残杀的惨剧。

当年天绝教的教主掳了一群资质上佳的少年回来，叫他们拜自己为师，为的就是拿他们来练功。被吸取功力的人多半生不如死，过不了多久就油尽灯枯而亡了。当时段凌也在其中，若非陆修文冒着性命危险盗了教主令牌救他，他恐怕早已死了。后来他虽逃出了天绝教，却嫌正派的武功心法精进太慢，仍旧练着这门邪派功夫。

至于陆修文则是教主爱徒，自幼也是练着这门武功长大的。

陆修文武学天赋极高，先段凌一步练到了第七层，若是不吸取旁人的内力，怕是有走火入魔的危险。如今天绝教已灭，教主和左护法都已死了，当世之间，只有他们两人练过这门功夫。

所以……陆修文才会故意避开他。

段凌昨夜一想明白这件事，心中就已有了决断，开口道："师兄应当知道，天绝功练到第七层后，唯有一个方法能助你突破。"

陆修文笑了一声，傲然道："武功练到我这个地步，世上已鲜有敌手，就算不突破也不要紧。"

"这话骗骗别人还成，但别忘了，我跟你练的是同一门功夫。天绝功一旦练到第七层，若不吸取旁人的功力，大有走火入魔之险！"

陆修文的脸色霎时冷下来，道："师弟这是要我吸取你的功力？"

"你当年为了救我，不也被那教主废了武功吗？如今……这也算不得什么。"

"好！"

陆修文应得一声，忽然踏上前来，手掌抵住了段凌的胸膛。

段凌面无惧色，慢慢闭上了眼睛。

但他等了许久，也不见陆修文有所动作，反而那人温软的唇贴了上来，在他眼角边轻轻一吻，道："阿凌，你到现在还不明白么？我情愿自己赴死，也舍不得伤你半分。"

话落，已是出手如电，瞬间点了段凌几处大穴。

段凌心中一惊，再想挣扎已是来不及了。他身上穴道被点，只能动弹不得地瞪住陆修文，道："陆修文，你这是做什么？"

陆修文捏了捏他的脸颊，这时候仍有心情调笑："放心，不做什么。"

他顿了顿，道："只是我功夫练到了要紧关头，继续留在这里恐怕会分心，所以打算另寻一个清静之地闭关修炼，等突破了第七层的关卡，自会回来找你的。"

段凌知道他定是胡说八道，说什么怕会分心，分明就是怕走火入魔后伤了自己。他从前差点就失去了陆修文，如今岂敢冒险？当即道："师兄，你解开我的穴道，我陪你一块去闭关，好不好？"

"那可不成。"陆修文深深看了段凌一眼，像是要将他看个仔细，然后道，"好师弟，你乖乖等我回来。"

说完就不再理会段凌，转身重回了房间。

段凌身体虽不能动，耳力却是极好，能清楚听见他在房里收拾东西的声音。看来陆修文去意已决，且早已有此打算了。

段凌心急如焚，大叫道："陆修文！"

过了一会儿又叫："师兄！"

但不论他说些什么，陆修文始终不为所动。

段凌心知若是让他走了，怕是再无相见之期，当下把心一横，提起一口气来冲击被点的穴道。他跟陆修文同出一门，运功的法门也是一样，因此内力在体内一番冲撞之后，竟硬生生冲开了穴道。

只是他先前已受了伤，这时真气紊乱，刚往前走得一步，就觉喉间一甜，张嘴吐出了一口血来。他不管不顾，强撑着走到陆修文门前，手刚碰着房门，就无声无息地倒了下去。

"师弟——"

倒下去之时，段凌似乎听见了陆修文叫他的声音，只是他实在没有力气睁开眼睛，就此沉入了无边的黑暗中。

他在黑暗中又做了那个梦。

他梦见在天绝教的那处密道里，那左护法胸前中了一剑，眼见是活不成了，但他却嘿嘿笑道："你们现在虽是生死相许，可过得五年、十年，两个人的天绝功都练到第七层时，又当如何？我可真想亲眼瞧瞧。"

段凌当时并未接话，这时在梦里却大叫道："别说五年、十年，就算再过五十年、一百年，我跟师兄也仍是在一处，绝对不会分开！"

他这番话说得声嘶力竭，一下就从梦里醒了过来。

醒来时天色已经变暗，他独自躺在自己的房间里，隔了一会儿才想起先前的事，忙坐起来道："陆修文？！"

"我在这里。"

陆修文端着药碗推门而入，道："师弟冲开穴道时受了些内伤，赶紧好好躺着。"

段凌却不肯躺回去，待陆修文走到面前，便一把握住了他的手问："你没有走？"

"师弟伤成那个样子，我难道应该一走了之，任凭你自生自灭么？"

段凌暗自庆幸自己伤得及时，仍旧握着陆修文的手不放，道："师兄……"

"先喝药罢。"陆修文见段凌不肯躺回去，便取过枕头来给他靠着，笑说，"这药可苦得很，师弟可要我用嘴喂你？"

段凌瞪他一眼，没有给他表现的机会，夺过药碗一口气喝尽了。

陆修文暗暗可惜，道："师弟以后可不能这般莽撞了，幸好这回伤得不重，否则……"

段凌打断他的话，道："你还是要走吗？"

陆修文笑了笑，没有说话。

段凌便道："师兄，这回若是我先将天绝功练到了第七层，你当如何？"

陆修文立刻道："这还用说？当然是……"

"是不惜废了武功、拼了性命，也要救我么？"段凌直直凝视着他，道，"我的心意也是一样。"

陆修文张了张嘴，一时竟说不出话。过了一会儿，才认命似的叹息道："我明白了，我不走就是了。"

段凌心中大喜，顾不得身上有伤，恨不得这就将一身功力传给陆修文，起身道："那我们何时开始练功？"

陆修文伸手将他按回床上，道："谁说我定要拿你练功了？"

"可是这天绝功……"

"我早知道天绝功有这等隐患，自是未雨绸缪，早几年就在琢磨如何解决此事了。"

陆修文自幼在魔教这种险恶之地长大，凡事都讲究谋定而后动，走一步要先看十步，自然不会毫无准备。

段凌怔了怔，心想这倒像是陆修文的性子，便问："那你想到解决的法子了吗？"

"我师父……嗯，前任教主和左护法当年也为此事费了不少心神，我遍阅教中典籍，又看了他俩人写的手札，潜心专研多年之后，终于有了些眉目。"陆修文说到这里，突然语气一转，"只不过——"

段凌不由得紧张起来："不过什么？"

"不过这个法子……也需师弟相助才行。"

段凌松了口气，说："这有什么为难的？只要你平安无事，纵然要闯刀山火海，我也不会皱一皱眉头。"

陆修文眼珠一转，小声说："只怕到了那个时候，你却要大皱眉头了。"

段凌没有听清，问："你说什么？"

"我说，师弟当真愿意帮我？"

"当然。"

"那好，"陆修文的手似有若无地在段凌手背上拂过，"等师弟养好了伤，我再跟你细说此事。"

段凌放下了一桩心事，再加上本来身体底子就好，这一点小伤没几日就痊愈了。不过等陆修文拿了武功秘籍给他，让他配合着练上头的武功时，他一张脸黑得不能再黑，恨不能重新躺回床上去。

他捏着那本秘籍，咬牙切齿地问："这到底是什么玩意？"

陆修文气定神闲，道："上头这么大几个字，师弟难道不认得吗？"

"双修秘籍！"段凌将上头的字念了出来，简直想直接把书砸在陆修文脸上，只是见陆修文言笑晏晏、面容如玉，又实在砸不下手，只好一把扔在桌上，道，"这就是你想出来的解决之法？"

"嗯，此法看似简单，其实却凶险得很。先要师弟将天绝功练到第七层，然后用双修之术把功力传给我，待我突破之后，再传你一半功力。当中若有一处出了差错，可就前功尽弃了。"

段凌道："可是……非得用上双、双修吗？"

陆修文一本正经道："两人互传功力的法子，难道别人没想到过吗？之所以没有人成功过，是因为传功时体内真气难以约束，一不留神，就可能爆体而亡。唯有用上双修之术，才能助我们引导体内真气，平安渡过此关。"

段凌本身也是习武之人，知道他说的确有道理，只得咬了咬牙，道："算了，我练就是了。"

陆修文笑着弯了弯嘴角，说："多谢师弟。"

等段凌配合着学了双修之术，终于发觉自己是上了当了。

"你既然早就想出了解决的办法，为什么不直接跟我说？"

"我是怕师弟不肯帮我。"

一开始就说要双修，段凌肯定不愿意，所以……

"所以你故意跟我分房睡，又故意说什么要去闭关，都只是为了骗我入局？"

陆修文并不否认，笑着亲了段凌一口，说："看来师弟也不是太笨。"

段凌气道："陆修文！"

抬脚就想将他踹下床去。

陆修文却翻了个身。

"师弟好像忘了，我的天绝功已练到了第八层，要想踢我下床可没这么容易。"他眉眼含情，沙哑着嗓音道，"我知道师弟累得很了，接下来我自己来就行啦。"

说着扯落床帐，低头吻了下去。

变猫记

段凌早上是被一巴掌呼醒的。那是一只毛茸茸的爪子，不轻不重地踩在他脸上，触感温热柔软……等一下，爪子？！

段凌猛地睁开眼睛，对上一双金色的眼瞳——他枕边坐着一只黑猫，毛色乌黑发亮，金色的瞳眸里漾着一条细细的黑线，正居高临下地俯视着他，眼神里有种睥睨天下的傲气。

呃，应该是他眼花吧？一只猫哪里来的傲气？

段凌揉了揉眼睛，那只黑猫见他醒了，又毫不客气地一脚踩上他的脸。

段凌连挨了好几脚，但总不能跟一只猫计较，只好黑着脸坐起身，往旁边一看，却见身旁的床铺已经空了。段凌不禁有些奇怪，平日里陆修文总是等他做好了早饭才起身的，今日怎么起得这么早？

“陆修文？”

他开口叫了一声，空荡荡的屋子里无人应声，反而是旁边那只黑猫“喵”地叫了一声。段凌没有理会，只披上衣服下了床，里里外外地找了一圈，却哪里都不见陆修文的踪影。他心中渐渐焦急起来，自从在山上隐居之后，两人可谓是形影不离，按说陆修文不可能一声不吭地离开，莫非是……出了什么事？

段凌将屋外那片桃花林都找遍了，依然没见着陆修文的人影，倒是那只黑猫跟着他跑进跑出，他叫一声“师兄”，那黑猫就跟着“喵”一声。

咦？

段凌终于觉得不对了，他慢慢蹲下身来，与那黑猫对视，越看越觉得那骄傲的眼神有点熟悉。半晌后，段凌试探着叫道："师兄？"

黑猫瞥他一眼，懒洋洋地叫了声："喵——"

段凌大为震惊。

"师兄，真、真的是你？你怎么会变成……这副样子？"

黑猫舔了舔前爪，从喉咙里发出一串咕噜声。段凌听不懂猫语，当然不知道这是什么意思，他只好把黑猫抓起来抱进怀里，仔细回想了一下昨天发生的事。他们平日生活平淡，也就是早上练练功，下午喝喝茶，昨日并未发生什么特别的事，顶多就是在山间闲逛的时候，陆修文摘了几颗野果来吃。

难道是因为那几颗朱红色野果的关系？

"可我也一样吃了野果，怎么毫无变化？"

"喵。"

"或许是因为昨晚在屋顶喝酒时吹了风？"

"喵。"

"还是有人下毒暗算你？"

"喵。"

"要不要找个大夫来看看？"

"喵喵喵。"

一人一猫说了半天话，那只黑猫一会儿伸伸懒腰，一会儿打打哈欠，显然已经适应了这个新身份。段凌确信它是自家师兄无疑了，也只有陆修文这种性情的人，才会如此处变不惊，天塌下来了都能当被子盖。

既然陆修文不慌不忙，段凌也就没什么好急的，先进厨房做了顿早饭，填饱了两人……不，一人一猫的肚子再说。吃过饭后，黑猫打理了一下身上的毛发，然后纵身一跃，轻轻巧巧地跳上了屋顶，开始大摇大摆地巡视自己的领地。

段凌追在后面喊："师兄，这山上多有野兽，你不要到处乱跑。"

黑猫睨他一眼，甩了甩尾巴，趾高气扬地走了。

好在它没有跑远，不多时就回来了，嘴里还衔着一只正在扑腾翅膀的山雀。它脚步轻盈地走到段凌面前，将口中猎物一甩，那山雀正正好落在段凌脚边。

段凌愣了半天，才明白这是抓来送给自己的。

黑猫瞪着金色的眼眸望着他，长长的尾巴甩啊甩，一副求夸奖的表情。

段凌憋了半天，才憋出一句："师兄真是厉害。"

黑猫心满意足，得意扬扬地走了。

它接下来又下河捉了一条鱼。

然后是……

短短一个上午，段凌面前已经堆起了一堆猎物。他心头五味杂陈，真没想到陆修文即使变成了猫，还不忘打猎养家。他中午就拣了几条鱼杀了，煮了一锅鱼汤来喝。

这天天气极好。

黑猫下水捉鱼时弄湿了毛发，下午就窝在段凌腿上晒起太阳来，一边晒一边从喉咙里发出咕噜咕噜的声响，显得十分惬意。

段凌难免觉得担忧，揉了揉它的后颈，道："师兄，你就一点也不担心吗？万一、万一你变不回来了怎么办？"

"喵……"

黑猫眯起眼睛看了段凌一会儿，忽然将毛茸茸的脑袋挨到他胸口处，在他身上蹭了两下。段凌心头一热，不由得想，管他是人是猫、变不变得回来，反正都是他的师兄，是那个为了他不顾性命的陆修文。

他这一辈子，已经认定了他。

段凌想到这里，顿时烦恼尽去了。船到桥头自然直，陆修文能变回来自然好，若是变不回来了，他就此与猫为伴也不错。

太阳暖洋洋地照在身上，黑猫的头一点一点的，有些昏昏欲睡了。段凌见它如此，也觉得困倦起来，干脆弯下身，将头埋在它蓬松柔软的毛发间，也跟着睡了过去。

段凌醒过来的时候，天都已经黑了。他睁眼一看，发现自己睡在熟悉的床上，而陆修文正坐在床边看书。他只穿一身单衣，乌黑的发散在肩头，烛火之下，依然是眉目如画的样子。

段凌心中大喜，跳起来道："师兄，你变回来了？"

陆修文卷了卷手中的书，奇怪地瞧他一眼，道："变什么？"

"你今早不是变成猫了吗？"

陆修文不禁失笑："师弟是睡糊涂了吧？好端端的一个人怎么会变成猫？"

段凌呆了呆。

难道他只是做了一个梦？说起来也是，这般匪夷所思的事，当然只会在梦里发生。可是梦中情景又都历历在目，实在不像是假的。

段凌正自出神，却被陆修文拿书敲了敲额头，听见他道："时辰不早了，师弟还不睡觉？还是说……"

陆修文眨了眨眼睛，忽地一笑，说："你想听我学猫叫？"

段凌可没这么大的胆子，忙重新躺回床上，拉高被子蒙住了头，连声道："不用不用。我先睡了，师兄你也……早些休息吧。"

陆修文笑了笑，说："我看完这两页书就睡。"

段凌虽闭上了眼睛，一时却并未入睡。想到陆修文变猫的事不过是虚惊一场，他当然是安心不少，但想起梦中那只黑猫抓鱼送给自己的情景，又微微有些怅然。

他想着想着就睡着了，梦里依稀又听见了"喵喵"的叫声。

段凌勉力睁开眼睛，翻身一滚，却是骨碌骨碌地滚下了床去。这一下应该是摔得不轻的，但他身形一转，四只脚稳稳当当地踩在了地上，一点也不觉着疼。

咦？四只脚？

段凌抬起前脚来看了看，只看到一只白白、短短、肉乎乎、软绵绵的……爪子？

“喵……”

他惊愕地张嘴，发出的却是一声猫叫。

床上的陆修文被这声音吵醒，睡眼蒙眬地坐起身，低头看了看他，然后嘴角一弯，笑说：“奇怪，哪里来的小白猫？”